中公文庫

谷根千文学傑作選

森まゆみ編

中央公論新社

目次

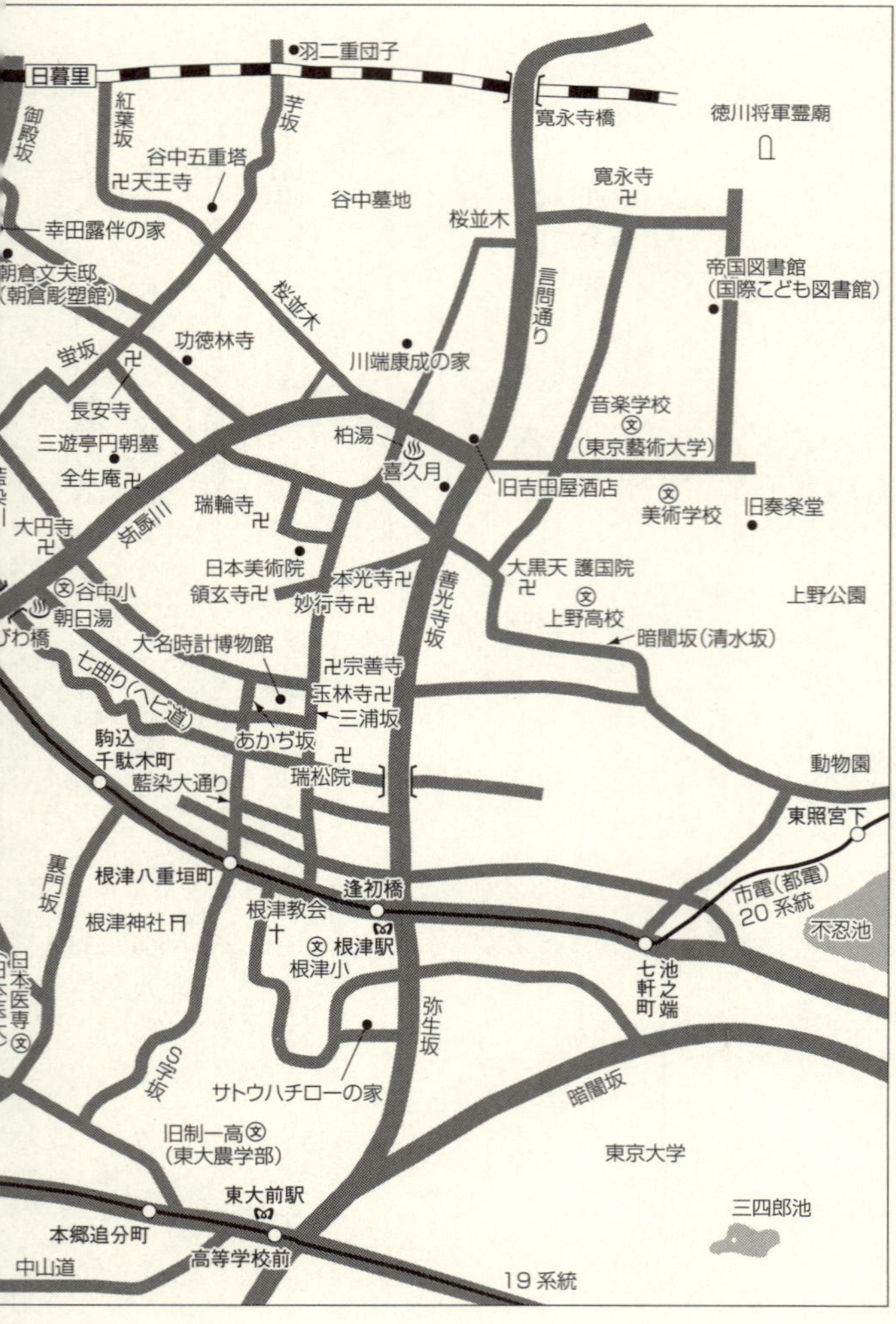
日暮里
羽二重団子
紅葉坂
芋坂
御殿坂
寛永寺橋
徳川将軍霊廟
谷中五重塔
天王寺
寛永寺
谷中墓地
桜並木
幸田露伴の家
朝倉文夫邸
（朝倉彫塑館）
帝国図書館
（国際こども図書館）
言問通り
桜並木
功徳林寺
川端康成の家
蛍坂
長安寺
音楽学校
（東京藝術大学）
三遊亭円朝墓
柏湯
喜久月
旧吉田屋酒店
全生庵
瑞輪寺
藍染川
美術学校
旧奏楽堂
大円寺
日本美術院
大黒天
護国院
本光寺
谷中小
領玄寺
妙行寺
上野高校
上野公園
朝日湯
善光寺坂
びわ橋
大名時計博物館
暗闇坂（清水坂）
宗善寺
七曲り（ヘビ道）
玉林寺
三浦坂
あかぢ坂
駒込
千駄木町
瑞松院
動物園
藍染大通り
東照宮下
裏門坂
根津八重垣町
逢初橋
市電（都電）
20系統
根津教会
根津神社
根津駅
不忍池
根津小
池之端
七軒町
日本医専
（日本医大）
弥生坂
S字坂
暗闇坂
サトウハチローの家
旧制一高
（東大農学部）
東京大学
東大前駅
三四郎池
本郷追分町
高等学校前
中山道
19系統

谷根千地図
西日暮里
田端
魔の坂
日暮里渡辺町
東台橋
諏方神社
浄光寺
開成学園
第一日暮里小
花見寺
富士見坂
南泉寺
芥川龍之介の家
童橋
夕やけだんだん
六阿弥陀道
安八百屋通り
あかぢ橋
谷中ぎんざ
よみせ通り
谷田橋
道灌山下
宗林寺
不忍通り
旧藍染川
狸坂
駒込動坂町
駒込坂下町
むじな坂
大給坂
菊見せんべい
動坂松竹
動坂
講談社跡
神明町車庫前
須藤公園
神明館(進明館)
団子坂下
千駄木小
高村光太郎・智恵子の家
藪蕎麦
目赤不動故地
旧安田邸
団子坂
白蛇坂
宮本百合子の家
天祖神社
駒込病院
森鷗外記念館(観潮楼跡)
『青鞜』発祥の地
北
養源寺
三人書房の跡
藪下道(汐見坂)
太田ヶ原
大観音
光源寺
吉祥寺
夏目漱石旧居跡(猫の家)
郁文館
本駒込駅
駒込館
蓬莱町
本郷肴町
岩槻街道
白山
この地図は年代を特定していません。

谷根千文学傑作選

五重塔（抄）

幸田露伴

其三十一

時は一月の末つ方、のっそり十兵衛が辛苦経営むなしからで、感応寺《かんのうじ》*1生雲塔《しょううんとう》いよいよ物の見事に出来上り、段々足場を取り除けば次第次第に露《あらわ》るる一階一階また一階、五重巍然《ぎぜん》と聳《そび》えしさま、金剛力士が魔軍を睥睨《にら》んで十六丈の姿を現じ坤軸動《こんじくゆる》がす足ぶみして巌上《いわお》に突立《つった》ちたるごとく、天晴《あっぱれ》立派に建ったる哉《かな》、あら快《こころ》よき細工振りかな、希有《けう》じゃ未曽有《みぞう》じゃ再《また》あるまじと為右衛門より門番までも、初手《しょて》のっそりを軽《かろ》しめたる事は忘れて讃歎すれば、円道はじめ一山《いっさん》の僧徒も躍《おど》りあがって歓喜《よろこ》び、これでこそ感応寺の五重塔*2なれ、あら嬉しや、我らが頼む師は当世に肩を比すべき人もなく、八宗九宗の碩徳《せきとく》たち虎豹鶴鷺《こひょうかくろ》と勝《す》ぐれたまえる中にも絶類抜群にて、譬《たと》えば獅子王孔雀王《ししおうくじゃくおう》、我らが頼むこの寺の塔も絶類抜群にて、奈良や京都はいざ知らず上野浅草芝山内、江戸にて此《これ》塔に勝《まさ》るものなし、殊更塵土《じんど》に埋《うず》もれて光も放たず終るべかりし男を拾いあげられて、心の宝珠《たま》の輝きを世に発出《いだ》されし師の美徳、困苦に撓《たゆ》まず知己に酬《むく》いて遂に仕遂《しと》げし十兵衛が頼もしさ、おもしろくまた美《うる》わしき奇因縁なり妙因縁なり、天の成《な》せしか人の成せし歟《か》はたまた諸天善神の蔭《かげ》にて操り玉いし歟《か》、屋《おく》を造るに巧妙《たくみ》なりし達膩伽尊者《たにかそんじゃ》の噂はあれど世尊在世《せそんざいせ》の御時にも如是《かく》快き事ありしを未だきかねば漢土《から》にもきかず、いで落成の式あらば我偈《げ》を作らん文を作らん、我歌をよみ詩を作《な》して頌《しょう》せん讃せん詠ぜん記せんと、各々互《たがい》に語り合いしは慾のみならぬ人間《ひと》の情の、やさしくもまた殊勝なるに引替えて、測り難《がた》きは天の心、円道為右衛門二人が計らいとしていと盛んなる落成式執行《しゅうぎょう》の日も略《ほぼ》定まり、その日は貴賤男女の見物をゆるし貧者に剰《あま》れる金を施し、十兵衛その他を犒《ねぎ》らい賞する一方には、また伎楽《ぎがく》を奏して世に珍しき塔供養あるべきはずに支度とりどりなりし最中、夜半の鐘の音の曇って平日《つね》には似つかず耳にきたなく聞えしがそもそも、漸々《ぜんぜん》あやしき風吹き出して、眠れる児童《こども》も我知らず夜具踏み脱ぐほど時候生暖かくなるにつれ、雨戸のがたつく響き烈《はげ》しくなりまさり、闇に揉《も》まるる松柏の梢《こずえ》に天魔の号《さけ》びものすごくも、人の心の平和を奪え平和を奪え、浮世の栄華に誇れる奴らの胆《きも》を破れや睡《ねむ》りを攪《みだ》せや、愚物の胸に血の濤《なみ》打たせよ、偽物の面《おもて》の紅き色奪《と》れ、斧《おの》持てる者斧を揮《ふる》え、矛《ほこ》もてるもの矛を揮え、汝《なんじ》らが鋭《と》き剣《つるぎ》は餓《う》えたり汝ら剣に食をあたえよ、人の膏血《あぶら》はよき食なり汝ら剣に飽《あく》まで喰わせよ、飽まで人の膏膩《あぶら》を餌《か》えと、号令きびしく発するや否、猛風一陣どっと起って、斧をもつ夜叉《やしゃ》矛もてる夜叉餓えたる剣もてる夜叉、皆一斉に暴《あ》れ出しぬ。

其三十二

長夜の夢を覚まされて江戸四里四方の老若男女、悪風来りと驚き騒ぎ、雨戸の横柄子《よこざる》緊《しっ》乎《か》と挿《さ》せ、辛張棒《しんばりぼう》を強く張れと家々ごとに狼狽《うろた》ゆるを、可愍《あわれ》とも見ぬ飛天夜叉王、怒号の声音《こわね》たけだけしく、汝ら人を憚《はばか》るな、汝ら人間《ひと》に憚られよ、人間は我らを軽《かろ》んじたり、久しく我らを賤《いやし》みたり、我らに捧《ささ》ぐべきはずの定めの牲《にえ》を忘れたり、這《は》う代りとして立って行く狗《いぬ》、驕奢《おごり》の塒巣《ねぐら》作れる禽《とり》、尻尾なき猿、物言う蛇、露誠実《まこと》なき狐の子、汚穢《けがれ》を知らざる豕《いのこ》の女《め》、彼らに長く侮られて遂に何時《いつ》まで忍び得ん、我らを長く侮らせて彼らを何時まで誇らすべき、忍ぶべきだけ忍びたり誇らすべきだけ誇らしたり、六十四年は既に過ぎたり、我らを縛せし機運の鉄鎖、我らを囚《とら》えし慈忍の岩窟《いわや》は我が神力にて扯断《ちぎ》り棄《す》てたり崩潰《くずれ》さしたり、汝ら暴《あ》れよ今こそ暴れよ、何十年の恨の毒気を彼らに返せ一時に返せ、彼らが驕慢《ほこり》の気の臭さを鉄囲山外《てついさんげ》に攫《つか》んで捨てよ、彼らの頭《こうべ》を地につかしめよ、無慈悲の斧の刀味の好さを彼らが胸に試みよ、惨酷《ざんこく》の矛、瞋恚《しんい》の剣の刀糞《はくそ》と彼らをなしくれよ、彼らが喉《のんど》に氷を与えて苦寒に怖れ顫《わなな》かしめよ、彼らが胆に針を与えて秘密の痛みに堪ざらしめよ、彼らが眼前《めさき》に彼らが生《な》したる多数《おおく》の奢侈《しゃし》の子孫を殺して、玩物《がんぶつ》の念を嗟歎《さたん》の灰の河に埋めよ、彼らは蚕児《かいこ》の家を奪いぬ汝ら彼らの家を奪えや、彼らは蚕児の智慧を笑いぬ汝ら彼らの智慧を讃せよ、すべて彼らの巧みとおもえる智慧を讃せよ、大とおもえる意《こころ》を讃せよ、美しと自らおもえる情を讃せよ、協《かな》えりとなす理を讃せよ、剛《つよ》しとなせる力を讃せよ、すべては我らの矛の餌《え》なれば、剣の餌なれば斧の餌なれば、讃して後に利器《えもの》に餌《か》い、よき餌をつくりし彼らを笑え、嬲《なぶ》らるるだけ彼らを嬲れ、急に屠《ほふ》るな嬲り殺せ、活《いか》しながらに一枚一枚皮を剝《は》ぎ取れ、肉を剝ぎとれ、彼らが心臓《しん》を鞠《まり》として蹴よ、枳棘《からたち》をもて脊を鞭《う》てよ、歎息の呼吸《いき》涙の水、動悸《どうき》の血の音悲鳴の声、それらをすべて人間より取れ、残忍の外快楽《けらく》なし、酷烈ならずば汝ら疾《と》く死ね、暴れよ進めよ、無法に住して放逸無慚《むざん》無理無体に暴れ立て暴れ立て進め進め、神とも戦え仏をも擲《たた》け、道理を壊《やぶ》って壊りすてなば天下は我らがものなるぞと、叱咤《しった》する度土石を飛ばして丑《うし》の刻より寅《とら》の刻、卯《う》となり辰《たつ》となるまでも毫《ちっと》も止まず励ましたつれば、数万《すまん》の眷属《けんぞく》勇みをなし、水を渡るは波を蹴かえし、陸《おか》を走るは沙《すな》を蹴かえし、天地を塵埃《ほこり》に黄ばまして日の光をもほとほと掩《おお》い、斧を揮って数寄者が手入れ怠りなき松を冷笑《あざわら》いつつほっきと斫《き》るあり、矛を舞わして板屋根に忽《たちま》ち穴を穿《うが》つもあり、ゆさゆさゆさと怪力もてさも堅固なる家を動かし橋を揺がすものもあり。手ぬるし手ぬるし酷《むご》さが足らぬ、我に続けと憤怒《ふんぬ》の牙噛み鳴らしつつ夜叉王の躍《おど》り上って焦躁《いらだて》ば、虚空《こくう》に充《み》ち満ちたる眷属、おたけび鋭くおめき叫んで遮《しゃ》に無に暴威を揮うほどに、神前寺内に立てる樹も富家《ふうか》の庭に養《か》われし樹も、声振り絞って泣き悲み、見る見る大地の髪の毛は恐怖に一々竪立《じゅりつ》なし、柳は倒れ竹は割るる折しも、黒雲空に流れて樫《かし》の実よりも大きなる雨ばらりばらりと降り出せば、得たりとますます暴るる夜叉、垣《かき》を引き捨て塀《へい》を蹴倒し、門をも破《こわ》し屋根をもめくり軒端《のきば》の瓦《かわら》を踏み砕き、唯一《ただひ》ト揉《もみ》に屑屋《くずや》を飛ばし二タ揉み揉んでは二階を捻《ね》じ取り、三たび揉んでは某寺《なにがしでら》を物の見事に潰《ついや》し崩《くず》し、どうどどっと鬨《とき》をあぐるその度毎に心を冷し胸を騒がす人々の、あれに気づかいこれに案ずる笑止《しょうし》の様を見ては喜び、居所さえもなくされて悲むものを見ては喜び、いよいよ図に乗り狼藉《ろうぜき》のあらん限りを逞《たくま》しゅうすれば、八百八町百万の人みな生ける心地せず顔色さらにあらばこそ。

中にも分けて驚きしは円道為右衛門、折角僅《せっかくわずか》に出来上りし五重塔は揉まれ揉まれて九輪は動《ゆら》ぎ、頂上の宝珠は空に得読めぬ字を書き、岩をも転ばすべき風の突掛《つっか》け来り、楯をも貫くべき雨の打付《ぶっか》り来る度撓《たわ》む姿、木の軋《きし》る音、復《もど》る姿《さま》、また撓《たわ》む姿、軋《きし》る音、今にも傾覆《くつがえ》らんず様子に、あれあれ危し仕様はなきか、傾覆られては大事なり、止むる術《すべ》もなき事か、雨さえ加わり来りし上周囲《まわり》に樹木もあらざれば、未曽有の風に基礎《どだい》狭くて丈《たけ》のみ高きこの塔の堪《こら》えんことの覚束《おぼつか》なし、本堂さえもこれほどに動けば塔は如何《か》ばかりぞ、風を止むる呪文はきかぬか、かく恐ろしき大暴風雨《おおあらし》に見舞に来べき源太は見えぬ歟、まだ新しき出入なりとて重々来では叶わざる十兵衛見えぬか寛怠《かんたい》なり、他《ひと》さえかほど気づかうに己《おの》がせし塔気にかけぬか、あれあれ危しまた撓んだわ、誰か十兵衛招《よ》びに行け、といえども天に瓦飛び板飛び、地上に砂利の舞う中を行かんというものなく、漸《ようや》く賞美の金に飽かして掃除人の七蔵爺《しちぞうじじ》を出しやりぬ。

其三十三

耄碌頭巾《もうろくずきん》に首をつつみてその上に雨を凌《しの》がん準備《ようい》の竹の皮笠引被《ひきかぶ》り、鳶子合羽《とんびがっぱ》に胴締《どうじめ》して手ごろの杖持ち、恐怖《こわごわ》ながら烈風強雨の中を駈《か》け抜けたる七蔵爺《おやじ》、ようやく十兵衛が家にいたれば、これはまた酷《むご》い事、屋根半分はもう疾《とう》に風に奪《と》られて見るさえ気の毒な親子三人の有様、隅の方にかたまり合うて天井より落ち来る点滴《しずく》の飛沫《しぶき》を古筵《ふるござ》で僅に避《よ》けいる始末に、さてものっそりは気に働らきのない男と呆れ果つつ、これ棟梁殿、この暴風雨《あらし》に左様《そう》していられては済むまい、瓦が飛ぶ樹が折れる、戸外《おもて》は全然《まるで》戦争《いくさ》のような騒ぎの中に、汝《おまえ》の建てられたあの塔は如何《どう》あろうと思わるる、丈は高し周囲《まわり》に物はなし基礎《どだい》は狭し、どの方角から吹く風をも正面《まとも》に受けて揺れるわ揺れるわ、旗竿《はたざお》ほどにきちきちと材の軋《きし》る音の物凄《ものすご》さ、今にも倒れるか壊《こわ》れるかと、円道様も為右衛門様も胆を冷したり縮ましたりして気が気ではなく心配して居らるるに、一体ならば迎いなど受けずともこの天変を知らず顔では済まぬ汝《おまえ》が出ても来ぬとは余《あんま》りな大勇、汝《おまえ》の御蔭で険難《けんのん》な使を吩咐《いいつ》かり、忌々《いまいま》しいこの瘤《こぶ》を見てくれ、笠は吹き攫《さら》われる全濡《ずぶぬれ》にはなる、おまけに木片《きぎれ》が飛んで来て額に打付《ぶつか》りくさったぞ、いい面の皮とは我《おれ》がこと、さあさあ一所《いっしょ》に来てくれ来てくれ、為右衛門様円道様が連れて来いとの御命令《おいいつけ》だわ、ええ吃驚《びっくり》した、雨戸が飛んで行《い》てしもうたのか、これだもの塔が堪るものか、話しする間にももう倒れたか折れたか知れぬ、愚図愚図せずと身支度せい、疾《はや》く疾くと急り立つれば、傍から女房も心配気に、出て行かるるなら途中が危険《あぶな》い、腐ってもあの火事頭巾、あれを出しましょ冠《かぶ》ってお出《いで》なされ、何が飛んで来るか知れたものではなし、外見《みえ》よりは身が大切《だいじ》、何程襤褸《いくらぼろ》でも仕方ない刺子袢纏《ばんてん》も上に被《き》ておいでなされ、と戸棚ががたがた明けにかかるを、十兵衛不興気の眼でじっと見ながら、ああ構《かも》うてくれずともよい、出ては行かぬわ、風が吹いたとて騒ぐには及ばぬ、七蔵殿御苦労でござりましたが塔は大丈夫倒れませぬ、なんのこれほどの暴風雨で倒れたり折れたりするような脆《もろ》いものではござりませねば、十兵衛が出掛けてまいるにも及びませぬ、円道様にも為右衛門様にも左様《そう》いうて下され、大丈夫、大丈夫でござります、と泰然《おちつき》はらって身動きもせず答うれば、七蔵少し膨《ふく》れ面《づら》して、まあともかくも我《おれ》と一緒に来てくれ、来て見るがよい、あの塔のゆさゆさきちきちと動くさまを、此処《ここ》にいて目に見ねばこそ威張って居らるれ、御開帳の幟《のぼり》のように頭を振っているさまを見られたら何程《なんぼ》十兵衛殿寛濶《おうよう》な気性でも、お気の毒ながら魂魄《たましい》がふわりふわりとならるるであろう、蔭で強いのが役にはたたぬ、さあさあ一所に来たり来たり、それまた吹くわ、ああ恐ろしい、中々止みそうにもない風の景色、円道様も為右衛門様も定めし肝を煎《い》って居らるるじゃろ、さっさと頭巾なり袢纏なり冠るとも被《き》るともして出掛けさっしゃれ、と遣り返す。大丈夫でござりまする、御安心なさって御帰り、と突撥《つっぱね》る。その安心が左様《そう》手易《たやす》くは出来ぬわい、と五月蝿《うるさく》いう。大丈夫でござりまする、と同じことをいう。末には七蔵焦《じ》れこんで、何でも彼でも来いというたら来い、我《おれ》の言葉とおもうたら違うぞ円道様為右衛門様の御命令《おいいつけ》じゃ、と語気あらくなれば十兵衛も少し勃然《むっ》として、我《わし》は円道様為右衛門様から五重塔建ていとは命令《いいつ》かりませぬ、御上人様は定めし風が吹いたからとて十兵衛よべとは仰《おっし》ゃりますまい、そのような情ない事をいうては下さりますまい、もしも御上人様までが塔危《あぶな》いぞ十兵衛呼べといわるるようにならば、十兵衛一期の大事、死ぬか生きるかの瀬門《せと》に乗《の》っかかる時、天命を覚悟して駈けつけましょうなれど、御上人様が一言半句十兵衛の細工を御疑いなさらぬ以上は何心配の事もなし、余の人たちが何をいわりょうと、紙を材《き》にして仕事もせず魔術《てづま》も手抜もしていぬ十兵衛、天気のよい日と同じことに雨の降る日も風の夜も楽々としておりまする、暴風雨が怖《こわ》いものでもなければ地震が怖うもござりませぬと円道様にいうて下され、と愛想なくいい切るにぞ、七蔵仕方なく風雨の中を駈け抜けて感応寺に帰りつき円道為右衛門にこのよしいえば、さてもその場に臨んでの智慧のない奴め、何故《なぜ》その時に上人様が十兵衛来いとの仰せじゃとはいわぬ、あれあれあの揺る態《さま》を見よ、汝《きさま》までがのっそりに同化《かぶれ》て寛怠過ぎた了見じゃ、是非《ぜひ》はない、も一度行って上人様の御言葉じゃと欺誑《たばか》り、文句いわせず連れて来い、と円道に烈しく叱られ、忌々《いまいま》しさに独語《つぶや》きつつ七蔵ふたたび寺門を出でぬ。

其三十四

さあ十兵衛、今度は是非に来よ四の五のはいわせぬ、上人様の御召《おめし》じゃぞ、と七蔵爺《じじ》いきりきって門口から我鳴《がな》れば、十兵衛聞くより身を起して、なにあの、上人様の御召なさるとか、七蔵殿それは真実《まこと》でござりまするか、ああなさけない、何程風の強ければとて頼みきったる上人様までが、この十兵衛の一心かけて建てたものを脆《もろ》くも破壊《こわ》るる歟のように思し召されたか口惜しい、世界に我を慈悲の眼で見て下さるる唯一つの神とも仏ともおもうていた上人様にも、真底からは我が手腕《うで》たしかと思われざりし歟、つくづく頼母《たのも》しげなき世間、もう十兵衛の生き甲斐なし、たまたま当時に双《ならび》なき尊《たっと》き智識に知られしを、これ一生の面目とおもうて空《あだ》に悦《よろこ》びしも真に果敢無《はかな》き少時《しばし》の夢、嵐《あらし》の風のそよと吹けば丹誠凝らせしあの塔も倒れやせんと疑わるるとは、ええ腹の立つ、泣きたいような、それほど我《おれ》は腑《ふ》のない奴《やつ》か、恥をも知らぬ奴《やっこ》と見ゆる歟、自己《おのれ》がしたる仕事が恥辱《はじ》を受けてものめのめ面押拭《つらおしぬぐ》うて自己は生きているような男と我《おれ》は見らるる歟、たとえばあの塔倒れた時生きていようか生きたかろう歟、ええ口惜い、腹の立つ、お浪、それほど我《おれ》が鄙《さも》しかろうか、あああ生命《いのち》ももういらぬ、我が身体にも愛想の尽きた、この世の中から見放された十兵衛は生きているだけ恥辱をかく苦悩《くるしみ》を受ける、ええいっその事塔も倒れよ暴風雨もこの上烈しくなれ、少しなりともあの塔に損じの出来てくれよかし、空吹く風も地《つち》打つ雨も人間《ひと》ほど我には情無《つれな》からねば、塔破壊《こわ》されても倒されても悦びこそせめ恨はせじ、板一枚の吹きめくられ釘《くぎ》一本の抜かるるとも、味気なき世に未練はもたねば物の見事に死んで退《の》けて、十兵衛という愚魯漢《ばかもの》は自己が業の粗漏《てぬかり》より恥辱を受けても、生命惜しさに生存《いきながら》えているような鄙劣《けち》な奴《やつ》ではなかりしか、如是《かかる》心を有《も》っていしかと責めては後にて弔《とむら》われん、一度はどうせ捨つる身の捨処よし捨時よし、仏寺を汚すは恐れあれど我が建てしもの壊《こわ》れしならばその場を一歩立去り得べきや、諸仏菩薩も御許しあれ、生雲塔の頂上《てっぺん》より直ちに飛んで身を捨てん、投ぐる五尺の皮嚢《かわぶくろ》は潰《やぶ》れて醜かるべきも、きたなきものを盛ってはおらず、あわれ男児《おとこ》の醇粋《いっぽんぎ》、清浄《しょうじょう》の血を流さんなれば愍然《ふびん》ともこそ照覧あれと、おもいし事やら思わざりしや十兵衛自身も半分知らで、夢路を何時の間にか辿りし、七蔵にさえ何処でか分れて、此所は、おお、それ、その塔なり。

上りつめたる第五層の戸を押明けて今しもぬっと十兵衛半身あらわせば、礫《こいし》を投ぐるが如き暴雨の眼も明けさせず面を打ち、一ツ残りし耳までも扯断《ちぎ》らんばかりに猛風の呼吸《いき》さえさせず吹きかくるに、思わず一足退きしが屈せず奮《ふる》って立出でつ、欄を握《つか》んで屹《きっ》と睥《にら》めば天《そら》は五月《さつき》の闇《やみ》より黒く、ただ囂々《ごうごう》たる風の音のみ宇宙に充《みち》て物騒がしく、さしも堅固の塔なれど虚空に高く聳《そび》えたれば、どうどうどっと風の来る度ゆらめき動きて、荒浪の上に揉《も》まるる棚《たな》なし小舟《おぶね》のあわや傾覆《くつがえ》らん風情、さすが覚悟を極めたりしもまた今更におもわれて、一期の大事死生の岐路《ちまた》と八万四千の身の毛竪《よだ》たせ牙咬定《かみし》めて眼《まなこ》を睜《みは》り、いざその時はと手にして来し六分鑿《ろくぶのみ》の柄忘るるばかり引握《ひっつか》んでぞ、天命を静かに待つとも知るや知らずや、風雨いとわず塔の周囲《めぐり》を幾度となく徘徊《はいかい》する、怪しの男一人ありけり。

其三十五

去る日の暴風雨《あらし》は我ら生れてから以来《このかた》第一の騒《さわぎ》なりしと、常は何事に逢うても二十年前三十年前にありし例《ためし》をひき出して古きを大袈裟に、新しきを訳もなくいい消す気質《かたぎ》の老人《としより》さえ、真底我折《がお》って噂しあえば、まして天変地異をおもしろずくで談話《はなし》の種子《たね》にするような剽軽《ひょうきん》な若い人は分別もなく、後腹の疾《や》まぬを幸い、何処の火の見が壊れたり彼処《かしこ》の二階が吹き飛ばされたりと、他《ひと》の憂い災難を我が茶受とし、醜態《ざま》を見よ馬鹿慾から芝居の金主して何某《なにがし》め痛い目に逢うたるなるべし、さても笑止あの小屋の潰《つぶ》れ方はよ、また日頃より小面憎《こづらにく》かりし横町の生花の宗匠が二階、御神楽《おかぐら》だけの事はありしも気味《きび》よし、それよりは江戸で一、二といわるる大寺の脆く倒れたも仔細こそあれ、実は檀徒《だんと》から多分の寄附金集めながら役僧の私曲《わたくし》、受負師の手品、そこにはそこの有りし由、察するに本堂のあの太い柱も桶《おけ》でがな有ったろうなんどと様々の沙汰に及びけるが、いずれも感応寺生雲塔の釘一本ゆるまず板一枚剝《は》がれざりしには舌を巻きて讃歎し、いや彼《あれ》塔を作った十兵衛というは何とえらいものではござらぬ歟《か》、あの塔倒れたら生きてはいぬ覚悟であったそうな、すでの事に鑿卿《のみふく》んで十六間真逆《まさか》しまに飛ぶところ、欄干《てすり》を斯《こ》う踏み、風雨を睨《にら》んであれほどの大揉《おおもめ》の中に泰然《じっ》と構えていたというが、その一念でも破壊《こわ》るまい、風の神も大方血眼《ちまなこ》で睨まれては遠慮が出たであろう歟、甚五郎《じんごろう》このかたの名人じゃ真の棟梁じゃ、浅草のも芝のもそれぞれ損じのあったに一寸一分歪《ゆが》みもせず退《ず》りもせぬとは能《よ》う造った事の。いやそれについて話しのある、その十兵衛という男の親分がまた滅法えらいもので、もしも些《ちと》なり破壊れでもしたら同職《なかま》の恥辱《はじ》知合の面汚し、汝《うぬ》はそれでも生きていらりょうかと、到底《とても》再度《ふたたび》鉄槌《かなづち》も手斧《ちょうな》も握る事の出来ぬほど引叱《ひっしか》って、武士でいわば詰腹同様の目に逢わしょうと、ぐるぐるぐる大雨を浴びながら塔の周囲《まわり》を巡っていたそうな。いやいや、それは間違い、親分ではない商売上敵《しょうばいがたき》じゃそうな、と我れ知り顔に語り伝えぬ。

　暴風雨のために準備《したく》狂いし落成式もいよいよ済みし日、上人わざわざ源太を召《よ》びたまいて十兵衛と共に塔に上られ、心あって雛僧《こぞう》に持たせられし御筆に墨汁《すみ》したたか含ませ、我この塔に銘じて得させん、十兵衛も見よ源太も見よと宣《のたま》いつつ、江都の住人十兵衛これを造り川越源太郎これを成す、年月日とぞ筆太に記《しる》し了《おわ》られ、満面に笑《えみ》を湛《たた》えて振り顧《かえ》りたまえば、両人ともに言葉なくただ平伏《ひれふ》して拝謝《おが》みけるが、それより宝塔長《とこしな》えに天に聳《そび》えて、西より瞻《み》れば飛檐《ひえん》ある時素月《そげつ》を吐き、東より望めば勾欄《こうらん》夕《ゆうべ》に紅日を呑んで、百有余年の今になるまで、譚《はなし》は活《い》きて遺《のこ》りける。

日記(抄)

樋口一葉

十七日(明治二十四年九月)　早朝髪むすびて師のきみが行　今日はみの子ぬしの月次《つきなみ》会なればかしまいらする硯《すずり》おのれもてまいらんとて也　十一時半より家を出ず　母君みの子君の近辺まで送り給わる　談話少ししてのちに諸君参らる　今日は中秋なるちょうを空めずらかに晴わたりて塵斗《ちりばかり》の雲もなく風はつよからねどすずしき程に吹ていとよき日也

点取題対山待月也　小出君及師の君両点也

甲　両君

　山のはの梢あかるく成《なり》にけり今か出らむ秋のよの月

おのれの成ければ賞給わる　今日の各評題は山家水枕辺虫也　天は小川信子ぬし地は中村礼子ぬし人《じん》は伊東延子ぬし成けり　日没少し前に諸君帰らる　おのれはつや子ぬしの迎いのいとおそければ一人残し参らせんがわびしければもろ共に残る　とよ子君迎えに来給てよりおのれは帰る　みの子ぬしより心ぞえの車にて出る程に月は上野の森をはなれて桜木病院の軒《のき》ばにのぼりぬ　うたて月をうしろにして帰ることのいとおしさよと心の中にはな

げかれぬ　切通《きりどお》し辺りへ来る程に雲少しかかり初ぬ　家に帰りてより少し月さやかに成しが更《ふけ》てはいと雲かさなりておもいしことよとわびられぬ　今宵久保木の姉君参る　母君と共にものへ参らる今宵《こよい》も例のなまけてはようふしぬ

廿六日　空少し曇る　早朝千村礼三ぬし正朔君と共に来る　おのれは図書館にふみ見んとてはよう出ぬ　道にて今野はるの商品陳列館に出勤するに逢て伴いて行　外《ほか》にも今一人居たり　少し早過たりけんまだ館は開かず　さは恰もよし真下の槙子とじが墓参りせばや今日は彼岸の終りの日なるをとて谷中《やなか》へ行　寺僧も今寐起《ねおき》たる斗《ばかり》成き　あかくむも花たずそうるも悲しきものからいと嬉し　絶ず苔のしたに聞らむ松風に袂《たもと》ぬらして手《た》むけもあえず先打なげかれぬ　さるべき子どもなどもなきにしあらず　有ながらはたいかなればか花手向たる人もなく水かれ墓はかわきにたり　しばしおろがみてここをば出ず　常なき世とはえおもわじとすれど猶《なお》このはかなごとやみをもはなれざりけり　かしこはまだ開かずしばし立つくしてやがて入ぬ　日本紀《にほんぎ》及花月草紙月次消息をかりてみる　神代の巻の解しがたきをしいてとかんとすればあやしうねむくさえ成ぬ　花月草紙にねぶりをさまして月なみ消息の流暢なるをうらやましゅうおもうもかいなし　三時斗《ばか》り成けん雨少しこぼれ来ぬ　いたくふられなんわびしくて館をば出ぬ　道にしてやみたるは口おしかりき　しのばずの池蓮《はす》かれて浮草の花のただようも淋し　秋は草木の上のみならず　みとみるものの露

けくも有哉《あるかな》とてしばし立とどまりぬ　うしろよりくる書生の我うえなるべし何ごとかささやくがつつましゅうてうつむきたるままいそぐもはずかし　家にかえればいとうも早うおわしつる哉とてみなみなよろこびぬ　国子は今日関場君とい参らせつとて給わりつる栗など我にもくわす　半井《なからい》うしの事などをも聞て来ぬ　いでや猶記者は記者也　朱にまじわるになどかは赤うならせ給わらざらん　品行の不の字なること信用のなし難きこと姉君が覚す様には侍らずとよとてまめだちて聞えしらさるるにもむねつぶれぬ　我為には良師にしてかつ信友と君もの給えり　我が一家の秘事をも打明《うちあけ》て頼み参らせ後来扶《たす》けにならんなどの約も有しをそも偽り成けんかしらず　誰が誠をかとて打もなげかれぬ　今日は稲葉の妻君も参らせ給えりとぞ　関場君より日本外史及び吉野拾《しゅう》遺《い》をかりて来る　日没後母君によしの拾遺読みて聞かせ奉る　十一時斗成けんふしぬ

八日（十一月）　早朝母君帰宅せらる　直ちに寐につく　おのれは図書館に書物見に行まだ開館に至らざりしかば桜木町《さくらぎまち》より根岸《ねぎし》布田の稲荷迄そぞろありきす　名高き御行《おぎょう》ノ松など見物す　ほおずき屋の奇談あり　やがて開館を待て入る　太平記今昔物語及び東鑑《あずまかがみ》を借る　但し東鑑はよまで太平記幷《ならび》に今昔物語をのみ借かえてみる　館を出しは日のやや西にかたぶきし頃成き　向ヶ岡弥生町《やよいちょう》の坂にて若き書生のまだ十七八なると十四斗なると菊の鉢植をわら縄にて結いて下《おり》て来たりしに其縄切れて行なやみたればおのれがし

めたる絹紐取《とり》てあたえんとしたる事　其折来かかりたる大学の生徒のあやしげに見たる事　其書生が振舞の事　西片町にて別れし事　家に帰りつきしは日没少し前成し　夫より母君再び小林君へ参らる　十一時床に入ぬ

十八日（明治二十五年二月）　晴天　寒風おもてを切るが如し　森君に礼ながら借用金に行かばやとて支度す　母君と共に家を出しは九時成けん　徒歩林町《はやしちょう》にいたる　森君は留守成し　小君に種々談話　証書したためて八円かりる　昨日小林君まいられたるよし　同家盗難のはなし及び栗塚国会議員同難にかかりたるはなしなどあり　ひいて小説著作のことに移る　画工竹内桂舟は小君が甥の師なるよし　折々は参る事もあり　同人は硯友舎《けんゆうしゃ》連の一人なれば美妙斎紅葉漣各君とも入懇《じっこん》なればもし同人らに紹介などを要せらるれば其労はとるべしとなり　右関係の事どもものがたりて同家を暇乞《いとまごい》せしは十一時成し　梅がか聞《きき》ながら藪下《やぶした》*3より参らんとて根津神社*4をぬけてかえる　風寒けれど春ははる也　鶯の初音折々にして思わずもあしとどむる垣根もあり　紅梅の色おかしきに目をうばわるるも少なからず　家に帰りしは十二時頃成けり　夫より新著の小説にかかる　稲葉君来訪　正朔君の衣類もらい度《たし》とて也　日没少し前三枝より出産祝いの赤飯来る　夕飯ことに賑々《にぎにぎ》しく終りて諸大家のおもしろき小説一巡母君によみて聞かしまいらす　国子が日記を見てよく書きたりなどいう　夜更て雪降り出ず　おのれが臥床に入しは二時ごろ成けん

（明治二十五年五月）

なき名の立ける頃
みちのくのなき名とり川くるしきは
人にきせたるぬれ衣にして

されどただ
行水のうきなも何か木のは舟
ながるるままにまかせてをみん
今日を限りとおもひ定めてうしのもとをとはんといふ日よめる
いとどしくつらかりぬべき別路《わかれじ》を
あはぬ今よりしのばるる哉
ある時は厭《いと》いある時はしたいよ所《そ》ながらもの語りききて胸とどろかしまのわたり文を見て涙にむせび心緒みだれ尽して迷夢いよいよ闇かりしこと四十日にあまりぬ　七月の十二日

に別れてより此かた一日も思い出さぬことなく忘るるひま一時も非ざりし　今はた思えば是ぞ人生にかならず一度びは来るべき通り魔というものの類《たぐ》い成けん　道にかんがみ良心に問えば更《さら》に更に心やましきことなく思いわずらうふし更になし　我徳この人の為にくもらんとして却りてみがかれぬ　いでやこれよりいよいよみがきて猶一大迷夢見破りてましと思い立しは八月の廿四日渋谷君に訪《おとな》われし翌日成けり

卅日（明治二十六年三月）　晴天　早朝国子と少し物がたりす　我家貧困日ましにせまりて今は何方より金かり出すべき道もなし　母君は只せまりにせまりて我が著作の速かならんことをの給《たま》いいでやいかに力を尽すとも世に買人なき時はいかがわせん　ここよりもかしこよりも只もとめにもとむるを兎角引しろいて世に出さぬこそあやしけれ　誰もはじめより名文名作のあるべきならねばよしいささか心に入らぬふし有《あり》ともそはしのばねばならずかし　たとえ十年の後に高名の道ありともそれまでの衣食なくてやは過す　かかる侘《わび》しき目見んよりはよし十円取りの小官吏にまれかた襷《たすき》はなさぬ小商人にまれ身のようすが定まれば憂き事はしらじをなどの給いなすことといと多し　不孝の子にならじとは日夜におもえど猶かかるかたの御心にも入らずしてかくわずらわしげにの給うこと常の様也　　あなもたいなのことや

大学総長加藤弘之君免じらる　浜尾新君任官

春雨は軒の玉水くりかへし
　ふりにしかたを又しのべとや
あなくるしつらくもあらぬ人ゆゑに
　あはまほしさのかずそはりつつ
中々に恋とはいはじかりごもの
　みだれ心はわれからにして
荻の葉のそよともいはで
　すぐるかな
　　わすれやしけんほどのへぬれば

廿五日（明治二十六年六月）晴れ　午後夕立来る　行水《ぎょうずい》後国子と共に天王寺に中嶋老君寺参りす　夫《それ》より根岸に下りて御行の松一覧　そのわたりの田の早苗いまは盛りにとるなる日暮るるもしらず見るもおかし　国子の蓮の葉と芋の葉と取違えたるもおかしかりき　帰路坂本の通りに出て五条天神の祭りみて池のはたより帰る　時しも夕ぐれにて哥《うた》ひめどもの行《ゆき》かうみるもおかし　馬見場には福嶋中佐が歓迎場もうくるとてかがりたきつつ工事いそぐもにぎわし　家ちかく成るほど又々雨こぼれ来ぬ　されどやがて晴れにけり　一人燈下に更るまで書見をなす

七月一日（明治二十七年）　芳太郎来訪　しばしありて横須賀より野々宮君参らる　かなしく浅ましくかつは哀れにもはずかしくもさまざまなる物語をかたり出る　失敗の女学生が標本ともいうべきにや　十時頃成けん　桜木丁より使来り幸作死去の報あり　母君驚愕直に参らるからはその日寺に送りて日ぐらしの烟《けむり》とたちのぼらせぬ　浅ましき終をちかき人にみる我身の宿世もそぞろにかなし

（明治二十八年十月）

ようよう世に名をしられ初てめずらし気にかしましゅうもてはやさるる　うれしなどいわんはいかにぞや　これも唯《ただ》めの前のけぶりなるべききのうの我れと何事のちがいかあらん小説かく文つくるただこれ七つの子供の昔しよりおもい置《おき》つる事のそのかたはしをもらせるのみ　などことごと敷《しく》はいいはやすらん　今の我みのかかる名得つるが如くやがて烋《あき》かぜたたんほどはたちまち野末にみかえるものなかるべき運命あやしゅうも心ぼそうもある事かな

しばし書とどめて
のちの寐覚《ねざめ》の
こころやりにせばや

サフラン

森　鷗外

名を聞いて人を知らぬと云うことが随分ある。人ばかりではない。すべての物にある。

私は子供の時から本が好《すき》だと云われた。少年の読む雑誌もなければ、巌谷小波《いわやさざなみ》君のお伽話《とぎばなし》もない時代に生れたので、お祖母《ばあ》さまがおよめ入の時に持って来られたと云う百人一首やら、お祖父《じい》さまが義太夫を語られた時の記念に残っている浄瑠璃本《じょうるりぼん》やら、謡曲の筋書をした絵本やら、そんなものを有るに任せて見ていて、凧《たこ》と云うものを揚げない、独楽《こま》と云うものを廻さない。隣家の子供との間に何等の心的接触も成り立たない。そこでいよいよ本に読み耽《ふけ》って、器に塵《ちり》の附くように、いろいろの物の名が記憶に残る。そんな風で名を知って物を知らぬ片羽《かたわ》になった。大抵《たいてい》の物の名がそうである。植物の名もそうである。

父は所謂蘭医《いわゆるらんい》である。オランダ語を教えて遣やろうと云われるので、早くから少しずつ習った。文典と云うものを読む。それに前後編があって、前編は語を説明し、後編は文を説明してある。それを読んでいた時字書を貸して貰《もら》った。蘭和対訳の二冊物で、大きい厚い和本である。それを引っ繰り返して見ているうちに、サフランと云う語に撞着《どうちゃく》した。

まだ植学啓源などと云う本の行われた時代の字書だから、音訳に漢字が当て嵌《は》めてある。今でもその字を記憶しているから、ここに書いても好いが、サフランと三字に書いてある初の一字は、所詮《しょせん》活字には有り合せまい。依《よ》って偏旁《へんぼう》を分けて説明する。「水」の偏に「自」の字である。次が「夫」の字、又次が「藍」の字である。

「お父っさん。サフラン、草の名としてありますが、どんな草ですか。」

「花を取って干して物に色を附ける草だよ。見せて遣ろう。」

父は薬簞笥《くすりだんす》の抽斗《ひきだし》から、ちぢれたような、黒ずんだ物を出して見せた。父も生の花は見たことがなかったかも知れない。私にはたまたま名ばかりでなくて物が見られても、干物しか見られなかった。これが私のサフランを見た初である。

二三年前であった。汽車で上野に著《つ》いて、人力車を傭《やと》って団子坂《だんござか》へ帰る途中、東照宮の石壇の下から、薄暗い花園町《はなぞのちょう》に掛かる時、道端に筵《むしろ》を敷いて、球根からすぐに紫の花の咲いた草を列《なら》べて売っているのを見た。子供から半老人になるまでの間に、サフランに対する智識は余り進んではいなかったが、図譜で生の花の形だけは知っていたので、「おや、サフランだな」と思った。花卉《かき》として東京でいつ頃から弄《もてあそ》ばれているか知らない。兎《と》に角《かく》サフランを売る人があると云うことだけ、この時始《はじめ》て知った。

この旅はどこへ往《い》った旅であったか知らぬが、朝旅宿を立ったのは霜の朝であった。もう温室の外にはあらゆる花と云う花がなくなっている頃の事である。山茶花《さざんか》も茶の花もない頃の事である。

　サフランにも種類が多いと云うことは、これもいつやら何かで読んだが、私の見たサフランはひどく遅く咲く花である。併《しか》し極端は相接触する。ひどく早く咲く花だとも云われる。水仙よりも、ヒアシントよりも早く咲く花だとも云われる。

　去年の十二月であった。白山下《はくさんした》の花屋の店に、二銭の正札附でサフランの花が二三十、干からびた球根から咲き出たのが列べてあった。私は散歩の足を駐《と》めて、球根を二つ買って持って帰った。サフランを我物《わがもの》としたのはこの時である。私は店の爺《じ》いさんに問うて見た。

「爺いさん。これは土に活けて置いたら、又花が咲くだろうか。」

「ええ。好《よ》く殖《ふ》える奴で、来年は十位になりまさあ。」

「そうかい。」

　私は買って帰って、土鉢《どばち》に少しばかり庭の土を入れて、それを埋めて書斎に置いた。花は二三日で萎《しお》れた。鉢の上には袂屑《たもとくず》のような室内の塵が一面に被《かぶ》さった。私は久しく目にも留めずにいた。

　すると今年の一月になってから、緑の糸のような葉が叢《むら》がって出た。水も遣らずに置いたのに、活気に満ちた、青々とした葉が叢がって出た。物の生ずる力は驚くべきものである。あらゆる抗抵に打ち勝って生じ、伸びる。定めて花屋の爺いさんの云ったように、段々球根も殖えることだろう。

硝子戸《ガラスど》の外には、霜雪を凌《しの》いで福寿草の黄いろい花が咲いた。ヒアシントや貝母《ばいも》も花壇の土を裂いて葉を出しはじめた。書斎の内にはサフランの鉢が相変らず青々としている。

鉢の土は袂屑のような塵に掩《おお》われているが、その青々とした色を見れば、無情な主人も折々水位遣らずにはいられない。これは目を娯《たのし》ましめようとするEgoismusであろうか。それとも私なしに外物を愛するAltruismusであろうか。人間のする事の動機は縦横に交錯して伸びるサフランの葉の如く容易には自分にも分からない。それを強いて、烟脂《やに》を舐《な》めた蛙が腸《はらわた》をさらけ出して洗うように洗い立てをして見たくもない。今私がこの鉢に水を掛けるように、物に手を出せば弥次馬と云う。手を引き込めておれば、独善と云う。残酷と云う。冷澹《れいたん》と云う。それは人の口である。人の口を顧みていると、一本の手の遣所もなくなる。

これはサフランと云う草と私との歴史である。これを読んだら、いかに私のサフランに就いて知っていることが貧弱だか分かるだろう。併しどれ程疎遠な物にもたまたま行摩《ゆきずり》の袖が触れるように、サフランと私との間にも接触点がないことはない。物語のモラルは只《ただ》それだけである。

宇宙の間で、これまでサフランはサフランの生存をしていた。私は私の生存をしていた。これからも、サフランはサフランの生存をして行くであろう。私は私の生存をして行くであろう。（尾竹一枝君のために。）

イタリア人

寺田寅彦

今日七軒町《しちけんちょう》まで用達《ようた》しに出掛けた帰りに久し振りで根津《ねづ》の藍染町《あいぞめちょう》*5を通った。親友の黒田が先年まで下宿していた荒物屋の前を通った時、二階の欄干に青い汚れた毛布が干してあって、障子の少し開いた中に皺くちゃに吊した袴が見えていた。なんだかなつかしいような気がした。黒田が此処《ここ》に居たのはまだ学校に居た頃からで、自分はほとんど毎日のように出入りしたから主婦とも古い馴染《なじみ》ではあるが、黒田が居なくなってからは妙に疎《うと》くなってしまって、今日も店に人の居なかったのを却《かえ》って仕合せに声もかけずに通り過ぎた。しかしこの家の二階は何となくなつかしい、昔の香がする。二階と言って別に眺望が佳いのでもなければ、座敷が綺麗だという訳でもない。前にはコケラ葺《ぶき》や、古い瓦屋根に草の茂った貸長屋が不規則に並んで、その向うには洗濯屋の物干が美しい日の眼界を遮ぎる。右の方に少しばかり空地があって、その真上に向《むこう》ヶ岡《おか》*6の寄宿舎が聳えて見える。春の頃など夕日が本郷台に沈んで赤い空にこの高い建物が紫色に浮き出して見える時などは、これが一つの眺めになったくらいのものである。しかし間近く上野をひかえているだけに、何処《どこ》か明るい花やかなところもあった。花の時分などになると何となく春のどよみが森の空に聞えて窓の下を美しい人の群が通る事もあった。欄干にもたれて何かしんみりした話でもしている時、程近い時の鐘が重々しいうなりを伝え伝えて遠くに消えることもあった。

いったい黒田は子供の時分から逆境に育ってずいぶん苦しい思いをして来た男だけに世間に対する考えもふけていて、深い眼の底から世の中を横に睨んだようなところがあった。観察の鋭いそしていつも物の暗面を見たがる癖があるので、人からはむしろ憚かられていたためか、平生親しく往来する友も少なかった。そのひねくれたようなところが妙に自分と気が合ったのも不思議である。自分はどうかこうか世間並の坊ちゃんで成人し、黒田のような苦労の味をなめた事もない。黒田の昔話を小説のような気で聞いていた。月々郷里から学資を貰って金の心配もなし、この上気楽な境遇はなかった筈《はず》であるが、若い心には気楽無事だけでは物足りなかった。きまりきった日々の課業をして暇な時間を無意味に過すと云うような事がむしろ堪え難い苦痛であった。ただ何かしら絶えず刺戟が欲しい。快楽とか苦痛とか名の付くようなものでなく、何んだか分らぬ目的物を遠い霞の奥に望んで、それをつかまえようつかまえようとしていた。小説を読んだり白馬会《はくばかい》を見に行ったりまた音楽会を聞きに行ったりしているうちには求めている物に近づいたような気がする事もあったが、つい眼の前の物に手の届かぬような悶《もど》かしい感じが残るばかりである。こんな事を話すと黒田はいつも快く笑って「青春の贅沢」は出来る時にしておくさと言った。半日も下宿に籠って見厭きた室内、見厭きた庭を見ていると堪えられなくなって飛び出す。黒田を誘うて当もなく歩く。咲く花に人の集まる処を廻ったり殊更《ことさら》に淋しい墓場などを尋ね歩いたりする。黒田はこれを「浮世の匂」をかいで歩くのだと言っていた。一緒に歩いていると、見る物聞く物黒田が例の奇警な観察を下すのでつまらぬ物が生きて来る。途上の人は大きな小説中の人物になって路傍の石塊《いしころ》にも意味が出来る。君は文学者になったらいいだろうと自分は言った事もあるが、黒田は医科をやっていた。

あの頃よく話の種になったイタリア人がある。名をジュセッポ・ルッサナとかいって、黒田の宿の裏手に小さな家を借りて何処かの語学校とかへ通っていた。細君《さいくん》は日本人で子供が二人、末のはまだほんの赤ん坊であった。下女も置かずに、質素と云うよりはむしろ極めて賤しい暮しをしていた。日本へ来ている外国人には珍しい下等な暮しをしていたが、しかし月給はかなり沢山に取っているという噂であった。日本へ来ているのは金をこしらえるためだから、なんでも出来るだけ倹約するのですと彼自身人に話したそうである。

黒田の居た二階の縁側に立って見ると、裏の塀越しにイタリア人の家の庭から縁側が見下ろされる。二間《けん》あるかなしの庭に、植木といったら柘榴《ざくろ》か何かの見すぼらしいのが一株塀の陰にあるばかりで、草花の鉢一つさえない。今頃なら霜解けを踏み荒した土に紙屑や布片などが浅猿《あさま》しく散らばりへばりついている。晴れた日には庭一面におしめやシャツのような物を干す、軒下には缶詰の殼やら横緒の切れた泥塗《どろまみ》れの女下駄などがころがっている。雨の日には縁側に乳母車があがって、古下駄が雨垂れに濡れている。家の中までは見えぬがきたなさは想像が出来る。細君からして随分こんな事には無頓着な人だと見える。どうせあんな異人さんのおかみさんになるくらいの人だからと下宿の主婦は説明していたそうな。しかし細君はごく大人しい好人物だというので近所の気受けはあまり悪い方ではなかったらしい。

主人のジュセッポの事を近所ではジューちゃんと呼んでいた。出入りの八百屋が言い出してからみんなジューちゃんというようになったそうである。自分は折々往来で自転車に乗って行くのを見かけた事がある。大きなからだを猫背に曲げて陰気な顔をしていつでも非常に急いでいる。眉の間に深い皺をよせ、血眼《ちまなこ》になって行手を見つめて駆けっているさまは餓えた熊鷹が小雀を追うようだと黒田が評した事がある。休日などにはよく縁側の日向《ひなた》で赤ん坊をすかしている。上衣を脱いでシャツばかりの胸に子供をシッカリ抱いて、おかしな声を出しながら狭い縁側を何遍でも行ったり来たりする。そんな時でも恐ろしく真面目で沈鬱で一心不乱になっているように見える。こちらの二階で話し声がしていても少しも目もくれず、根気よく同じような声を出して子供をゆすぶっている。しかし子供が可愛くてならぬという風でもない。ただ一心に何事かに凝り固まって世間の風が何処を吹くのも知る余裕がないといったようである。自分はこんな場合を見かけるとなんだか可笑《おか》しくもありまた気の毒な気がした。黒田はあれはこの世界に金を溜める以外何物もない憐れな男だと言っていた。五厘《りん》だけ安いというので石油の缶を自転車にぶらさげ、下谷《したや》の方まで買いに出かけるという事であった。八百屋などが来ると自分で台所へ出かけてやかましく値切り小切りをする。大根を歯で喰い欠いてみてこれはいけないと云って突返したりする。煮焚きの事でも細君にはやらせないで独りで台所で何かガチャつかせながらやっていた。

花を尋ねたり、墓を訪うたり、美しい夢ばかり見ていたあの頃の自分には、このイタリア人は暗い黄泉《よみ》の闇に荒金を掘っている亡者《もうじゃ》か何かのように思われた。とにかく一種侮蔑の念を抑える訳に行かなかった。日露戦争の時分には何でもロシアの方に同情して日本の連捷《れんしょう》を呪うような口吻《こうふん》があったとかであるいは露探《ろたん》じゃないかという噂も立った。こんな事でひどく近所中の感じを悪くしたそうだが、細君の好人物と子供の可愛らしいのとで幾分か融和していたらしい。子供は髪が黒くて色が白くて美しい。上の男の子はあの頃四つくらいで名はエンリコとかいうそうだが、当り前の和服を着て近所の子供と遊んでいるのを見ては混血児と思われぬようであった。黒田はこの児を大変に可愛がってエンチャンエンチャンと親しんでいた。父親が金をこしらえあげた暁にこの児の運命はどうなるだろうかと話し合った事もある。

ジュセッポの家で時ならぬ嵐が起って隣家の耳を欹《そばだ》てさせる事も珍しくない。アクセントのおかしいイタリア人の声が次第に高くなる。そんな時は細君のことをアナタがアナタがと云う声が特別に耳立って聞える。嵐が絶頂になって、おしまいに細君の啜《すす》り泣きが聞え出すと急に黙ってしまう。そして赤ん坊を抱いて下駄ばきで庭へ出る。憤怒、悲哀、痛苦を一まとめにしたような顔を曇らせて、不安らしく庭をあちこち歩き廻るのである。異郷の空に語る者もない淋しさ佗しさから気まぐれに拵《こしら》えた家庭に憂き雲が立って心が騒ぐのだろう。こんな時にはかたくななジュセッポの心も、海を越えて遥かなイタリアの彼方、オレンジの花咲く野に通うて羇旅《きりょ》の思いが動くのだろうと思いやった事もある。細君は珍しいおとなしい女で、口喧《くちやか》ましい夫にかしずく様はむしろ人の同情をひくくらいで、ついぞ近所などで愚痴をこぼした事もない。従ってこの変った家庭の成立についても細君の元の身分についても、何事も確かな事は聞かれなかった。今は黒田も地方へ行ってしまってイタリア人の話をする機会も絶えた。

こんな事を色々思い出して帰って来ると宅のきたないのが今更のように目に付く。よごれた畳破れた建具を見まわしていたが、急に思いついて端書《はがき》を書いた、久し振りで黒田にこんな事を書いてやった。

……東京は雪がふった。千駄木《せんだぎ》の泥濘*7はまだ乾かぬ。これが乾くと西風が砂を捲く。この泥に重い靴を引きずり、この西風に逆らうだけでも頬が落ちて眼が血走る。東京はせちがらい。君は田舎が退屈だと言って来た。この頃は定めてますます肥ったろう。僕は毎日同じ帽子同じ洋服で同じ事をやりに出て同じ刻限に家に帰って食って寝る。

「青春の贅沢」はもう止した。「浮世の匂」をかぐ暇もない。障子は風がもり、畳は毛立っている。霜柱にあれた庭を飾るものは子供の襁褓《むつき》くらいなものだ。この頃の僕は何だかだんだんに変って来る。美しい物の影が次第に心から消えて行く。金がほしくなる。かつて二階から見下ろしたジュセッポにいつの間にか似てくるようだ。堕落か、向上か。どちだか分らない。

三月十四日

ペンで細字で考え考え書いてしまったのを懐にして表のポストに入れに出た。そして今書いた事を心でもう一遍繰り返しながら、これを読んだ時に黒田の苦い顔に浮ぶべき微笑を胸に描いた。

日和下駄

永井荷風

第九　崖（抄）

数ある江戸名所案内記中その最も古い方に属する『紫《むらさき》の一本《ひともと》』や『江戸惣鹿子大全《えどそうがのこたいぜん》』なぞを見ると、坂、山、窪《くぼ》、堀、池、橋なぞいう分類の下《もと》に江戸の地理古蹟名所の説明をしている。しかしその分類は例えば谷という処に日比谷、谷中、渋谷、雑司ヶ谷《ぞうしや》なぞを編入したように、地理よりも実は地名の文字《もんじ》から来る遊戯的興味に基《もとづ》いた処が尠《すくな》い。かくの如きはけだし江戸軽文学のいかなるものにも必ず発見せられるその特徴である。私は既に期せずして東京の水と路地《ろじ》と、つづいて閑地《あきち》に対する興味をばやや分類的に記述したので、ここにもう一つ崖なる文章を付加えて見よう。

崖は閑地や路地と同じようにわが日和下駄《ひよりげた》の散歩に尠からぬ興味を添えしめるものである。何故《なぜ》というに崖には野笹や芒《すすき》に交《まじ》って薊《あざみ》、藪枯《やぶから》しを始めありとあらゆる雑草の繁茂した間から場所によると清水が湧いたり、下水《したみず》が谷川のように潺々《せんせん》と音して流れたりしている処がある。また落掛るように斜《ななめ》に生《は》えた樹木の幹と枝と殊に根の形なぞに絵画的興趣を覚えさせることが多いからである。もし樹木も雑草も何も生えていないとすれば、東京市中の崖は切立った赤土の夕日を浴びる時なぞ宛然堡塁《えんぜんほうるい》を望むが如き悲壮の観を示す。

　昔から市内の崖には別にこれという名前のついた処は一つもなかったようである。『紫の一本』その他の書にも、窪、谷なぞいう分類はあるが崖という一章は設けられていない。しかし高低の甚しい東京の地勢から考えて、崖は昔も今も変りなく市中の諸処に聳《そび》えていたに相違ない。

　上野から道灌山飛鳥山《どうかんやまあすかやま》へかけての高地の側面は崖の中《うち》で最も偉大なものであろう。神田川を限るお茶の水の絶壁は元より小赤壁《しょうせきへき》の名がある位で、崖の最も絵画的なる実例とすべきものである。

　小石川春日町《こいしかわかすがまち》から柳町《やなぎちょう》指《さす》ヶ谷町《やちょう》へかけての低地から、本郷の高台を見る処々《ところどころ》には、電車の開通しない以前、即ち東京市の地勢と風景とがまだ今日ほどに破壊されない頃には、樹《き》や草の生茂《おいしげ》った崖が現れていた。根津の低地から弥生ヶ岡と千駄木の高地を仰げばこもまた絶壁である。絶壁の頂《いただき》に添うて、根津権現《ごんげん》の方から団子坂の上へと通ずる一条の路がある。私は東京中の往来の中《うち》で、この道ほど興味ある処はないと思っている。片側《かたかわ》は樹と竹藪に蔽われて昼なお暗く、片側はわが歩む道さえ崩れ落ちはせぬかと危《あやぶ》まれるばかり、足下《あしもと》を覗《のぞ》くと崖の中腹に生えた樹木の梢《こずえ》を透《すか》して谷底のような低い処にある人家の屋根が小さく見える。されば向《むこう》は一面に遮《さえぎ》るものなき大空かぎりもなく広々として、自由に浮雲の定めなき行衛《ゆくえ》をも見極められる。左手には上野谷中に連る森黒く、右手には神田下谷浅草へかけての市街が一目に見晴され其処《そこ》より起る雑然たる巷《ちまた》の物音が距離のために柔げられて、かのヴェルレエヌが詩に、

　かの平和なる物のひびきは
　街《まち》より来る……

といったような心持を起させる。[*8]

当代の碩学《せきがく》森鷗外先生の居邸《きょてい》はこの道のほとり、団子坂の頂に出ようとする処にある。二階の欄干《らんかん》に彳《たたず》むと市中の屋根を越して遥に海が見えるとやら、然るが故に先生はこの楼を観潮楼《かんちょうろう》と名付けられたのだと私は聞伝えている。団子坂をば汐見坂という由後に人より聞きたり。度々私はこの観潮楼に親しく先生に見《まみ》ゆるの光栄に接しているが多くは夜になってからの事なので、惜しいかな一度《ひとたび》もまだ潮《うしお》を観《み》る機会がないのである。その代り、私は忘れられぬほど音色の深い上野の鐘を聴いた事があった。日中はまだ残暑の去りやらぬ初秋の夕暮であった。先生は大方御食事中でもあったのか、私は取次の人に案内されたまま暫《しばら》くの間唯一人この観潮楼の上に取残された。楼はたしか八畳に六畳の二間《ふたま》かと記憶している。一間《いっけん》の床《とこ》には何かいわれのあるらしい雷《らい》という一字を石摺《いしずり》にした大幅《たいふく》がかけてあって、その下には古い支那の陶

器と想像せられる大きな六角の花瓶《かへい》が、花一輪さしてないために、かえってこの上もなく厳格にまた冷静に見えた。座敷中にはこの床の間の軸と花瓶の外《ほか》は全く何一つ置いてないのである。額もなければ置物もない。おそるおそる四枚立の襖《ふすま》の明放《あけはな》してある次の間《ま》を窺《うかが》うと、中央《まんなか》に机が一脚置いてあったが、それさえいわば台のようなもので、一枚の板と四本の脚があるばかり、抽出《ひきだし》もなければ彫刻のかざりも何もない机で、その上には硯《すずり》もインキ壺も紙も筆も置いてはない。しかしその後《うしろ》に立てた六枚屛風《びょうぶ》の裾《すそ》からは、紐《ひも》で束《たば》ねた西洋の新聞か雑誌のようなものの片端《かたはし》が見えたので、私はそっと首を延して差覗《さしのぞ》くと、いずれも大部のものと思われる種々なる洋書が座敷の壁際《かべぎわ》に高く積重ねてあるらしい様子であった。世間には往々読まざる書物をれいれいと殊更《ことさら》人の見る処に飾立《かざりた》てて置く人さえあるのに、これはまた何という一風変った癇癖《かんぺき》であろう。私は『柵草紙《しがらみぞうし》』以来の先生の文学とその性行について、何とはなく沈重《ちんちょう》に考え始めようとした。あたかもその時である。一際《ひときわ》高く漂い来る木犀《もくせい》の匂と共に、上野の鐘声《しょうせい》は残暑を払う涼しい夕風に吹き送られ、明放した観潮楼上に唯一人、主人を待つ間《ま》の私を驚かしたのである。

私は振返って音のする方を眺めた。千駄木の崖上《がけうえ》から見る彼《か》の広漠たる市中の眺望は、今しも蒼然たる暮靄《ぼあい》に包まれ一面に煙り渡った底から、数知れぬ燈火《とうか》を輝《かがや》し、雲の如き上野谷中の森の上には淡い黄昏《たそがれ》の微光をば夢のように残していた。私はシャワンの描いた聖女ジェネヴィエーブが静に巴里《パリー》の夜景を見下《みおろ》している、かのパンテオンの壁画の神秘なる灰色の色彩を思出さねばならなかった。

鐘の音《ね》は長い余韻の後を追掛け追掛け撞《つ》き出されるのである。その度《たび》ごとにその響の湧《わき》出《いず》る森の影は暗くなり低い市中の燈火は次第に光を増して来ると車馬の声は嵐のようにかえって高く、やがて鐘の音の最後の余韻を消してしまった。私は茫然として再びがらんとして何物も置いてない観潮楼の内部を見廻した。そして、この何物もない楼上から、この市中の燈火を見下し、この鐘声とこの車馬の響をかわるがわるに聴澄《ききす》ましながら、わが鷗外先生は静に書を読みまた筆を執られるのかと思うと、実にこの時ほど私は先生の風貌を、シャワンが壁画中の人物同様神秘に感じた事はなかった。

ところが、「ヤア大変お待たせした。失敬失敬。」といって、先生は書生のように二階の梯子段《はしごだん》を上《あが》って来られたのである。金巾《かなきん》の白い襯衣《シャツ》一枚、その下には赤い筋のはいった軍服のズボンを穿《は》いておられたので、何の事はない、鷗外先生は日曜貸間の二階か何かでごろごろしている兵隊さんのように見えた。

「暑い時はこれに限る。一番涼しい。」といいながら先生は女中の持運ぶ銀の皿を私の方に押出して葉巻をすすめられた。先生は陸軍省の医務局長室で私に対談せられる時にもきまって葉巻を勧められる。もし先生の生涯に些《いささ》かたりとも贅沢らしい事があるとするならば、それはこの葉巻だけであろう。

この夕《ゆうべ》、私は親しくオイケンの哲学に関する先生の感想を伺って、夜《よ》も九時過再び千駄木の崖道をば根津権現の方へ下《お》り、不忍池《しのばずのいけ》の後《うしろ》を廻ると、ここにも聳え立つ東照宮《とうしょうぐう》の裏手一面の崖に、木《こ》の間《ま》の星を数えながらやがて広小路《ひろこうじ》の電車に乗った。

放浪記（抄）

林　芙美子

（九月×日）

今日もまたあの雲だ。

むくむくと湧き上る雲の流れを私は昼の蚊帳《かや》の中から眺めていた。今日こそ十二社《じゅうにそう》に歩いて行こう――そうしてお父さんやお母さんの様子を見てこなくちゃあ……私は隣の信玄袋に凭《もた》れている大学生に声を掛けた。

「新宿まで行くんですが、大丈夫でしょうかね。」

「まだ電車も自動車もありませんよ。」

「勿論《もちろん》歩いて行くんですよ。」

この青年は沈黙《だま》って無気味な暗い雲を見ていた。

「貴方はいつまで野宿をなさるおつもりですか？」

「さあ、この広場の人達がタイキャクするまでいますよ、僕は東京が原始にかえったようで、とても面白いんですよ。」

この生齧《なまかじ》りの哲学者メ。

「御両親のところで、当分落ちつくんですか……」

「私の両親なんて、私と同様に貧乏で間借りですから、長くは居りませんよ。十二社の方は焼けてやしないでしょうかね。」

「さあ、郊外は朝鮮人が大変だそうですね。」

「でも行って来ましょう。」

「そうですか、水道橋までおくってあげましょうか。」

青年は土に突きさした洋傘を取って、クルクルまわしながら雲の間から霧のように降りて来る灰をはらった。私は四畳半の蚊帳をたたむと、崩れかけた下宿へ走った。宿の人達は、みんな荷物を片づけていた。

「林さん大丈夫ですか、一人で……」

皆が心配してくれるのを振りきって、私は木綿の風呂敷を一枚持って、時々小さい地震のしている道へ出て行った。根津の電車通りはみみずのように野宿の群がつらなっていた。青年は真黒に群れた人波を分けて、くるくる黒い洋傘をまわして歩いている。

私は下宿に昨夜間代を払わなかった事を何だかキセキのように考えている。お天陽《てんとう》様相手に商売をしているお父さん達の事を考えると、この三十円ばかりの月給も、おろそかにはつかえない。途中一升一円の米を二升買った。外《ほか》に朝日を五つ求める。

干しうどんの屑を五十銭買った。母達がどんなに喜んでくれるだろうと思うなり。じりじりした暑さの中に、日傘のない私は長い青年の影をふんで歩いた。

「よくもこんなに焼けたもんですね。」

私は二升の米を背負って歩くので、はつか鼠くさい体臭がムンムンして厭《いや》な気持ちだった。

「すいとんでも食べましょうか。」

「私おそくなるから止《よ》しますわ。」

青年は長い事立ち止って汗をふいていたが、洋傘をくるくるまわすとそれを私に突き出して云った。

「これで五十銭貸して下さいませんか。」

私はお伽話《とぎばなし》的なこの青年の行動に好ましい微笑を送った。そして気持ちよく桃色の五十銭札を二枚出して青年の手にのせてやった。

「貴方はお腹がすいてたんですね……」

「ハッハッ……」青年はそうだと云ってほがらかに哄笑《こうしょう》していた。

「地震って素敵だな！」

十二社までおくってあげると云う青年を無理に断って、私は一人で電車道を歩いた。あんなに美しかった女性群が、たった二三日のうちに、みんな灰っぽくなってしまって、桃色の蹴出《けだ》しなんかを出して裸足《はだし》で歩いているのだ。


十二社についた時は日暮れだった。本郷からここまで四里はあるだろう。私は棒のようにつっぱった足を、父達の間借りの家へ運んだ。

「まあ入れ違いですよ。今日引っ越していらっしたんですよ。」

「まあ、こんな騒ぎにですか……」

「いいえ私達が、ここをたたんで帰国しますから。」

私は呆然としてしまった。番地も何も聞いておかなかったと云う関西者らしい薄情さを持った髪のうすいこの女を憎らしく思った。私は堤の上の水道のそばに、米の風呂敷を投げるようにおろすと、そこへごろりと横になった。涙がにじんできて仕方がない。遠くつづいた堤のうまごやしの花は、兵隊のように皆地べたにしゃがんでいる。


星が光りだした。野宿をするべく心をきめた私は、なるべく人の多いところの方へ堤を降りて行くと、とっつきの歪んだ床屋の前にポプラで囲まれた広場があった。そこには、二三の小家族が群れていた。私がそこへ行くと、「本郷から、大変でしたね……」と、人のいい床屋のお上《かみ》さんは店からアンペラを持って来て、私の為《た》めに寝床をつくってくれたりした。高いポプラがゆっさゆっさ風にそよいでいる。

「これで雨にでも降られたら、散々ですよ。」

夜警に出かけると云う、年とった御亭主が鉢巻をしながら空を見てつぶやいていた。

（九月×日）

朝。

久し振りに鏡を見てみた。古ぼけた床屋さんの鏡の中の私は、まるで山出しの女中のようだ。私は苦笑しながら髪をかきあげた。油っ気のない髪が、ばらばら額にかかって来る。床屋さんにお米二升をお礼に置いた。

「そんな事をしてはいけませんよ。」

お上さんは一丁ばかりおっかけて来て、お米をゆさゆさ抱えて来た。

「実は重いんですから……」

そう云ってもお上さんは二升のお米を困る時があるからと云って、私の背中に無理に背負わせてしまった。昨日来た道である。相変らず、足は棒のようになっていた。若松町《わかまつちょう》まで来ると、膝《ひざ》が痛くなってしまった。すべては天真ランマンにぶつかってみましょう。私は、罐詰《かんづめ》の箱をいっぱい積んでいる自動車を見ると、矢もたてもたまらなくなって大きい声で呼んでみた。

「乗っけてくれませんかッ。」

「どこまで行くんですッ！」

私はもう両手を罐詰の箱にかけていた。順天堂前で降ろされると、私は投げるように、四ツの朝日を運転手達に出した。

「ありがとう。」

「姉さんさよなら……」

みんないい人達である。

私が根津の権現様の広場へ帰った時には、大学生は例の通り、あの大きな蝙蝠《こうもり》傘の下で、気味の悪い雲を見上げていた。そして、その傘の片隅には、シャツを着たお父さんがしょんぼり煙草をふかして私を待っていたのだ。

「入れ違いじゃったそうなのう……」と父が云った。もう二人とも涙がこぼれて仕方がなかった。

「いつ来たの？　御飯たべた？　お母さんはどうしています？」

矢つぎ早やの私の言葉に、父は、昨夜朝鮮人と間違えられながらやっと本郷まで来たら、私と入れ違いだった事や、疲れて帰れないので、学生と話しながら夜を明かした事など物語った。私はお父さんに、二升の米と、半分になった朝日と、うどんの袋をもたせると、汗ばんでしっとりとしている十円札を一枚出して父にわたした。

「もらってええかの？……」

お父さんは子供のようにわくわくしている。

「お前も一しょに帰らんかい。」

「番地さえ聞いておけば大丈夫ですよ、二三日内には又行きますから……」

道を、叫びながら、人を探している人の声を聞いていると、私もお父さんも切なかった。

「産婆さんはお出でになりませんかッ……どなたか産婆さん御存知ではありませんか！」

と、産婆を探して呼んでいる人もいた。

D坂の殺人事件

江戸川乱歩

（上）事　実

それは九月初旬のある蒸し暑い晩のことであった。私は、D坂[*9]の大通りの中程にある、白梅軒《はくばいけん》という、行きつけのカフェで、冷しコーヒーを啜《すす》っていた。当時私は、学校を出たばかりで、まだこれという職業もなく、下宿屋にゴロゴロして本でも読んでいるか、それに飽ると、当てどもなく散歩に出て、あまり費用のかからぬカフェ廻りをやる位が、毎日の日課だった。この白梅軒というのは、下宿屋から近くもあり、どこへ散歩するにも、必ずその前を通る様な位置にあったので、随《したが》って一番よく出入した訳であったが、私という男は悪い癖で、カフェに入るとどうも長尻《ながっちり》になる。それも、元来食慾の少い方なので、一つは嚢中《のうちゅう》の乏しいせいもあってだが、洋食一皿注文するでなく、安いコーヒーを二杯も三杯もお代りして、一時間も二時間もじっとしているのだ。そうかといって、別段、ウエトレスに思召《おぼしめし》があったり、からかったりする訳ではない。まあ、下宿より何となく派手で、居心地がいいのだろう。私はその晩も、例によって、一杯の冷しコーヒーを十分もかかって飲みながら、いつもの往来に面したテーブルに陣取って、ボンヤリ窓の外を眺めていた。

さて、この白梅軒のあるD坂というのは、以前菊人形《きくにんぎょう》の名所だった所で、狭かった通りが、市区改正で取拡げられ、何間《なんげん》道路とかいう大通になって間もなくだから、まだ大通の両側に所々空地などもあって、今よりずっと淋しかった時分の話だ。大通を越して白梅軒の丁度真向うに、一軒の古本屋がある。実は私は、先程から、そこの店先を眺めていたのだ。みすぼらしい場末《ばすえ》の古本屋で、別段眺める程の景色でもないのだが、私には一寸《ちょっと》特別の興味があった。というのは、私が近頃この白梅軒で知合になった一人の妙な男があって、名前は明智小五郎《あけちこごろう》というのだが、話をして見ると如何《いか》にも変り者で、それで頭がよさ相《そう》で、私の惚れ込んだことには、探偵小説好《ずき》なのだが、その男の幼馴染の女が今ではこの古本屋の女房になっているという事を、この前、彼から聞いていたからだった。二三度本を買って覚えている所によれば、この古本屋の細君というのが、却々《なかなか》の美人で、どこがどういうではないが、何となく官能的に男を引きつける様な所があるのだ。彼女は夜はいつでも店番をしているのだから、今晩もいるに違いないと、店中を、といっても二間半間口の手狭《てぜま》な店だけれど、探して見たが、誰れもいない。いずれそのうちに出て来るのだろうと、私はじっと目で待っていたものだ。

だが、女房は却々出て来ない。で、いい加減面倒臭くなって、隣の時計屋へ目を移そうとしている時であった。私はふと店と奥の間との境に閉めてある障子の格子戸がピッシャリ閉るのを見つけた。——その障子は、専門家の方では無窓《むそう》と称するもので、普通、紙をはるべき中央の部分が、こまかい縦の二重の格子になっていて、それが開閉出来るのだ——ハテ変なこともあるものだ。古本屋などというものは、万引され易い商売だから、仮令《たとい》店に番をしていなくても、奥に人がいて、障子のすきまなどから、じっと見張っているものなのに、そのすき見の箇所を塞《ふさ》いで了《しま》うとはおかしい、寒い時分なら兎《と》も角《かく》、九月になったばかりのこんな蒸し暑い晩だのに、第一あの障子が閉切ってあるのから変だ。そんな風に色々考えて見ると、古本屋の奥の間に何事かあり相で、私は目を移す気にはなれなかった。

古本屋の細君といえば、ある時、このカフェのウエトレス達が、妙な噂をしているのを聞いたことがある。何でも、銭湯で出逢うお神《かみ》さんや娘達の棚卸《たなおろ》しの続きらしかったが、「古本屋のお神さんは、あんな綺麗《きれい》な人だけれど、裸体《はだか》になると、身体中《からだじゅう》傷だらけだ、叩かれたり抓《つね》られたりした痕《あと》に違いないわ。別に夫婦仲が悪くもない様だのに、おかしいわねえ」すると別の女がそれを受けて喋るのだ。「あの並びの蕎麦屋《そばや》の旭屋《あさひや》のお神さんだって、よく傷をしているわ。あれもどうも叩かれた傷に違いないわ」……で、この、噂話が何を意味するか、私は深くも気に止めないで、ただ亭主が邪険なのだろう位に考えたことだが、読者諸君、それが却々そうではなかったのだ。一寸した事柄だが、この物語全体に大きな関係を持っていることが、後になって分った。

それは兎も角、そうして、私は三十分程も同じ所を見詰めていた。虫が知らすとでも云うのか、何だかこう、傍見《わきみ》をしているすきに何事か起り相で、どうも外《ほか》へ目を向けられなかったのだ。其時、先程一寸名前の出た明智小五郎が、いつもの荒い棒縞《ぼうじま》の浴衣《ゆかた》を着て、変に肩を振る歩き方で、窓の外を通りかかった。彼は私に気づくと会釈《えしゃく》して中へ入って来たが、冷しコーヒーを命じて置いて、私と同じ様に窓の方を向いて、私の隣に腰をかけた。そして、私が一つの所を見詰めているのに気づくと、彼はその私の視線をたどって、同じく向うの古本屋を眺めた。しかも、不思議なことには、彼も亦《また》如何にも興味ありげに、少しも目をそらさないで、その方を凝視し出したのである。

私達は、そうして、申合せた様に同じ場所を眺めながら、色々の無駄話を取交した。その時私達の間にどんな話題が話されたか、今ではもう忘れてもいるし、それに、この物語には余り関係のないことだから、略するけれど、それが、犯罪や探偵に関したものであったことは確かだ。試みに見本を一つ取出して見ると、

「絶対に発見されない犯罪というのは不可能でしょうか。僕は随分可能性があると思うのですがね。例えば、谷崎潤一郎の『途上』ですね。ああした犯罪は先《ま》ず発見されることは

ありませんよ。尤も、あの小説では、探偵が発見したことになってますけれど、あれは作者のすばらしい想像力が作り出したことですからね」と明智。

「イヤ、僕はそうは思いませんよ。実際問題としてなら兎も角、理論的に云《い》って、探偵の出来ない犯罪なんてありませんよ。唯《ただ》、現在の警察に『途上』に出て来る様《よう》な偉い探偵がいない丈《だけ》ですよ」と私。

ざっとこう云った風なのだ。だが、ある瞬間、二人は云い合せた様に、黙り込んで了った。さっきから話しながらも目をそらさないでいた向うの古本屋に、ある面白い事件が発生していたのだ。

「君も気づいている様ですね」

と私が囁くと、彼は即座に答えた。

「本泥坊でしょう。どうも変ですね。僕も此処《ここ》へ入って来た時から、見ていたんですよ。これで四人目ですね」

「君が来てからまだ三十分にもなりませんが、三十分に四人も、少しおかしいですね。僕は君の来る前からあすこを見ていたんですよ。一時間程前にね、あの障子があるでしょう。あれの格子の様になった所が、閉るのを見たんですが、それからずっと注意していたのです」

「家《うち》の人が出て行ったのじゃないのですか」

「それが、あの障子は一度も開かなかったのですよ。出て行ったとすれば裏口からでしょうが、……三十分も人がいないなんて確かに変ですよ。どうです。行って見ようじゃありませんか」

「そうですね。家の中に別状ないとしても、外で何かあったのかも知れませんからね」

私はこれが犯罪事件ででもあって呉れれば面白いと思いながらカフェを出た。明智とても同じ思いに違いなかった。彼も少からず興奮しているのだ。

古本屋はよくある型で、店全体土間になっていて、正面と左右に天井まで届く様な本棚を取付け、その腰の所が本を並べる為の台になっている。土間の中央には、島の様に、これも本を並べたり積上げたりする為の、長方形の台が置いてある。そして、正面の本棚の右の方が三尺許《ばか》りあいていて奥の部屋との通路になり、先に云った一枚の障子が立ててある。いつもは、この障子の前の半畳程の畳敷の所に、主人か、細君がチョコンと坐って番をしているのだ。

明智と私とは、その畳敷の所まで行って、大声に呼んで見たけれど、何の返事もない。果して誰もいないらしい。私は障子を少し開けて、奥の間を覗いて見ると、中は電燈が消えて真暗だが、どうやら、人間らしいものが、部屋の隅に倒れている様子だ。不審に思ってもう一度声をかけたが、返事をしない。

「構わない、上《あが》って見ようじゃありませんか」

そこで、二人はドカドカ奥の間へ上り込んで行った。明智の手で電燈のスイッチがひねられた。そのとたん、私達は同時に「アッ」と声を立てた。明るくなった部屋の片隅には、女の死骸が横わっているのだ。

「ここの細君ですね」やっと私が云った。「首を絞められている様ではありませんか」

明智は側《そば》へ寄って死体を検《しら》べていたが、「とても蘇生《そせい》の見込はありませんよ。早く警察へ知らせなきゃ。僕、自動電話まで行って来ましょう。君、番をしてて下さい。近所へはまだ知らせない方がいいでしょう。手掛りを消して了ってはいけないから」

彼はこう命令的に云い残して、半町許《ばか》りの所にある自動電話へ飛んで行った。

平常《ふだん》から、犯罪だ探偵だと、議論丈は却々《なかなか》一人前にやってのける私だが、さて実際に打《ぶ》っつかったのは初めてだ。手のつけ様がない。私は、ただ、まじまじと部屋の様子を眺めている外はなかった。

部屋は一間切りの六畳で、奥の方は、右一間は幅の狭い縁側をへだてて、二坪許りの庭と便所があり、庭の向うは板塀になっている。——夏のことで、開けぱなしだから、すっかり、見通しなのだ、——左半間は開き戸で、その奥に二畳敷程の板の間があり裏口に接して狭い流し場が見え、そこの腰高障子は閉っている。向って右側は、四枚の襖が閉っていて、中は二階への階段と物入場になっているらしい。ごくありふれた安長屋の間取だ。

死骸は、左側の壁寄りに、店の間の方を頭にして倒れている。私は、なるべく兇行当時の模様を乱すまいとして、一つは気味も悪かったので、死骸の側へ近寄らない様にしていた。でも、狭い部屋のことであり、見まいとしても、自然その方に目が行くのだ。女は荒い中形模様の湯衣《ゆかた》を着て、殆ど仰向きに倒れている。併し、着物が膝の上の方までまくれて、股《もも》がむき出しになっている位で、別に抵抗した様子はない。首の所は、よくは分らぬが、どうやら、絞《し》められた痕《きず》が紫色になっているらしい。

表の大通りには往来が絶えない。声高に話し合って、カラカラと日和下駄《ひよりげた》を引きずって行くのや、酒に酔って流行唄《はやりうた》をどなって行くのや、至極天下泰平なことだ。そして、障子一重《ひとえ》の家の中には、一人の女が惨殺されて横わっている。何という皮肉だ。私は妙にセンティメンタルになって、呆然と佇《たたず》んでいた。

「すぐ来る相ですよ」

明智が息を切って帰って来た。

「あ、そう」

私は何だか口を利くのも大儀《たいぎ》になっていた。二人は長い間、一言も云わないで顔を見合せていた。

間もなく、一人の正服《せいふく》の警官が背広の男と連立ってやって来た。正服の方は、後で知ったのだが、K警察署の司法主任で、もう一人は、その顔つきや持物でも分る様に、同じ署に属する警察医だった。私達は司法主任に、最初からの事情を大略説明した。そして、私はこう附加えた。

「この明智君がカフェへ入って来た時、偶然時計を見たのですが、丁度八時半頃でしたから、この障子の格子が閉ったのは、恐らく八時頃だったと思います。その時は確か中には電燈がついてました。ですから、少くとも八時頃には、誰れか生きた人間がこの部屋にいたことは明かです」

司法主任が私達の陳述を聞取って、手帳に書留めている間に、警察医は一応死体の検診を済ませていた。彼は私達の言葉のとぎれるのを待って云った。

「絞殺ですね。手でやられたのです。これ御覧なさい。この紫色になっているのが指の痕《あと》です。それから、この出血しているのは爪が当った箇所ですよ。拇指《おやゆび》の痕が頸《くび》の右側についているのを見ると、右手でやったものですね。そうですね。恐らく死後一時間以上はたっていないでしょう。併し、無論《むろん》もう蘇生《そせい》の見込はありません」

「上から押えつけたのですね」司法主任が考え考え云った。「併し、それにしては、抵抗した様子がないが……恐らく非常に急激にやったのでしょうね。ひどい力で」

それから、彼は私達の方を向いて、この家の主人はどうしたのだと尋ねた。だが、無論私達が知っている筈はない。そこで、明智は気を利かして、隣家の時計屋の主人を呼んで来た。

司法主任と時計屋の問答は大体次の様なものであった。

「主人はどこへ行ったのかね」

「ここの主人は、毎晩古本の夜店を出しに参りますんで、いつも十二時頃でなきゃ帰って参りません。へイ」

「どこへ夜店を出すんだね」

「よく上野の広小路へ参りますが。今晩はどこへ出ましたか、どうも手前には分り兼ねますんで。へイ」

「一時間ばかり前に、何か物音を聞かなかったかね」

「物音と申しますと」

「極《きま》っているじゃないか。この女が殺される時の叫び声とか、格闘の音とか……」

「別段これという物音を聞きません様でございましたが」

そうこうする内に、近所の人達が聞伝えて集って来たのと、通りがかりの弥次馬で、古本屋の表は一杯の人だかりになった。その中に、もう一方の、隣家の足袋屋《たびや》のお神さんがいて、時計屋に応援した。そして、彼女も何も物音を聞かなかった旨《むね》陳述した。

この間、近所の人達は、協議の上、古本屋の主人の所へ使《つかい》を走らせた様子だった。

そこへ、表に自動車の止る音がして、数人の人がドヤドヤと入って来た。それは警察からの急報で駈けつけた裁判所の連中と、偶然同時に到着したK警察署長、及び当時の名探偵という噂の高かった小林《こばやし》刑事などの一行だった。――無論これは後になって分ったことだ、というのは、私の友達に一人の司法記者があって、それがこの事件の係りの小林刑事とごく懇意《こんい》だったので、私は後日彼から色々と聞くことが出来たのだ。――先着の司法主任は、この人達の前で今までの模様を説明した。私達も先の陳述をもう一度繰返さねばならなかった。

「表の戸を閉めましょう」

突然、黒いアルパカの上衣に、白ズボンという、下廻りの会社員見たいな男が、大声でどなって、さっさと戸を閉め出した。これが小林刑事だった。彼はこうして弥次馬を撃退して置いて、さて探偵にとりかかった。彼のやり方は如何にも傍若無人で、検事や署長などはまるで眼中にない様子だった。彼は始めから終りまで一人で活動した。他の人達は唯、彼の敏捷《びんしょう》な行動を傍観する為にやって来た見物人に過ぎない様に見えた。彼は第一に死体を検べた。頸の廻りは殊に念入りにいじり廻していたが、

「この指の痕には別に特徴がありません。つまり普通の人間が、右手で押えつけたという以外に何の手掛りもありません」

と検事の方を見て云った。次に彼は一度死体を裸体にして見るといい出した。そこで、議会の秘密会見たいに、傍聴者の私達は、店の間へ追出されねばならなかった。だから、その間にどういう発見があったか、よく分らないが、察する所、彼等は死人の身体に沢山の生傷のあることに注意したに相違ない。カフェのウエトレスの噂していたあれだ。

やがて、この秘密会が解かれたけれど、私達は奥の間へ入って行くのを遠慮して、例の店の間と奥との境の畳敷の所から奥の方を覗き込んでいた。幸なことには、私達は事件の発見者だったし、それに、後から明智の指紋をとらねばならなかった為に、最後まで追出されずに済んだ。というよりは抑留《よくりゅう》されていたという方が正しいかも知れぬ。併し小林刑事の活動は奥の間丈に限られていた訳でなく、屋内屋外の広い範囲に亙《わた》っていたのだから、一つ所にじっとしていた私達に、その捜査の模様が分ろう筈がないのだが、うまい工合に、検事が奥の間に陣取っていて、始終殆ど動かなかったので、刑事が出たり入ったりする毎に、一々捜査の結果を報告するのを、洩れなく聞きとることが出来た。検事はその報告に基いて、調書の材料を書記に書きとめさしていた。

先ず、死体のあった奥の間の捜索が行われたが、遺留品も、足跡も、その他探偵の目に触れる何物もなかった様子だ。ただ一つのものを除いては。

「電燈のスイッチに指紋があります」黒いエボナイトのスイッチに何か白い粉をふりかけていた刑事が云った。「前後の事情から考えて、電燈を消したのは犯人に相違ありません。併しこれをつけたのはあなた方のうちどちらですか」

明智は自分だと答えた。

「そうですか。あとであなたの指紋をとらせて下さい。この電燈は触らない様にして、このまま取はずして持って行きましょう」

それから、刑事は二階へ上って行って暫く下りて来なかったが、下りて来るとすぐに路地を検べるのだといって出て行った。それが十分もかかったろうか、やがて、彼はまだついたままの懐中電燈を片手に、一人の男を連れて帰って来た。それは汚れたクレップシャツにカーキ色のズボンという扮装《いでたち》で、四十許《ばか》りの汚い男だ。

「足跡はまるで駄目です」刑事が報告した。「この裏口の辺は、日当りが悪いせいかひどいぬかるみで、下駄の跡が滅多無性についているんだから、迚《とて》も分りっこありません。ところで、この男ですが」と今連れて来た男を指し「これは、この裏の路地を出た所の角に店を出していたアイスクリーム屋ですが、若し犯人が裏口から逃げたとすれば、路地は一方口なんですから、必ずこの男の目についた筈です。君、もう一度私の尋ねることに答えて御覧」

そこで、アイスクリーム屋と刑事の問答。

「今晩八時前後に、この路地を出入《でいり》したものはないかね」

「一人もありませんので、日が暮れてからこっち、猫の子一匹通りませんので」アイスクリーム屋は却々要領よく答える。

「私は長らくここへ店を出させて貰ってますが、あすこは、この長屋のお上《かみ》さん達も、夜分は滅多に通りませんので、何分あの足場の悪い所へ持って来て、真暗なんですから」

「君の店のお客で路地の中へ入ったものはないかね」

「それも御座いません。皆さん私の目の前でアイスクリームを食べて、すぐ元の方へ御帰りになりました。それはもう間違いはありません」

さて、若しこのアイスクリーム屋の証言が信用すべきものだとすると、犯人は仮令この家の裏口から逃げたとしても、その裏口からの唯一の通路である路地は出なかったことになる。さればといって、表の方から出なかったことも、私達が白梅軒から見ていたのだから間違いはない。では彼は一体どうしたのであろう。小林刑事の考えによれば、これは、犯人がこの路地を取りまいている裏表二側の長屋の、どこかの家に潜伏しているか、それとも借家人の内に犯人があるのかどちらかであろう。尤も二階から屋根伝いに逃げる路はあるけれど、二階を検べた所によると、表の方の窓は取りつけの格子が嵌《はま》っていて少しも動かした様子はないのだし、裏の方の窓だって、この暑さでは、どこの家も二階は明けっぱなしで、中には物干で涼んでいる人もある位だから、ここから逃げるのは一寸難しい様に思われる。というのだ。

そこで臨検者達の間に、一寸捜査方針についての協議が開かれたが、結局、手分けをして近所を軒並に検べて見ることになった。といっても、裏表の長屋を合せて十一軒しかないのだから、大して面倒ではない。それと同時に家の中も再度、縁の下から天井裏まで残る隈《くま》なく検べられた。ところがその結果は、何の得《う》る処もなかったばかりでなく、却《かえ》って事情を困難にして了った様に見えた。というのは、古本屋の一軒置いて隣の菓子屋の主人が、日暮れ時分からつい今し方まで屋上の物干へ出て尺八を吹いていたことが分ったが、彼は始めから終《しま》いまで、丁度古本屋の二階の窓の出来事を見逃す筈のない様な位置に坐っていたのだ。

読者諸君、事件は却々面白くなって来た。犯人はどこから入って、どこから逃げたのか、裏口からでもない、二階の窓からでもない、そして表からでは勿論ない。彼は最初から存在しなかったのか、それとも煙の様に消えて了ったのか。不思議はそればかりでない。小林刑事が、検事の前に連れて来た二人の学生が、実に妙なことを申立てたのだ。それは裏側の長屋に間借りしている、ある工業学校の生徒達で、二人共出鱈目《でたらめ》を云う様な男とも見えぬが、それにも拘《かかわ》らず、彼等の陳述は、この事件を益々不可解にする様な性質のものだったのである。

検事の質問に対して、彼等は大体左《さ》の様に答えた。

「僕は丁度八時頃に、この古本屋の前に立って、そこの台にある雑誌を開いて見ていたのです。すると、奥の方で何だか物音がしたもんですから、ふと目を上げてこの障子の方を見ますと、障子は閉まっていましたけれど、この格子の様になった所が開いてましたので、そのすき間に一人の男の立っているのが見えました。しかし、私が目を上げるのと、その男が、この格子を閉めるのと殆ど同時でしたから、詳しいことは無論分りませんが、でも、帯の工合《ぐあい》で男だったことは確かです」

「で、男だったという外に何か気附いた点はありませんか、背恰好とか、着物の柄とか」

「見えたのは腰から下ですから、背恰好は一寸分りませんが、着物は黒いものでした。ひょっとしたら、細い縞か絣《かすり》であったかも知れませんけれど。私の目には黒無地に見えました」

「僕もこの友達と一緒に本を見ていたんです」ともう一方の学生、「そして、同じ様に物音に気づいて同じ様に格子の閉るのを見ました。ですが、その男は確かに白い着物を着ていました。縞も模様もない、真白な着物です」

「それは変ではありませんか。君達の内どちらかが間違いでなけりゃ」

「決して間違いではありません」

「僕も嘘は云いません」

この二人の学生の不思議な陳述は何を意味するか、鋭敏な読者は恐らくあることに気づかれたであろう。実は、私もそれに気附いたのだ。併し、裁判所や警察の人達は、この点について、余りに深く考えない様子だった。

間もなく、死人の夫の古本屋が、知らせを聞いて帰って来た。彼は古本屋らしくない、きゃしゃな、若い男だったが、細君の死骸を見ると、気の弱い性質《たち》と見えて、声こそ出さないけれど、涙をぼろぼろ零《こぼ》していた。小林刑事は、彼が落着くのを待って、質問を始めた。検事も口を添えた。だが、彼等の失望したことは、主人は全然犯人の心当りがないというのだ。彼は「これに限って、人様に怨みを受ける様なものではございません」といって泣くのだ。それに、彼が色々調べた結果、物とりの仕業でないことも確められた。そこで、主人の経歴、細君の身許《みもと》其他様々の取調べがあったけれど、それらは別段疑うべき点もなく、この話の筋に大した関係もないので略することにする。最後に死人の身体にある多くの生傷について刑事の質問があった。主人は非常に躊躇《ちゅうちょ》して居ったが、やっと自分がつけたのだと答えた。ところが、その理由については、くどく訊ねられたにも拘らず、余り明白な答は与えなかった。併し、彼はその夜ずっと夜店を出していたことが分っているのだから、仮令それが虐待の傷痕だったとしても、殺害の疑いはかからぬ筈だ。刑事もそう思ったのか、深く穿鑿《せんさく》しなかった。

そうして、その夜の取調べは一先ず終った。私達は住所姓名などを書留められ、明智は指紋をとられて、帰途についたのは、もう一時を過ぎていた。

若し警察の捜索に手抜かりがなく、又証人達も嘘を云わなかったとすれば、これは実に不可解な事件であった。しかも、後で分った所によると、翌日から引続いて行われた、小林刑事のあらゆる取調べも何の甲斐もなくて、事件は発生の当夜のまま少しだって発展しなかったのだ。証人達は凡て信頼するに足る人々だった。十一軒の長屋の住人にも疑うべき所はなかった。被害者の国許も取調べられたけれど、これ亦、何の変った事もない。少くとも、小林刑事——彼は先にも云った通り、名探偵と噂されている人だ——が、全力を尽して捜索した限りでは、この事件は全然不可解と結論する外はなかった。これもあとで聞いたのだが、小林刑事が唯一の証拠品として、頼みをかけて持帰った例の電燈のスイッチにも、落胆したことには、明智の指紋の外《ほか》何物も発見することが出来なかった。明智はあの際で慌てていたせいか、そこには沢山の指紋が印せられていたが、凡て彼自身のものだった。恐らく、明智の指紋が犯人のそれを消して了ったのだろうと、刑事は判断した。

読者諸君、諸君はこの話を読んで、ポオの「モルグ街の殺人」やドイルの「スペックルド・バンド」を聯想《れんそう》されはしないだろうか。つまり、この殺人事件の犯人は、人間でなくて、オランウータンだとか、印度《インド》の毒蛇だとかいうような種類のものだと想像されはしないだろうか。私も実はそれを考えたのだ。併し、東京のD坂あたりにそんなものが居るとも思われぬし、第一障子のすき間から、男の姿を見たという証人がある。のみならず、猿類などだったら、足跡の残らぬ筈はなく、又人目にもついた筈だ。そして、死人の頸にあった指の痕も、正に人間のそれだ。蛇がまきついたとて、あんな痕は残らぬ。

それは兎も角、明智と私とは、その夜帰途につきながら、非常に興奮して色々と話合ったものだ。一例を上げると、まあこんな風なことを。

「君はポオの『ル・モルグ』やルルーの『黄色の部屋』などの材料になった、あのパリーの Rose Delacourt 事件を知っているでしょう。百年以上たった今日でも、まだ謎として残っているあの不思議な殺人事件を。僕はあれを思出したのですよ。今夜の事件も犯人の立去った跡のない所は、どうやら、あれに似ているではありませんか」と明智。

「そうですね。実に不思議ですね。よく、日本の建築では、外国の探偵小説にある様な深刻な犯罪は起らないなんて云いますが、僕は決してそうじゃないと思いますよ。現にこうした事件もあるのですからね。僕は何だか、出来るか出来ないか分りませんけれど、一つこの事件を探偵して見たい様な気がしますよ」

そうして、私達はある横町で分れを告げた。其時私は、横町を曲って、彼一流の肩を振る歩き方で、さっさと帰って行く明智の後姿が、その派手な棒縞の浴衣によって暗《やみ》の中にくっきりと浮出して見えたのを覚えている。

(下) 推 理

さて、殺人事件から十日程たったある日、私は明智小五郎の宿を訪ねた。その十日の間に、明智と私とが、この事件に関して、何を為し、何を考えそして何を結論したか。読者は、それらを、この日、彼と私との間に取交された会話によって、十分察することが出来るであろう。

それまで、明智とはカフェで顔を合していたばかりで、宿を訪ねるのは、その時が始めてだったけれど、予《かね》て所を聞いていたので、探すのに骨は折れなかった。私は、それらしい煙草屋の店先に立って、お上さんに、明智がいるかどうかを尋ねた。

「エエ、いらっしゃいます。一寸御待ち下さい、今お呼びしますから」

彼女はそういって、店先から見えている階段の上り口まで行って、大声に明智を呼んだ。彼はこの家の二階を間借りしているのだ。すると、

「オー」

と変な返事をして、明智はミシミシと階段を下りて来たが、私を発見すると、驚いた顔をして「ヤー、御上りなさい」といった。私は彼の後に従って二階へ上った。ところが、何気なく、彼の部屋へ一歩足を踏み込んだ時、私はアッと魂消《たまげ》てしまった。部屋の様子が余りにも異様だったからだ。明智が変り者だということを知らぬではなかったけれど、これは又変り過ぎていた。

何のことはない、四畳半の座敷が書物で埋まっているのだ。真中の所に少し畳が見える丈けで、あとは本の山だ、四方の壁や襖に沿って、下の方は殆《ほとん》ど部屋一杯に、上の方程幅が狭くなって、天井の近くまで、四方から書物の土手が迫っているのだ。外の道具などは何もない。一体彼はこの部屋でどうして寝るのだろうと疑われる程だ。第一、主客二人の坐る所もない、うっかり身動きし様ものなら、忽《たちま》ち本の土手くずれで、圧《お》しつぶされて了うかも知れない。

「どうも狭くっていけませんが、それに、座蒲団《ざぶとん》がないのです。済みませんが、柔か相な

本の上へでも坐って下さい」

私は書物の山に分け入って、やっと坐る場所を見つけたが、あまりのことに、暫く、ぼんやりとその辺《あたり》を見廻していた。

私は、かくも風変りな部屋の主である明智小五郎の為人《ひととなり》について、ここで一応説明して置かねばなるまい。併し彼とは昨今のつき合いだから、彼がどういう経歴の男で、何によって衣食し、何を目的にこの人世を送っているのか、という様なことは一切分らぬけれど、彼が、これという職業を持たぬ一種の遊民であることは確かだ。強《し》いて云えば書生であろうか、だが、書生にしては余程風変りな書生だ。いつか彼が「僕は人間を研究しているんですよ」といったことがあるが、其時私には、それが何を意味するのかよく分らなかった。唯、分っているのは、彼が犯罪や探偵について、並々ならぬ興味と、恐るべく豊富な知識を持っていることだ。

年は私と同じ位で、二十五歳を越してはいまい。どちらかと云えば痩《や》せた方で、先にも云った通り、歩く時に変に肩を振る癖がある、といっても、決して豪傑流のそれではなく、妙な男を引合いに出すが、あの片腕の不自由な、講釈師の神田伯龍を思出させる様な歩き方なのだ。伯龍といえば、明智は顔つきから声音まで、彼にそっくりだ、——伯龍を見たことのない読者は、諸君の知っている内で、所謂《いわゆる》好男子ではないが、どことなく愛嬌のある、そして最も天才的な顔を想像するがよい——ただ明智の方は、髪の毛がもっと長く延びていて、モジャモジャともつれ合っている。そして、彼は人と話している間にもよく、指で、そのモジャモジャになっている髪の毛を、更らにモジャモジャにする為の様に引掻《ひっかき》廻《まわ》すのが癖だ。服装などは一向構わぬ方らしく、いつも木綿の着物に、よれよれの兵児帯《へこおび》を締めている。

「よく訪ねて呉れましたね。その後暫く逢いませんが、例のD坂の事件はどうです。警察の方では一向犯人の見込がつかぬようではありませんか」

明智は例の、頭を掻廻しながら、ジロジロ私の顔を眺めて云う。

「実は僕、今日はそのことで少し話があって来たんですがね」そこで私はどういう風に切り出したものかと迷いながら始めた。

「僕はあれから、種々《いろいろ》考えて見たんですよ。考えたばかりでなく、探偵の様に実地の取調べもやったのですよ。そして、実は一つの結論に達したのです。それを君に御報告しようと思って……」

「ホウ。そいつはすてきですね。詳しく聞き度いものですね」

私は、そういう彼の目付に、何が分るものかという様な、軽蔑と安心の色が浮んでいるのを見逃さなかった。そして、それが私の逡巡している心を激励した。私は勢《いきお》い込《こ》んで話し始めた。

「僕の友達に一人の新聞記者がありましてね、それが、例の事件の係りの小林刑事というのと懇意なのです。で、僕はその新聞記者を通じて、警察の模様を詳しく知ることが出来ましたが、警察ではどうも捜査方針が立たないらしいのです。無論種々《いろいろ》活動はしているのですが、これという見込がつかぬのです。あの、例の電燈のスイッチですね。あれも駄目なんです。あすこには、君の指紋丈けっきゃついていないことが分ったのです。警察の考えでは、多分君の指紋が犯人の指紋を隠して了ったのだというのですよ。そういう訳で、警察が困っていることを知ったものですから、僕は一層熱心に調べて見る気になりました。そこで、僕が到達した結論というのは、どんなものだと思います、そして、それを警察へ訴える前に、君の所へ話しに来たのは何の為だと思います。

それは兎も角、僕はあの事件のあった日から、あることを気づいていたのですよ。君は覚えているでしょう。二人の学生が犯人らしい男の着物の色について、まるで違った申立てをしたことをね。一人は黒だといい、一人は白だと云うのです。いくら人間の目が不確だといって、正反対の黒と白とを間違えるのは変じゃないですか。警察ではあれをどんな風に解釈したか知りませんが、僕は二人の陳述は両方とも間違でないと思うのですよ。君、分りますか。あれはね、犯人が白と黒とのだんだらの着物を着ていたんですよ。……つまり、太い黒の棒縞の浴衣なんかですね。よく宿屋の貸浴衣にある様な……では何故それが一人に真白に見え、もう一人には真黒に見えたかといいますと、彼等は障子の格子のすき間から見たのですから、丁度その瞬間、一人の目が格子のすき間と着物の白地の部分と一致して見える位置にあり、もう一人の目が黒地の部分と一致して見える位置にあったんです。これは珍らしい偶然かも知れませんが、決して不可能ではないのです。そして、この場合こう考えるより外に方法がないのです。

さて、犯人の着物の縞柄は分りましたが、これでは単に捜査範囲が縮小されたという迄で、まだ確定的のものではありません。第二の論拠は、あの電燈のスイッチの指紋なんです。僕は、さっき話した新聞記者の友達の伝手《つて》で、小林刑事に頼んでその指紋を——君の指紋ですよ——よく検べさせて貰ったのです。その結果愈々《いよいよ》僕の考えてることが間違っていないのを確めました。ところで、君、硯《すずり》があったら、一寸貸して呉れませんか」

そこで、私は一つの実験をやって見せた。先ず硯を借りる、私は右の拇指に薄く墨をつけて、懐から半紙の上に一つの指紋を捺《お》した。それから、その指紋の乾くのを待って、もう一度同じ指に墨をつけ前の指紋の上から、今度は指の方向を換えて念入りに押えつけた。すると、そこには互に交錯した二重の指紋がハッキリ現れた。

「警察では、君の指紋が犯人の指紋の上に重って、それを消して了ったのだと解釈しているのですが、併しそれは今の実験でも分る通り不可能なんですよ。いくら強く押した所で、指紋というものが線で出来ている以上、線と線との間に、前の指紋の跡が残る筈です。もし前後の指紋が全く同じもので、捺し方も寸分違わなかったとすれば、指紋の各線が一致しますから、或は後の指紋が先の指紋を隠して了うことも出来るでしょうが、そういうことは先ずあり得ませんし、仮令そうだとしても、この場合結論は変らないのです。

併し、あの電燈を消したのが犯人だとすれば、スイッチにその指紋が残っていなければなりません。僕は若しや警察では君の指紋の線と線との間に残っている先の指紋を見落しているのではないかと思って、自分で検べて見たのですが、少しもそんな痕跡がないのです。つまり、あのスイッチには、後にも先にも、君の指紋が捺されているだけなのです。――どうして古本屋の人達の指紋が残っていなかったのか、それはよく分りませんが、多分、あの部屋の電燈はつけっぱなしで、一度も消したことがないのでしょう。

君、以上の事柄は一体何を語っているでしょう。僕はこういう風に考えるのですよ。一人の荒い棒縞の着物を着た男が、――その男は多分死んだ女の幼馴染で、失恋という理由なんかも考えられますね――古本屋の主人が夜店を出すことを知っていてその留守の間に女を襲うたのです。声を立てたり抵抗したりした形跡がないのですから、女はその男をよく知っていたに相違ありません。で、まんまと目的を果した男は、死骸の発見を後《おく》らす為に、電燈を消して立去ったのです。併し、この男の一期《いちご》の不覚は、障子の格子のあいているのを知らなかったこと、そして、驚いてそれを閉めた時に、偶然店先にいた二人の学生に姿を見られたことでした。それから、男は一旦外へ出ましたが、ふと気がついたのは、電燈を消した時、スイッチに指紋が残ったに相違ないということです。これはどうしても消して了わねばなりません。然しもう一度同じ方法で部屋の中へ忍込むのは危険です。そこで、男は一つの妙案を思いつきました。それは、自から殺人事件の発見者になることです。そうすれば、少しも不自然もなく、自分の手で電燈をつけて、以前の指紋に対する疑をなくして了うことが出来るばかりでなく、まさか、発見者が犯人だろうとは誰しも考えませんからね、二重の利益があるのです。こうして、彼は何食わぬ顔で警察のやり方を見ていたのです。大胆にも証言さえしました。しかも、その結果は彼の思う壺だったのですよ。五日たっても十日たっても、誰も彼を捕えに来るものはなかったのですからね」

この私の話を、明智小五郎はどんな表情で聴いていたか。私は、恐らく話の中途で、何か変った表情をするか、言葉を挟むだろうと予期していた。ところが、驚いたことには、彼の顔には何の表情も現れぬのだ。一体平素から心を色に現さぬ質《たち》ではあったけれど、余り平気すぎる。彼は始終例の髪の毛をモジャモジャやりながら、黙り込んでいるのだ。私は、どこまでずうずうしい男だろうと思いながら最後の点に話を進めた。

「君はきっと、それじゃ、その犯人はどこから入って、どこから逃げたかと反問するでしょう。確に、その点が明かにならなければ、他の凡てのことが分っても何の甲斐もないのですからね。だが、遺憾《いかん》ながら、それも僕が探り出したのですよ。あの晩の捜査の結果では、全然犯人の出て行った形跡がない様に見えました。併し、殺人があった以上、犯人が出入しなかった筈はないのですから、刑事の捜索にどこか抜目があったと考える外はありません。警察でもそれには随分苦心した様子ですが、不幸にして、彼等は、僕という一介の書生に及ばなかったのですよ。

ナアニ、実は下らぬ事なんですがね、僕はこう思ったのです。これ程警察が取調べているのだから、近所の人達に疑うべき点は先ずあるまい。もしそうだとすれば、犯人は、何か、人の目にふれても、それが犯人だとは気づかれぬ様な方法で通ったのじゃないだろうか、そして、それを目撃した人はあっても、まるで問題にしなかったのではなかろうか、とね。つまり、人間の注意力の盲点――我々の目に盲点があると同じ様に、注意力にもそれがありますよ――を利用して、手品使が見物の目の前で、大きな品物を訳もなく隠す様に、自分自身を隠したのかも知れませんからね。そこで、僕が目をつけたのは、あの古本屋の一軒置いて隣の旭屋という蕎麦屋です」

古本屋の右へ時計屋、菓子屋と並び、左へ足袋屋、蕎麦屋と並んでいるのだ。

「僕はあすこへ行って、事件の当夜八時頃に、便所を借りて行った男はないかと聞いて見たのです。あの旭屋は君も知っているでしょうが、店から土間続きで、裏木戸まで行ける様になっていて、その裏木戸のすぐ側に便所があるのですから、便所を借りる様に見せかけて、裏口から出て行って、又入って来るのは訳はありませんからね。――例のアイスクリーム屋は路地を出た角に店を出していたのですから、見つかる筈はありません――それに、相手が蕎麦屋ですから、便所を借りるということが極めて自然なんです。聞けば、あの晩はお上さんは不在で、主人丈が店の間にいた相ですから、おあつらえ向きなんです。

君、なんとすてきな、思附《おもいつき》ではありませんか。

そして、案の定、丁度その時分に便所を借りた客があったのです。ただ、残念なことには、旭屋の主人は、その男の顔形とか着物の縞柄なぞを少しも覚えていないのですがね。――僕は早速この事を例の友達を通じて、小林刑事に知らせてやりましたよ。刑事は自分でも蕎麦屋を調べた様でしたが、それ以上何も分らなかったのです――」

私は少し言葉を切って、明智に発言の余裕を与えた。彼の立場は、この際何とか一言云わないでいられぬ筈だ。ところが、彼は相変らず頭を掻廻しながら、すまし込んでいるのだ。私はこれまで、敬意を表する意味で間接法を用いていたのを直接法に改めねばならなかった。

「君、明智君、僕のいう意味が分るでしょう。動かぬ証拠が君を指さしているのですよ。白状すると、僕はまだ心の底では、どうしても君を疑う気になれないのですが、こういう風に証拠が揃っていては、どうも仕方がありません。……僕は、もしやあの長屋の内に、太い棒縞の浴衣を持っている人がないかと思って、随分骨を折って調べて見ましたが、一人もありません。それも尤《もっと》もですよ。同じ棒縞の浴衣でも、あの格子に一致する様な派手なのを着る人は珍らしいのですからね。それに、指紋のトリックにしても、便所を借りるというトリックにしても、実に巧妙で、君の様な犯罪学者でなければ、一寸真似の出来ない芸当ですよ。それから、第一おかしいのは、君はあの死人の細君と幼馴染だといっていながら、あの晩、細君の身許調べなんかあった時に、側で聞いていて、少しもそれを中立てなかったではありませんか。

さて、そうなると唯一の頼みはAlibi《アリバイ》の有無です。ところが、それも駄目なんです。君は覚えていますか、あの晩帰り途で、白梅軒へ来るまで君が何処《どこ》にいたかということを、僕は聞きましたね。君は一時間程、その辺を散歩していたと答えたでしょう。仮令、君の散歩姿を見た人があったとしても、散歩の途中で、蕎麦屋の便所を借りるなどはあり勝ちのことですからね。明智君、僕のいうことが間違っていますか。どうです。もし出来るなら君の弁明を聞こうじゃありませんか」

読者諸君、私がこういって詰めよった時、奇人明智小五郎は何をしたと思います。面目なさに俯伏《つっぷ》して了ったとでも思うのですか。どうしてどうして、彼はまるで意表外のやり方で、私の荒胆《あらぎも》をひしいだのです。というのは、彼はいきなりゲラゲラと笑い出したのです。

「いや失敬失敬、決して笑うつもりではなかったのですけれど、君は余り真面目だもんだから」明智は弁解する様に云った。「君の考えは却々《なかなか》面白いですよ。僕は君の様な友達を見つけたことを嬉しく思いますよ。併し、惜しいことには、君の推理は余りに外面的で、そして物質的ですよ。例えばですね。僕とあの女との関係についても、君は、僕達がどんな風な幼馴染だったかということを、内面的に心理的に調べて見ましたか。僕が以前あの女と恋愛関係があったかどうか。又現に彼女を恨《うら》んでいるかどうか。君にはそれ位のことが推察出来なかったのですか。あの晩、なぜ彼女を知っていることを云わなかったか、その訳は簡単ですよ。僕は何も参考になる様な事柄を知らなかったのです。僕は、まだ小学校へも入らぬ時分に彼女と分れた切りなのですからね。尤も、最近偶然そのことが分って、二三度話し合ったことはありますけれど」

「では、例えば指紋のことはどういう風に考えたらいいのですか？」

「君は、僕があれから何もしないでいたと思うのですか。僕もこれで却々やったのですよ。D坂は毎日の様にうろついていましたよ。殊に古本屋へはよく行きました。そして主人をつかまえて色々探ったのです。――細君を知っていたことはその時打明けたのですが、それが却《かえ》って便宜になりましたよ――君が新聞記者を通じて警察の模様を知った様に、僕はあの古本屋の主人から、それを聞出していたんです。今の指紋のことも、じきに分りましたから、僕も妙に思って検《しら》べて見たのですが、ハハ……、笑い話ですよ。電球の線が切れていたのです。誰も消しやしなかったのですよ。僕がスイッチをひねった為に燈《ひ》がついたと思ったのは間違で、あの時、慌てて電燈を動かしたので、一度切れたタングステンが、つながったのですよ。スイッチに僕の指紋丈けしかなかったのは、当りまえなのです。あの晩、君は障子のすき間から電燈のついているのを見たと云いましたね。とすれば、電球の切れたのは、その後ですよ。古い電球は、どうもしないでも、独りでに切れることがありますからね。それから、犯人の着物の色のことですが、これは僕が説明するよりも……」

彼はそういって、彼の身辺の書物の山を、あちらこちら発掘していたが、やがて、一冊の古ぼけた洋書を掘りだして来た。

「君、これを読んだことがありますか、ミュンスターベルヒの『心理学と犯罪』という本ですが、この『錯覚』という章の冒頭を十行許《ばか》り読んで御覧なさい」

私は、彼の自信ありげな議論を聞いている内に、段々私自身の失敗を意識し始めていた。で、云われるままにその書物を受取って、読んで見た。そこには大体次の様なことが書いてあった。

嘗《か》つて一つの自動車犯罪事件があった。法廷に於《おい》て、真実を申立てる旨《むね》宣誓した証人の一人は、問題の道路は全然乾燥してほこり立っていたと主張し、今一人の証人は、雨降りの挙句で、道路はぬかるんでいたと誓言した。一人は、問題の自動車は徐行していたともいい、他の一人は、あの様に早く走っている自動車を見たことがないと述べた。又前者は、その村道には二三人しか居なかったといい、後者は、男や女や子供の通行人が沢山あったと陳述した。この両人の証人は、共に尊敬すべき紳士で、事実を曲弁したとて、何の利益がある筈もない人々だった。

私がそれを読み終るのを待って明智は更らに本の頁を繰りながら云った。

「これは実際あったことですが、今度は、この『証人の記憶』という章があるでしょう。その中程の所に、予《あらかじ》め計画して実験した話があるのですよ。丁度着物の色のことが出てますから、面倒でしょうが、まあ一寸読んで御覧なさい」

それは左の様な記事であった。


（前略）一例を上げるならば、一昨年（この書物の出版は一九一一年）ゲッティンゲンに於て、法律家、心理学者及び物理学者よりなる、ある学術上の集会が催されたことがある。随《したが》って、そこに集ったのは、皆、綿密な観察に熟練した人達ばかりであった。その町には、恰《あたか》もカーニバルの御祭騒ぎが演じられていたが、突然、この学究的な会合の最中に、戸が開かれてけばけばしい衣裳をつけた一人の道化が、狂気の様に飛び込んで来た。見ると、その後から一人の黒人が手にピストルを持って追駆けて来るのだ。ホールの真中で、彼等はかたみがわりに、恐ろしい言葉をどなり合ったが、やがて道化の方がバッタリ床に倒れると、黒人はその上に躍りかかった。そして、ポンとピストルの音がした。と、忽ち彼等は二人共、かき消す様に室を出て行って了った。全体の出来事が二十秒とはかからなかった。人々は無論非常に驚かされた。座長の外には、誰一人、それらの言葉や動作が、予め予習されていたこと、その光景が写真に撮られたことなどを悟ったものはなかった。で、座長が、これはいずれ法廷に持出される問題だからというので、会員各自に正確な記録を書くことを頼んだのは、極く自然に見えた。(中略、この間に、彼等の記録が如何に間違に充《み》ちていたかを、パーセンテージを示して記してある)黒人が頭に何も冠っていなかったことを云い当てたのは、四十人の内でたった四人切りで、外の人達は山高帽子を冠っていたと書いたものもあれば、シルクハットだったと書くものもあるという有様だった。着物についても、ある者は赤だといい、あるものは茶色だといい、ある者は縞だといい、あるものはコーヒ色だといい、其他種々様々の色合が彼の為に説明せられた。ところが、黒人は実際は、白ズボンに黒の上衣を着て、大きな赤のネクタイを結んでいたのだ。

(後略)

「ミュンスターベルヒが賢くも説破した通り」と明智は始めた。「人間の観察や人間の記憶なんて、実にたよりないものですよ。この例にある様な学者達でさえ、服の色の見分がつかなかったのです。私が、あの晩の学生達は着物の色を見違えたと考えるのが無理でしょうか。彼等は何者かを見たかも知れません。併しその者は棒縞の着物なんか着ていなかった筈です。無論僕ではなかったのです。格子のすき間から、棒縞の浴衣を思付いた君の着眼は、却々面白いには面白いですが、あまりお誂《あつらえむ》向きすぎるじゃありませんか。少くとも、そんな偶然の符合を信ずるよりは、君は、僕の潔白を信じて呉れる訳には行かぬでしょうか。さて最後に、蕎麦屋の便所を借りた男のことですがね。この点は僕も君と同じ考だったのです。どうも、あの旭屋の外に犯人の通路はないと思ったのですよ。で僕もあすこへ行って調べて見ましたが、その結果は、残念ながら、君と正反対の結論に達したのです。実際は便所を借りた男なんてなかったのですよ」

読者も已《すで》に気づかれたであろうが、明智はこうして、証人の申立てを否定し、犯人の指紋を否定し、犯人の通路をさえ否定して、自分の無罪を証拠立てようとしているが、併しそれは同時に、犯罪そのものを否定することになりはしないか。私は彼が何を考えているのか少しも分らなかった。

「で、君は犯人の見当がついているのですか」

「ついていますよ」彼は頭をモジャモジャやりながら答えた。「僕のやり方は、君とは少し違うのです。物質的な証拠なんてものは、解釈の仕方でどうでもなるものですよ。一番いい探偵法は、心理的に人の心の奥底を見抜くことです。だが、これは探偵者自身の能力の問題ですがね。兎も角、僕は今度はそういう方面に重きを置いてやって見ましたよ。

最初僕の注意を惹いたのは、古本屋の細君の身体中にある生傷のあったことです。それから間もなく、僕は蕎麦屋の細君の身体にも同じ様な生傷があることを聞込みました。これは君も知っているでしょう。併し、彼女等の夫は、そんな乱暴者でもなさそうです。古本屋にしても蕎麦屋にしても、おとなし相な、物分りのいい男なんですからね。僕は何となく、そこにある秘密が伏在しているのではないかと疑わないではいられなかったのです。で、僕は先ず古本屋の主人を捉えて、彼の口からその秘密を探り出そうとしました。僕が死んだ細君の知合だというので、彼もいくらか気を許していましたから、それは比較的楽に行きました。そして、ある変な事実を聞出すことが出来たのです。ところが、今度は蕎麦屋の主人ですが、彼は、ああ見えても却々しっかりした男ですから、探り出すのに可成《かなり》骨が折れましたよ。でも、僕はある方法によって、うまく成功したのです。

　君は、心理学上の聯想診断法が、犯罪捜査の方面にも利用され始めたのを知っているでしょう。沢山の簡単な刺戟語を与えて、それに対する嫌疑者の観念聯合の遅速を計る、あの方法です。併し、あれは必ずしも、心理学者の云う様に、犬だとか家だとか川だとか、簡単な刺戟語には限らないし、そして又、常にクロノスコープの助けを借りる必要もないと、僕は思いますよ。聯想診断の骨《こつ》を悟ったものにとっては、その様な形式は大した必要ではないのです。それが証拠に、昔の名判官《めいはんがん》とか名探偵とかいわれる人は心理学が今日の様に発達しない以前から、唯彼等の天稟《てんぴん》によって、知らず識《し》らずの間に、この心理的方法を実行していたではありませんか。大岡越前守《おおおかえちぜんのかみ》なども確かにその一人ですよ。小説で云えば、ポオの『ル・モルグ』の始めに、デュパンが友達の身体の動き方一つによって、その心に思っていることを云い当てる所がありますね。ドイルもそれを真似て、『レジデント・ペーシェント』の中で、ホームズに同じ様な推理をやらせますが、これらは皆、ある意味の聯想診断ですからね。心理学者の種々の機械的方法は、唯こうした天稟の洞察力を持たぬ凡人の為に作られたものに過ぎませんよ。話が傍路《わきみち》に入りましたが、僕はそういう意味で、蕎麦屋の主人に対して、一種の聯想診断をやったのです。僕は彼に色々の話をしかけました。それも極くつまらない世間話をね。そして、彼の心理的反応を研究したのです。併し、これは非常にデリケートな心持の問題で、それに可成複雑してますから、詳しいことはいずれゆっくり話すとして、兎も角その結果、僕は一つの確信に到達しました。つまり犯人を見つけたのです。

併し物質的の証拠というものは一つもないのです。だから、警察に訴える訳にも行きません。よし訴えても、恐らく取上げて呉れないでしょう。それに、僕が犯人を知りながら、手を束《つか》ねて見ているもう一つの理由は、この犯罪には少しも悪意がなかったという点です。変な云い方ですが、この殺人事件は、犯人と被害者と同意の上で行われたのです。いや、ひょっとしたら被害者自身の希望によって行われたのかも知れません」

私は色々想像をめぐらして見たけれど、どうにも彼の考えていることが分り兼ねた。私自身の失敗を恥じることを忘れて、彼のこの奇怪な推理に耳を傾けた。

「で、僕の考《かんがえ》を云いますとね、殺人者は旭屋の主人なのです。彼は罪跡をくらます為にあんな便所を借りた男のことを云ったのですよ。いや、併しそれは何も彼の創案でも何でもない。我々が悪いのです。君にしろ僕にしろ、そういう男がなかったかと、こちらから問を構えて、彼を教唆《きょうさ》した様なものですからね。それに、彼は僕達を刑事かなんかと思違えていたのです。では、彼は何故に殺人罪を犯したか。……僕はこの事件によって、うわべは極めて何気なさ相な、この人世の裏面に、どんなに意外な、陰惨な秘密が隠されているかということを、まざまざと見せつけられた様な気がします。それは、実に、あの悪夢の世界でしか見出すことの出来ない様な種類のものだったのです。

旭屋の主人というのは、サード卿《きょう》の流れをくんだ、ひどい惨虐色情者で、何という運命のいたずらでしょう、一軒置いて隣に、女のマゾッホを発見したのです。古本屋の細君は彼に劣らぬ被虐色情者だったのです。そして、彼等は、そういう病者に特有の巧みさを以て、誰にも見つけられずに、姦通していたのです。……君、僕が合意の殺人だといった意味が分るでしょう。……彼等は、最近までは、各々、正当の夫や妻によって、その病的な慾望を、かろうじて充《みた》していました。古本屋の細君にも、旭屋の細君にも、同じ様な生傷のあったのは其証拠です。併し、彼等がそれに満足しなかったのは云うまでもありません。ですから目と鼻の近所に、お互の探し求めている人間を発見した時、彼等の間に非常に敏速な了解の成立したことは想像に難くないではありませんか。ところがその結果は、運命のいたずらが過ぎたのです。彼等の、パッシヴとアクティヴの力の合成によって、狂態が漸次《ぜんじ》倍加されて行きました。そして、遂にあの夜、この、彼等とても決して願わなかった事件を惹起《ひきおこ》して了った訳なのです……」

私は、明智のこの異様な結論を聞いて、思わず身震いした。これはまあ、何という事件だ！

そこへ、下の煙草屋のお上さんが、夕刊を持って来た。明智はこれを受取って、社会面を見ていたが、やがて、そっと溜息をついて云った。

「アア、とうとう耐え切れなくなったと見えて、自首しましたよ。妙な偶然ですね。丁度その事を話していた時に、こんな報導に接しるとは」

私は彼の指さす所を見た。そこには、小さい見出しで、十行許り、蕎麦屋の主人の自首した旨が記《しる》されてあった。

上野近辺（抄）

藤井浩祐

笠森稲荷

根津の大通り等も、今でこそ、この辺でのにぎやかな町だが、元は田舎通いの荷馬車の外《ほか》は、車らしいものの通らなかった道だ。私は根津に遊廓のあった時代を知らないから書けないが、何でも一高が出来るについて取払われたとか。ついこの間まで根津神社の大鳥居のそばにあった、何とかいう病院が大八幡《おおやはた》[*10]の跡で、電車通りの東より裏通りのどぶっぷちには、「ちょんちょん格子」が並んでいたもんだと聞いたことがある。ここに遊廓があったればこそ、八重垣町《やえがきちょう》の四ッ角からちょっと半町程東に入った所に、栄座[*11]という芝居小屋があったんだろう、遊廓が引っ越すと同時にこの辺は一度にさびれたに違いない。原の中にしょんぼり取り残された栄座は、それでも興行を続けていた。十年位も前だったか、梅雀《ばいじゃく》とかいう役者が、上野の戦争を明日からやるという日に惜しい事に焼けて今はない。私はしばしば散歩のついでに、三銭の木戸を払って大向うから見物したもんだ。そして幕が開いても平土間の大天井の下を、縦横無尽に飛び廻る蝙蝠《こうもり》のいた事を今だに思い出す。団子坂の停留所から右谷中《やなか》への道は町の様子は変ったが道幅は元のままで、「牡丹燈籠」の芝居で有名な三崎町《さんさきちょう》*12はこの通りだ。無論新幡随院《しんばんずいいん》もある。この辺はどういう訳か、非常に寺が多い。場末のせいだろう。大円寺《だいえんじ》（笠森）*13全生庵《ぜんしょうあん》（鉄舟寺《てっしゅうじ》）瑞輪寺《ずいりんじ》がその内でも大きい方だ。この瑞輪寺には東京に始めて水道を敷いたという、大久保主水《もんと》の墓がある。境内も広く幽邃《ゆうすい》だ。全生庵は山岡鉄舟の創建にかかると聞くが、恐らくそうではあるまい。然《しか》し鉄舟がこの寺に足をとめていた事は事実だと思う。そのためかこの辺の人は、鉄舟寺といっている。鉄舟が将軍家から拝領したという観音の像は、この寺に安置されて、葵観音といっている。大円寺は瘡守《かさもり》さんといった方がとおりがいい。門を入って右側に、鈴木春信の碑がある。春信の一枚絵によって美名を江戸市中にうたわれたおせんの碑も、またその側にある。此所《ここ》から三町程隔てた谷中墓地に近く、初音町《はつねちょう》に、功徳林寺《くどくりんじ》という寺があって、その門の側に「おせん茶屋跡」としたためた木札がかかげてあるが、何れが真か。どちらでもいいが、恐らく碑まで建てられてある事だからおせん茶屋は此処《ここ》にあったものだろう。「おせんの茶屋で渋茶を飲んで、渋茶よこよこ横目で見たらば、土の団子か米の団子か……」の手まり歌のおせん茶屋は、昔のままではあるまいが今もある。そして、土の団子も米の団子も、店先きに並べてある。寺にはちと不似合な石の柱に、鉄の扉の門、かさ守稲荷堂の門札も面白い。門から往来まで十間ばかりの両側には、何々家何子、何奴と芸妓らしい名前入りの燈籠が、目白押しに並んでいるのを見ても、この寺うまい稲荷を同居させたものである。本堂階段の下右側に、高さ四尺ばかりの石仏がある。可哀想にこの仏は寒中でも水にぬれて顔もからだもぬるりとすりへらされている。どうした訳かとじっと仏を見ていると、少々御免下さいという女の声に、一足下って見ていると、仏の御腰の辺りをさすっては、自分の腰をさすり、幾度となくそれを繰返し繰返し、かたえの小柄杓《こびしゃく》を取って、この仏の頭からざんぶと水を浴びせて、ややしばし眼を閉じ、口の中で何か唱えて合掌礼拝、「どうもお先へ」とその女はちょっと私に会釈して、それからまた本堂の方へ会釈して、茶屋で買って来た土の団子を上げて帰る。実に女の一心も恐ろしいものかな。この固い仏さんの御顔といわず、着物でもおみ足でも、ぬるりとなるまでに、しかも女のやさしい手の平で。而《しか》もこの仏の乾いたのを見た事がないと聞くと、霊験の程もさこそと思う。

萩寺

笠森稲荷の角から北に、日暮里《にっぽり》から田端王子《たばたおうじ》[*14]へ通ずる一筋の往来がある。私が日暮里へ移って来た当時は、この道を六阿弥陀横丁といったもので、その道しるべの石は、未だ、曲り角の隅に倒れかかって立っている。東京市内から田端西ヶ原渡島と、春秋彼岸の六阿弥陀詣りの唯一の参道だったからだろう。今もお詣りの人に変りはないが、ただ善男善女の肩からかけた鈴の音は、昔の様にさえて聞えない。

私の中学時代この街道の鈴の音は、気候はよし道は静かで、何ともいえない好い感じがしたものだ。この道を北へ一町程来た処に宋林寺[*15]がある。この寺は萩寺とも蛍沢宋林寺ともいって、境内所狭きまでに、萩が植えてある。今でこそ光った瓦の馬鹿に勾配《こうばい》の強い、いやな形の屋根の本堂があるが、以前はさびた庫裡《くり》と鐘撞堂《かねつきどう》の外はなんにもなかった。裏はすぐ団子坂の裏田圃に続いて、如何《いか》にも閑寂な感じで、殊に夏の夜べに露を含んだ萩の葉、緑の田の面に蛍の飛び交う様は、下谷区内には珍しい詩境であった。墓地は道に面して、今は野暮な亜鉛板で囲ってあるが、元はたしか杉の生垣であったと思う。然し天を衝いて立ってる欅《けやき》の幾本かの大樹は、今も変りはない。

生垣で思い出すが、この辺から先きは道に生垣以外の囲いを見なかったものだ。或《あるい》は高く或は低く、杉にかなめに木槿《むくげ》に皆思い思いに造られてあった。それにこの欅の大木は、何処の家の生垣にも高く生い茂って、この道を日暮里から田端王子と行く人は、この欅の並木にどんなに目を喜ばしたろう。それは雪によく、新緑にも紅葉にも、殊に夏の行人をどんなに喜ばしたことだろう。然しながら土地の発展は、その欅の並木を一本切り二本切りして、今では極めて少くなって、並木の感じはなくなった。宋林寺と相対して長明寺《ちょうみょうじ》がある。小屋根の下に一尺ばかりの白壁を見せた、黒渋のがっしりとした塀は、如何にも古風で、門から本堂までの石畳はかなり長いが、青々と苔むして、左右の植込みと相待ってしっとりと落着いた参道である。形を取立てていう程の本堂でもないが、さりとてこの辺には珍しく寺らしい堂宇である。あの地震にも大した被害もなく、すべてが昔のままに今も残っているという事が、人工ではとても及ばぬ落着きを持っている。昔この辺の名所に、花見寺[*16]の外に月見寺、雪見寺というのがあった。雪見寺は諏訪神社[*17]境内の浄光寺《じょうこうじ》であり、月見寺はこの長明寺であるという人もあるが、或はそうかも知れない。

この両寺を境として、北豊島郡日暮里となる。しかもそれがこの往来に面した一筋の地面で、私の家はここから一町程を隔てた左側にあるが、小さい垣根一重で東京市谷中初音町となるのだから、実に不思議な所だ。私の家は元茅葺《かやぶき》の、入口に八畳ばかりの土間を持つ百姓家で、家の前のがらんとした空地も茶畑も、それから裏の垣根越しに見える唐もろこし、田の緑に鳴く蛙、ひぐらしの声と、見るもの聞くもの、すべてが赤坂からここに来た私には、何だか馬鹿に田舎に連れてこられた様に感じた。先ず第一に私の頭に浮んで来たのは、学校通いである。ここから飯田町まで通うのは大変だぞ、朝は暗い内から起きなければ間に合うまいと考えた。所が案ずるよりは生むが安いで、通って見れば赤坂から通うのと大差はなかった。却《かえ》って朝早く千駄木の森下の田圃の小路を団子坂へ抜ける事が、町の通学にはかつて味わわなかった感じのいいものであった。私はいつも中学に通った時の事を考えると、五分芯のランプの下で、母が手ずから作ってくれた朝飯を食べた事と、裏の畑で池の端から帰る雁《かり》の群をおどかす銃声を、いまだに思い出す。また或時学校の遠足が花見寺で、一日に四度同じ道を歩いた事を忘れない、私の家の垣根一重で鉄砲が打てたのだから、この辺が如何に田舎であったかがわかる。

八軒家

私の家から半町ばかり畠の小みちを行った所に、小さな流れがあった。はば一間ばかり、水清く所々にある洗い場は、この辺の作物を洗うのに十分であった。この流れを境に千駄木の岡の下まで田圃で、当時私は夕飯を済ますと、いつでも流れの石橋の上に立って、百姓の大根や生姜を洗うのを、無心に眺めたものだ。私が美術学校に通う様になっても、なおこの辺は余り変らなかったが、電車が来る様になって、忽《たちま》ち急転直下豆を撒く様に、畠といわず田圃何のその、僅か一、二年の間に、びっしりと家が建てられた。

あの美しかった千駄木の岡は、今もそのままにあるけれど、眺めようという気にもならない。作物を洗った清流は、遂《つい》に先頃まできたない下水となって残っていたが、それも今は暗渠《あんきょ》となって、その上には毎晩夜店が立つ。実によくもこんなに変れたものだ。この辺の百姓が土竜《もぐら》を追うために、こえたご桶に天秤棒をこすって、一種異様の音を聞かせた事や、夜泥鰌《どじょう》の寝てるのを、三尺ばかりの棒の先に針をつけて、カンテラの火をたよりにつきさした事や、かすみを張って雀をとる蓑を着た猟師の徘徊した事や、高等学校の生徒が薄明時、自慢の校歌に蛮声を張り上げた事や、やぶそば土産のざるに徳利をぶら下げて千鳥足の男が、田圃のあぜ道を通った事や、女竹《めだけ》の葉に水を付けて蛍を追い廻す子供の群のいた事や、朝晩田のくろでやかましい程に鳴いた蛙の事など、すべてが全く夢の様な変化だ。

私がここに移って二、三年、突然珍しくも畑の中に、形も大きさも寸分違わぬ茅葺きの、様《さま》の変った二階家が、ぱらっとまかれた様に八軒出来た。私はやあ箱庭の家みたいだなあと思っているると誰の目にも同じにうつると見えて、それが忽ち村の評判となって、日暮里の八軒家といえば、誰知らぬ者もない様になった。何しろ広々とした見晴らしの畑中に、風変りな家が八軒、しかも二階家で、ちょっとの間に現れた事は村の人々を本当に驚かしたに違いない。

一体どんな人が、あの風変りな家の住人だろう、しかも八軒も揃って何だろう。当時中学生の私は、まるで見当が付かなかったが、谷中初音町に創立された日本美術院の若い先生方の住居と聞いてなる程と思った。この八軒家に住んでた方の中には、すでに故人になられた方もあるが、いずれも日本画壇の御歴々《おれきれき》で、それは大観、観山、広業、春草、武山、孤月氏等で、八軒の家はその後修繕に修繕を重ねて、今もなお残ってはいるが、当時の感じは全然ない。

過日武山老に会った時、「あの当時は君も随分若かったでしょうね」と聞くと、「われわれの勉強時代の貧乏時代さ、しかも年も若かったし、随分面白い事もあったよ、或時大観さんが夜ふけに勢い鋭く戸をたたいて入った処が、観山さんの家で、御宅はお隣で御座いますと、夫人の注意で恐縮した事や、観山さんの御親父が僕の家へ『はい御免』と上られて、悠々と御茶をのまれてから、今日は御留守かといわれるので、家内が、今朝程笠間へ参りましたが、どなた様で御座いましたか、つい御見それ申しましてというと、一体こちらはどちら様で……武山さんのお宅でしたか、いやどうも余り家が同じだものですから、とんだ失礼をいたしました等の滑稽な話が沢山あるよ。八軒家の地面は、全部で一千坪借りていたのだが、或時地主が二千円で買って下さらないでしょうかと、美術院に申し込んで来たものだ。時の会計主任が坪二円は高いと目を円《まる》くして買わなかったが、惜しい事をした。何しろ今は百円近くだからね」「君の住んでた家は、屋根こそ違っているが、そっくり残ってるよ」といったら「ああそうかい」と武山老は、暫《しば》し感慨無量の体であった。

武山老の今の御殿の様な住居から考えたら、隔世の感があるに違いない。今でこそそこの往来も、矢鱈《やたら》に建てた電燈のお蔭で、夜も昼の様に明るいが、当時は笠森さんの角を日暮里の方へと一歩ふみ出せば、もう真っくらで、提灯《ちょうちん》なしでは闇の夜などは、それこそ鼻をつままれてもわからない位だった。

富士見坂

私の家の前に、南泉寺《なんせんじ》という禅宗の寺がある。今は本堂もあり、瓦屋根の立派な山門もあって、誠にきちんとした寺であるが、当時は如何にも荒廃した寺の感じで、本堂もなく門もなく、広々とした境内の片隅に、古びた庫裡《くり》があったばかりだった。

唯一つ入口の右側、道に近く萱谷不動尊の小堂があって、女の御詣りが非常に多く、新しい納め手拭《てぬぐい》の絶え間がなかった。堂に向って左に半坪ばかりの小屋があって、格子戸には堅く鍵がおろされてあった。御手洗でもなし何だろう、地上三尺ばかり、石で盛り上げてあるのは何だろうと、常に疑問でいたが、或時私が門を出ると同時に、前の不動さんの門から二人の中学生が大声に笑いながら逃れる様に走って行く、一人が「オーイ早く来いよ。誰か来たぞ」おやおかしいぞとひょっと堂の方を見ると、残された一人が格子戸に目をすり付けて、逃げ腰におっかなびっくりで、中をのぞいている様子、はあ何かあるなあの小堂の中に、よし僕も見てやろう、処が見て驚いた。

実に燈台元暗しで、ここにしかも自分の家の目の前に、こんな珍物があろうとは、それは天然石の高さ三尺ばかりの、如何にもよく似た陰陽の二個の石が、小砂利の上に安置されてあるのであった。私は正直にいう。中学時代この石がここにある事を知らなかったのだから、余程間抜けだったに違いない。その不動堂の境内は狭かったが、堂の前には大きな芭蕉の一株があり、竹に結んだ納め手拭は斜に立ち並び、鴨居につられた赤の長い提灯も、丸いのも、皆それぞれに面白い対照をなして絵になっていた。

　私は今でも、美校時代洋画生の郊外写生の画を陳列した中に、いつでもこの不動が一枚や二枚必ずあった事を覚えている。私も或時そこを写生した事がある。私の父の所へ遊びに来た百花園の主人が、それを見て、うまくかけましたなあ。この芭蕉の植込み具合などは、何ともいえませんといって、しきりに植込みをほめて、画をほめてくれなかった事を覚えている。この多く画学生に描かれた不動堂も、また多くの中学生を喜ばした陰陽石も、今は綺麗に取片付けられて、跡形もないのは時勢であろう。

　この南泉寺を振り出しに、法光寺《ほうこうじ》、修性院《しゅしょういん》等五軒の寺がずらりと並んで、いずれも相当広い境内を持っているが、修性院が中で一番広い。法光寺の角を、諏訪神社へと通ずる急坂がある。富士見坂[*18]といって、この坂から見た富士は、青田を通して千駄木の森の上にくっきりと高く聳《そび》え立って、丁度広重の版画でも見る様で、坂を登って行く人は、必ず坂上で一度はこの富士を眺めたものだ。修性院は別名を花見寺という。元は修性院と聞いては、近所の人でも首をかしげたものだが、花見寺といえば、根津で聞いても谷中で聞いても、直《す》ぐに解った。おそらく子供でも教えてくれた位、有名な寺であり、名所であった。

　庭広く東に面して、諏訪神社の森を背にした山には、松楓桜躑躅《つつじ》の老株が、気持よく手入されて、如何にも感じがよかった。四時《しじ》この庭に杖を引く者の絶えた事がなかったが、殊に桜時からつつじの咲く五月一ぱいは、非常に賑かであった。上野の桜に仮装が禁ぜられてからは、殊にこの処は繁昌して、大勢の花見が毎日の様にあった。花見だからどんな思い切った仮装も、かくし芸もやれて、誰にも気を置かず、楽しく一日遊べたに違いない。土曜日曜等は、小学校の運動会とかち合って、こみ合うよりも、むしろ混雑といった方がいい位だった。平常静かなこの村が六阿弥陀詣での鈴の音をきっかけに、一日々々と賑かになって、花見寺に仮装の連中が繰込むという事は、附近の人の心を浮々と喜ばしたに違いない。あすは開成座の連中の花見ですとさといった具合に、花時のこの辺の人々は、花見寺の花見の噂で持ち切ってたものだ。

花見寺

私達は四月の学校の休みは、大抵この寺の花を見て過したものだ。庭の所々にあるくわいの団子や、きぬかつぎなどを売る茶店に、赤前垂れ赤だすきの娘等のかいがいしく立働いていた事を覚えている。庭に面した座敷は、全部開け放たれて、踊るにも歌うにも不便はなかった。然しこの庭のねうちは、花時よりも躑躅の咲く時にある。桜は老株であったがその数が少なく、躑躅は殆《ほとん》ど全山にあって、株も古く形もよく、咲き揃った時の美観は、暗い森を背に燃え立つ様に明るく浮き出て、錦の敷物を懸けたよう、私はその後何処の躑躅を見ても、中学時代に印象したこの花見寺の躑躅程の美しさを感じない。後ろに諏訪の森を持っているという事も、ここの躑躅を引立てているが、山が多少南に面しているため、花の表、木の表を見るためではないかと思う。理屈は兎に角、躑躅は見事なものであった。

この躑躅の山の中に、布袋《ほてい》を安置した古風な小堂があった。像の大きさは等身の約三倍ばかり、その布袋は大きな腹を突き出し、手を膝に悠然と坐り、大きな黒い顔に三日月形の目が銀に光って、大きく笑った口には、白い歯がちらちらと見えて、何となく無気味であった。私は今でも花見寺と聞くと、躑躅の美しかったことと、布袋の笑顔の馬鹿に気味が悪かったことを思い出す。今から七、八年前だったと思う。どういう訳かこの庭が、大橋某に買い取られて、さすが日暮里に誇る一名所も、哀れ一富豪の占有物となってしまった。最近この前を通って見ると、門柱には大橋木炭置場と大きな札がかかっていて、邸内には木炭が山をなし、美しかった躑躅の山は、徒《いたず》らに雑草生い茂って、昔日の観がない。これが有名な花見寺の跡だといっても、誰も本当にはしまい。それでも寺は、小さく一隅に今も残って、境内に布袋堂あり、の一札がかかげてある。*19

順が前後したが、花見寺の隣、富士見坂に沿うて新花見寺があった。庭に樹木は余りなかったが、それでも桜の大樹が七、八本はあった。そこは花見寺とは垣一重で、隣の花見や運動会のあぶれで、春は相当に賑った所から、誰いうとなく新花見寺という様になったのだろう。この寺の和尚の事を附近の人々はメメズ坊主といっていた。綽名《あだな》には時々腹の皮をよる様なのがあるが、誰が付けたかこの寺の和尚さんの綽名位、皮肉でしかも滑稽なのは少ない。その綽名の由来を少しばかり書いて見る。

この寺の本堂は、道に面して相当に大きかったが、庭はその後に花見寺の山続き、富士見坂と同じ角度に岡をなして、樹木こそ少なかったが、所々に俳句などを刻んだ石碑があって、花見寺の幽邃《ゆうすい》には及ばなかったが、別な趣《おもむき》はあった。所が和尚悟ってたのか、生《なま》臭《ぐさ》なのか、出入の米屋にも酒屋にも借金だらけで、初めの内はお寺の品を何くれとなく売払っては、勘定をしていたが、そうそう売る物もなくなったと見えて、しまいにはかれは庭の山を崩し始めた。山の土は赤い砂と砂利なので、そのままコンクリートに使えたり、霜どけの路に敷かれたりする処から初めはほんの一人か二人で掘っていたのが、一人殖え二人殖えして、しまいにはかなりの人数で掘っていた。僅か一年か一年半の内に、庭は殆ど真っ平らになった。無論桜が枯れようと石碑が曲ろうと、更にそんな事に頓着なしで、果ては地界をえぐって奥へ奥へと掘進めた。これがメメズ坊主の綽名の付いた訳で、つまり土を食って生きている坊さんという事だ。それでも和尚、朝晩の読経はおこたらなかった。かれは見上げる様な偉丈夫で、でっぷりとふとっていた。その読経の美音は、私の家にまでも聞えた。そんな風だったから、本堂は忽ち荒廃して、さしもに大きな堂も、がらんと空家の様になってしまった。すると間もなく、土でもうけたのだろう。平らにした庭の真中に和尚は立派な本堂を再建した。もうその時分には、花見の人などは一人も入って来ない。元の本堂の跡にはバラック様の大きな二階家が建った。[*20]

唯一の劇場

当時私は、この二階家を何んだろうと思っていたら、入口に女子体操音楽学校という札がかかったので、何んだ今度は学校になったのかと思っていると、翌日から霜降り小倉の上下で、洋服とも付かず、たっ付けでもなし、一種異様の角兵衛獅子の様な服装で、朝から晩までオルガンはひく、ふるふる歌う、体操はする、号令の稽古をする、一時に寺が妙な学校になったのだから、近所の人は驚いた。

二年ばかりで、このやかましい学校は引越した。そしてその跡がそっくり芝居小屋になって、源氏節何々一座何子嬢へ等の小ぎたない古幟《ふるのぼり》が、寺の垣に沿って立つ様になった。一度は近所の人ものぞいて見たが、何分中がお話しにならない程きたないので、幾ら「今夜は芝居があるよ」と車にのって太鼓でふれて廻っても、誰一人行かなかった。あったら村に唯一の劇場も、経営困難の形で、半年ばかり蓋を開けなかったが、福宝堂とかいう活動写真の会社がこのぼろ小屋を仕度部屋に借りて、寺内に見世物小屋の様な舞台を作って撮影所とし、この附近を背景に写真をとった。恐らく日本活動写真の元祖だろう。

これは近所の人の人気を呼んだ。そりゃそうだろう、何しろ源氏節の役者が乞食なら、活動の役者は大名位に段がちがうし、見料はなし、いつもこの撮影小屋の前は黒山の人であった。近所で撮影となると、またこの群衆がくっ付いて歩く。ほら諏訪神社、今度は南泉寺の前といった調子で、どこまでもくっ付いて歩く。この時分何だか、いやに往来ががやがやするなと思って出て見ると、それは活動写真だった。近頃の写し方はどんなだか知らないが、恐らくこの時分から見れば長足の進歩だろう。演技中フィルムがなくなって、「オーイ待った」と技師が怒鳴った瞬間、急に演技が止まらず、その手つき足どりが如何にも滑稽で、また写す人は気が抜けない内に早く続けようとするので、これまた大あわてで、その光景は全くたくまざる一種の喜劇であった。私はいつも見る度に、今日も途中でフィルムが切れないかなと、思い思い見ていた、処が、人気を集めたこの撮影所が、或晩残念にも自火に焼失した。

和尚は相変らず呑気なもので、戸や障子が破れようが、屋根の瓦が飛ぼうが、草がはえようが、又近所で何といわれようとも一向御構いなく、何処を風が吹くと涼しい顔でいたが、或晩どしゃ降りが翌朝まで続いて、坂の片っぺらと上の屋敷の庭が寺内に崩れ落ちた。坊主が人の庭の下の土まで食い取ったからだと苦情を持ち込まれたが、和尚は一向平気、然し裁判には負けて、寺内を大分提供して、石垣を積むべく余儀無くされた。費用はどっちで持ったか知らないが、兎に角寺の地面は大分減った。こんな事がきっかけで、寺は益々左前となって、果ては床が抜けて、矢竹が天井へ届く様になった。

私は時々犬の運動に出た時、坂の上からこの荒れ果てた寺を見ていつも落語の、「蒟蒻《こんにゃく》問答」を思い出した。こんな風だから、長持ちのしよう筈《はず》もなく、間もなく廃滅して、今では寺内にびっしりと家が出来て、坂下の一角に置き去りを食った墓場が、淋しく残ってるのみだ。

この寺の前から西へ、電車道へと抜ける細道があって、これを安八百屋通りという。丁度私の家の稍《やや》北西によった裏に当るが、夕暮時などは恰《あたか》も市場の様で、身動きもならない様な繁昌だ。僅一町ばかりの細道だが、何でも間に合う。蓋《けだ》し上物はないだろうが、いずれも安い。この通りの中程に安八百屋[*21]といって、常に客の絶えた事のない、殊に夕刻などは、黒山の繁昌の青物店がある。メメズ坊主は寺を潰して名を残したが、安八百屋は身代《しんだい》を荷車一つで作り上げて名を売った。谷中から日暮里にかけて、安八百屋を知らない者は、恐らく子供でもないだろう。

成金八百屋

安八百屋がここに店を開いた当時は、――店というと大層立派だが、どうにか人の住まえる九尺二間程の小屋で、間口の畳一枚ばかりの土間が、即ち店だった――開けたといってもまだまだ畠の名残りが所々にあって、この通りなどは田圃の小川に抜ける畔道《あぜみち》といった方がいい位であった。

この畔道にぽつんと出来た見すぼらしい八百屋さんが、安八百屋通りといわれるまでの隆盛を見るに至ったのは、「安八百屋成功美談」とでもして、張り扇《せん》で台をたたいて談じたら、定めし涙の出る様な苦心談や、お臍《へそ》の宿替えをする様な滑稽談がうんとあるに違いない。

私は初めこの八百屋さんの出来たのを知らなかったが、或時庭の垣根に沿うた小路に、荷車をかこんでがやがやと、われ勝ちに何物かを得ようとする一かたまりが、その声を聞き付けて益々多くなるのを不思議に思って、垣のすきからのぞいて見ると、それは青物を買うための近所のおかみさん達でわれ勝に欲する大根や人参を買おうとするので、そのやかましい事、やがて十五分か二十分の後には、山と積まれた青物が、一つも余さず売れて仕舞う。八百屋さんうまくやったな、定めし売れ高でも数えて悠々と引揚げるかと思っていると、直ぐにまた夫婦で元来た道に急ぎ足に殆どかける様に出て行った。

学生の私の頭にも、どうしてあんなに売れるのかしらと、不思議でたまらなかったが、「どうしてこんなに安く売れるんでしょう、半値どころか三分の一にもなりませんね」と話しながら帰って行くおかみさん達の会話を聞いて、成程《なるほど》と合点が行った。二時間程たつと、また青物を車に山と積んで、引く御亭主も後押しのかみさんも汗びっしょりで、がらがらと勢いよく私の裏へと差かかると、車の音に忽ち近所のかみさん達の包囲攻撃を受けて見る見る売れて仕舞う。

この夫婦が即ち畠の畔道に店を開いた八百屋さんで、誰いうとなく安八百屋という様に成った。こんな風だから滅多に自分の店まで荷を運ぶ事が出来なかったが、段々仕入れも大きくなったんだろう、店の人も増えて遂に今日の隆盛を見る様になった。根岸や千駄木、団子坂辺りからも風呂敷を持って買いに来るといったら嘘の様だが全くで、試みに夕食の仕度前今なら五時半から六時頃この近所を通って御覧なさい。おかみさんや奥さんがてんでに一かかえの風呂敷包みを重そうにぶら下げて帰って行くのを見たら、安八百屋のお帰りと思って間違いはない。

この八百屋に買物に来る人の多いためにこの狭い道にびっしりと種々雑多な日用品店が出来た位だから、如何に多くの人がこの八百屋に買いに来るかということがわかる。去年私の家の裏に新しい二階家の貸家が二軒出来た。これが安八百屋で建てたのだと聞いた時、初めから今日の隆盛を見るまでを知ってる私の頭には何ともいえない感激を与えたが、先日渡辺銀行が休業を宣した時、近所の人達が安八百屋では十万円もあったのだと噂し合ってるのを聞いて更に驚いた。よく話に、あの人は天秤棒一本から仕上げた身代だなどと聞いた時、私はいつも半信半疑でその話の全部を信ずることが出来なかったが、目の前に安八百屋の成功を見てから私はこの種の成功談を疑わずに聞けるように成った。

元の道に引返して更に北に進む半町ばかりで、四間道路を中心に碁盤目に分けられた整然たる渡辺町[*22]に出る。道灌山に連らなって三万坪もあらん理想の住宅街をなしているが、元は之が佐竹侯の別荘で藪に囲まれた畠と雑木林の外は殆ど何物もなかった処で、明治がここを開くまで暫《しばら》く原になっていたために佐竹の原とこの辺の人はいっていた。元の往来はこの町の西の端の一筋がそれであるが、何しろ片側が藪でこの数町の間は夜などは全く物すごい程淋しかったものだ。この道の西側中程に八石《はっこく》教会出張所と大きな門札を掛けた一構えがあった。

根津のはなし

下田将美

一

根津と云う名をきくと、私は何となく、取残されたもの、見捨てられたものと云ったようなわびしい感がして来るのが常である。たとえば末永く流れる河水が、こんもりとした樹影で一時淀んでどろりと底深い静けさを見せているような、または旧《ふる》い城下町が新らしい街になった中に、昔ながらに取残された白壁の家がぽつんと立っているのを見るような、不思議なわびしさと、あわれさとを感じる。華やかであった過去の姿を夢見る為めか、それとも池《いけ》の端《はた》から電車にそって開けた街が根津を通りこして動坂《どうざか》の方へ余計に派手な発展をして行った為めか、何故かは知らないが根津ときくと取残されて忘れられた街と云うような気がしてならない。二十四五年前のまだほんの小さな子供だった頃に知っている根津と今日を較べても昔の方が特徴もあり街も生きていたような気がする。それより又ずっと昔の私などはまるで知らない華やかな時代の根津の話を年寄などかから聞くと、今更ながら時代と云うものが、土地の色や匂いを変えさせることの激しさに驚かされもするのである。

古い川柳などには根津の客と云う言葉が大工や左官の代名詞のように盛んに使われている。云うまでもなく根津と云う名が今日の吉原や洲崎と同じ意味に通じた頃のことで客とは遊廓へあがる客種の品定めを云ったものに他ならない。武江《ぶこう》年表を見るとここに岡場所が出来上ったのは正徳《しょうとく》年間からの古いことであるらしい。それが天保九年九月に取払いを命ぜられて亡び、其後になって再び根津遊廓[*23]なるものが新らしく許されて明治廿二年まで続いたと云うわけなのである。

古くからあの辺に住んでいる年寄などは今でもまだ逢初橋《あいぞめばし》の附近を総門と呼んでいるのを聞くことがあるが、丁度《ちょうど》あの小さな橋の辻に立っている交番のあたりが所謂《いわゆる》総門で吉原で云う大門に当るものであるが、これは別に門があったわけではない。ただ遊廓の総入口と云うだけのことで、其の総門を境に今の宮永町《みやながちょう》の通りの側に引手茶屋が並び、総門を入って今の八重垣町の電車通りの両側に遊廓がずっと立並んでいたのだと云うことである。大八幡《おおやはた》とか松葉楼などと云うのが大店で三浦坂《みうらざか》の方へ曲った右側には大きな提燈を看板にぶら下げた甲子楼と云うのがあったそうである。此中、大八幡の別荘は根津を出外れて千駄木の方へ曲ろうとする角にあり、松葉楼の別荘はずっと離れて団子坂の上、丁度故森鷗外氏の観潮楼の前あたりにあった。

今日では遊廓全盛時代の根津の地廻りだった人達もだんだんに尠《すくな》くなり、其の頃の面白い話なども余り聞けなくなってしまったが、盛りの頃は随分賑やかな景気のいいものであったらしい。秋になって団子坂の菊が人気を呼ぶ頃になると、丁度吉原で夜桜を売物にしたように両側に立並ぶ遊廓の前に、大輪の美しい菊の花壇をこしらえ、それに夜になるとずらりとぼんぼりを灯した。桜とは又違って、ぼんぼりに照りはえる菊花壇の夜景は何とも云えぬ味があったものだと、良く聞かされたものだった。

その根津の名で通った遊廓も明治二十二年になって、附近に大学もあり風教上面白からずとあって取払いを命ぜられ、今の洲崎へ移転することになった。其頃の挿話として面白いのは遊女達の輸送で、二人乗りの大きな人力車などが盛んに東京中をかけ廻っていた頃であったにも拘らず、そうしたものは一切利用せず、どこまでも籠の鳥には日の目を見せるなと云う考えから、特に円太郎のガタ馬車を雇って、それに大勢を積込んで運んで行ったものだそうである。今日だったら差詰め何かの問題になることかも知れない。

遊廓が取払われたあとの根津は思い切って落莫《らくばく》極まるものであったらしい。其頃の人間のすることで取払いと云えば言葉通り取払いであった。八重垣町通りの両側に立並んだ大きな遊廓は片っ端から叩き壊されてしまった。昨日まで華やかだった土地は一朝にして一面の荒れた原っぱになってしまった。其の時大通りにぽつんと残ったのは中程にある三河屋と云う酒屋で、今日でもその店は依然としてもとの場所に残って営業をしている。昔風の土蔵造りは其頃の名残を止めて居る形見なのであろうか。兎も角も根津の変遷を最後まで一つ所から眺めつくして今日に及んでいる由緒のある家である。

大八幡も松葉楼も洲崎へ引移った。大八幡のあとは根津神社のじきそばで、其後、又八重垣町通りに人家が立並び遊廓でない別の商店街が出来上った頃真泉《しんせん》病院と云う病院になった。それが又いつか近年なくなって今ではそこが浅草専売局根津分工場とやら云う名で煙草の製造所になっている。大八幡は申すまでもなく女の世界、真泉病院も婦人科病院であった。そして今日の専売局にも女工ばかりで聞く所によると敷島専門と云うどうやら源氏名まがいの煙草を精々と造っているそうな。どこまでも女ばかりで押通す所が不思議な因縁だと云えば云えよう。

二

二十三四年前の根津八重垣町の大通りは相当に賑やかな商店町で、谷中の清水町《しみずちょう》、本郷の弥生町あたりに住む勤人《つとめにん》の家庭で買物に出て来るのは皆この大通りにきまっていた。元より其時分には電車などはまだ通って居らず、上野の広小路まで出るには遠し、是非共根津が一寸《ちょっと》した買物の中心になっていたわけであるが、其頃にはきまって八重垣町の大通りの両側にずらりと夜店が出た。私は今でも時々其頃の夜店気分の面白さを思い起してなつかしがることがあるが、鏡花《きょうか》氏の露肆《ろし》や縁日商人に描かれて居るような光景が存分に味われたものであった。古本や錦絵の夜店には随分しっかりしたものが並んで居たもので子供の私は立派などんす表装の芳年の月百姿をそこで発見してほしくってたまらなかったことを記憶している。まだ蓄音器が珍らしかった時代のことでよくそれを大道できかせる商売人が出ていたものである。今はどこを探したってあんなものは残ってもいまいが、丸い臘管《ろうかん》をかけてぐるぐるとゼンマイを廻しそれを医者の聴診器のようなゴム管を両方の耳にかけてきくのである。やったものは浪花節かなんかが多く、それを一度きくと壱銭か弐銭代をとられたわけであるが、夏の夜なんかはそれでも大した人気で、浴衣《ゆかた》掛けの阿兄《あにい》連中なんか入代り立代り、ゴム管を耳にはさんだ妙な恰好をして悦に入っていたものであった。今日のラジオと金をとって聞かせた夜店の蓄音機の時代と、其のへだたりが僅か二十年ばかりだとは誰しも考えられない位の大きな変りようである。

其の頃には根津には寄席も芝居もあった。寄席は逢初橋のそばに菊岡亭と云うのがあって大したものではなかったが、芝居は藍染座、後に栄座と改名して一寸場末では知られていた芝居だった。今の八重垣町の停留所を三浦坂の方へ曲った左側にあって伊井蓉峰《いいようほう》なんかも出演したこともあった。しかしこの小屋の座附みたいになっていた役者は紅雀《こうじゃく》と云うのが座頭《ざがしら》で梅雀《ばいじゃく》、右田作《うたさく》などと云うのがいた。梅雀と云うのは死んだ翫右衛門《かんえもん》の前身で、右田作は今日の本郷座の前身春木座なんかへも出ていて若い娘達にワイワイ騒がれていたものだった。

其頃の芝居は塩原太助一代記であるとか、江島屋騒動とか云ったようなものをたった一つ通し狂言でやったもので、言葉通り朝から晩まで根よく丹念にやり通した。芝居を見ると云えば全く丸一日棒にふってしまわなければならないように出来上っていた。そして一つ狂言を序の幕から大切《おおぎり》まで、ものの十四五時間もかかって見せなければ見物も承知しなければ役者も承知が出来なかったものであるらしい。この芝居には後に植木屋さんになってしまった森操と云う壮士芝居がよくかかった。壮士芝居とはよく云ったもので役者ではなくて壮士の勇壮活潑なる見世物に相違なかった。此連中は少し入りがなくなると、きまって『火焰の石橋』と称する狂言を出した。どんな筋であったか無論記憶には残っていないが、何でも本当に火のどんどん燃えている焚火を縦横無尽に石橋の上でふり廻してハラハラさせるような危険極まりない痛快なる暴劇であったことだけは確かである。これをやると大向うはすばらしい大受けで、いつでも入りがあったのが忘れられなかったと見え、芝居がだれるときっと火焰の石橋が出てきたものであった。

都桜水《みやこおうすい》と云う役者の一座もよく此の栄座で暴劇をやったものである。外題はいつでも俠客劇、しかもその乱暴さは決して今日の剣俠劇とやらより劣りはしなかっただろうと思う。見ていてハラハラするのを通りこして喧嘩などは本当に殴り、本当に死物狂いで喧嘩をするのであるから笑談《じょうだん》では見ていられないような気がしたものであった。ある時何の狂言であったか知らないが頗る大変なものを見たことがある。茶屋場のような舞台面で一時舞台が空虚《から》になったと思うと、奥から強そうな男が日本刀を提げて血相変えて出て来た。これから此の家の奴等を片っ端から撫切《なでぎ》りにしてやるのだと云ったような独白《せりふ》があったと思うと、ズラリと其刀をぬき放った。どこから見ても本当の刀である。役者もそれが刃のひいてない正に本当に斬れる刀であることを証明するつもりなのであろう。見ているといきなりそれで大道具の太い木の柱へズバリと切り込んだ。ケレンでも何でもなく四寸角の柱が切味も見事にスッと削げて足許に落ちた。私はびっくりした。其驚きがまだ止まぬうちに奥から女だの若い者だのが出て来ると、其の役者は本当に切れる刀をふりかぶって縦横無尽に斬りまくった。それが遠慮なしに首筋の一二寸近くまでさっと斬下される。一つ間違えば笑談ではなしに本当に頭がとんでしまうのは疑いがない。私は何だかちり毛許《もと》までぞっとして寒くなった。時代劇ではなかったから籠釣瓶《かごつるべ》の狂言ではなかったように思うが、今でも其の時の物凄さを思い出すとぞっとするのが常である。何と云う乱暴極まるものであったのであろう。或は永い狂言の間には本当に傷位はうけたものもあったのかも知れない。

この栄座も、其後間もなく所謂根津の大火で丸焼けになって紅雀と云う役者も焼出され、それっきり亡びて二度と立たなくなってしまった。

あんな劇場はなくなってしまっても一向惜しくも何ともないが、ただ一つ残念な光景がある。それは栄座の裏に接してあった古い金魚や[*24]の大きな池である。今でも此金魚屋は残って居って入口の古びた門など昔のままであるが、二十年の前にはもっと大きなすばらしい池があった。時折に金魚を買いにゆくと其の大きな古い池に栄座の紅や青の華やかな幟が風にハタハタと揺られながら林立しているのが、そのままに映って、子供心にも絵のように美しいと思ったものであった。

今では池は大半埋められて貸家か何かが立ち、僅かに残る池に殺風景な家並だけが影を落して金魚がチラチラ泳いでいる。私は時折あの辺を歩く毎に、栄座は惜しくはないが、池一ぱいに映った芝居幟の面白さだけはもう一度見たいような気がするのが常である。

根津で一番有名なのは今では根津権現だけであるが毎年の祭は昔ながらの景気のいい賑やかさを見せている。祭の日には境内一ぱいに縁日商人が出て、立派な神輿《みこし》を町内の若い衆がワッショイワッショイとかつぎ出す。今から十五六年前にはよく薄暗い木影で人を集めて猫八が物真似をやっていた。大道芸人とは見えぬ傍若無人な人を馬鹿にした口ぶりで見物を小っぴどく罵りながら鶯の笹鳴きから谷渡りをやって見せていたものだった。其うちに両国の立花だかを口切りに高座に現われ出してからは、すっかり出世して、もう無料できくわけにはゆかなくなってしまった。いつか銀座の金澤の高座で、すっかりりゅうとした身なりになってしまった猫八が不相変《あいかわらず》人を喰ったような調子で物真似をやっている姿を見、根津権現の境内で見すぼらしいなりをして投銭をうけていた当時を思い起して、人間の運だの出世だのと云うものは、どこにころがっているものだかわからないとしみ感心したことであった。

権現の境内には昔は椎茸飯で名高い娯楽園[*25]があった。一寸いい感じのする道具で飯を食わせ、入口には五六本椎の木が投《ほう》り出してあって、それに小さい椎茸がついていたものである。よく俳句の会なども催されていかにも静かな落付いた所であったが、今ではもう其面影もなくなってしまった。後年ここの持主が八重垣町に貸席を開いた。本職は建具屋で店を半分直して、二階に広間をとり素人義太夫やら五目師匠のおさらいやらに貸していたものであるが、震災後のドサクサにいつか立派な寄席になって、一流の芸人が高座に上るようになった。歌音本《かねもと》と云うのがそれである。

三

八重垣町の電車通りを真直ぐにつき当って右に曲れば千駄木町に入るが、昔はそこで人家は絶えて、あとは団子坂まで一面の小笠原田圃と呼ばれた田圃であった。田圃を越えて丘の木立のぐるりが千駄木で江戸時代には御鷹匠が住んでいたらしい。古い川柳にも

千駄木に鷹、駒込《こまごめ》に富士と茄子

とあるのはこれで、駒込には名物として茄子のうまいのが出来、それに雷除けの麦藁の蛇で名高い富士神社がある所から三つ合せて初夢に結びつけた洒落なのである。

私達がまだ小さい子供の時分には矢張りそこらは一面の田圃で今の電車通りなどは勿論なかった。夏になると蛙が鳴き、秋には蝗《いなご》が飛ぶ肥臭い田で右の方に俗に鴨池と云うすばらしい大きな池があった。池と云うよりは沼で一面にやゝゝゝりんぼうがスイスイと伸び、水際には河骨《こうほね》の花が黄色くいくらでも咲き乱れていた。鴨池と云うからには鴨でも来たものかそれとも鴨でも養っていたものかはっきり知りもしないが、子供の楽しみとしてはそこで釣をするのが一番面白かった。万事無心一釣竿、不換三公此江山。見るからに蕭条《しょうじょう》たる泥沼にすぎない此鴨池も、小さな鮒を釣上げた心跳《こころおど》りに万事を忘れた少年の昔を思えば、忘れ難き風光でもあった。今は池などはどこにあったのか、まるで見当もつかない位に家が立てこんでしまった。

其時分は根津から団子坂辺に出る道としては、逢初川《あいぞめがわ》に添った七曲り[*26]と云う小さな廻りくどい道をとるか、ただしは権現の裏門から藪下《やぶした》を通るかの二つしかなかった。私の思い出はことに其藪下の道に多い。此道は今でも昔のままのみすぼらしい細い姿で残っているが、つまり根津権現の裏門を出てダラダラ坂を少し登り、日本医科大学とやら云うすばらしい立派な名で大学令の下に昇格した、中原代議士を校長とする、昔日の日本医専[*27]の下を右に添って曲った小径がそれなのである。

今日でこそ其日本医科大学を初めとして高台にそって千駄木一面にぎっしりと家が建て込んでいるが、二十年程の以前には藪下の道に添った左側は小山をかけて一面に通称太田ヶ原*28と呼ばれた物凄いような太田様の邸内であった。もとよりそこは人の邸なのであるから本当なら自由に入ってはならぬ場所でちゃんと垣根も囲《めぐ》らしてあった。けれどもいつの頃よりか肝心の太田様なるものは住んではでは居らないようで、ただ山番が其広い屋敷をあずかっていた。当年の悪太郎共はそこをねらって垣根を押破っては邸内に入りこんだものである。

入って見れば実際凄いような奥庭であった。何百年の星霜を経たのか日の光もささぬ位に茂った大木が一面に立並んで、その下に大きな池があった。ドロリと動かぬ水は青い色を凄く浮べて、底も知れぬように見えた。太田様の奥方なるものが其池に身を投じて死んだのだそうであるが、いかにも昔語りの草双紙にそのまま出て来そうな凄い池であった。

池を廻れば築山もあり、凝った橋もあり芝生の一面に生えた小山もあって立派な庭園には相違なかったのであるが、主なくして見捨てられたと云う荒廃の姿はいたる所に漂っていた。子供の私はいつ山番に追いかけられるかも知れないと云う不安を持ち乍《なが》らも、或時は釣竿をもち、或時はもち竿をもって其の凄い池のほとりを、深々たる大木の木の間を歩き廻ったものであった。奇怪の世界をさまようようなお伽噺の園の冒険は遺憾なく此の荒果てた大名の奥庭で満たされたのであった。ここへは子供ばかりではなく大人もよく入って来た。けれども日中を除いて、夕闇が立こめる頃や、真暗な夜になってからこの無人の荒庭に入って来る大人は大がい死の影を伴ったものばかりだった。朝つゆを踏んで蟬をとりに行った子供達が、大きな木の枝にぶら下った人の姿や、池の藻にからんだ黒髪に驚かされて、ワッと泣声をあげて逃げ帰ったことも何十度であったかしれない位であった。

だから昼間のうちはまるで盗賊のように垣根をくぐってまで入りたがった私達も夕方から夜になるとまるで魔の国でも見るように怖れて近よらなかった。時たま夜に入ってから藪下を通らねばならぬ用でもあると、一町ばかりの小径が怖ろしくてならず、大がいは駆け足で通りぬけるのが常であった。真夏にでもなると此小径は太田ヶ原の大木の葉の茂りが道一ぱいに覆いかぶさって、もとより燈火《あかり》一つない所なので、月のある晩でも、星の冴えた夜でも、ここばかりは死の闇のように暗かった。そしてあたり一面の草藪からは、くつわ虫や、きりぎりすがまるでオーケストラのようにいやになる程鳴き立てて居るのであった。もし提燈でも下げてゆけば何匹と云う数も知れない程にそうした虫たちが火を慕って飛びついて来た。もしこれが他の原っぱででもあるならば、虫とりに夢中になってしまう筈なのであるが、怖さが第一の子供心にはそんな余裕もなしに一時も早くこの凄い道を通りぬけたいと云う願いで一ぱいであった。

それもこれも遠い昔のことになってしまった。小径だけは昔のままに残されてはいるがあの道を今も藪下と呼んでいるかどうか私は知らない。くつわ虫やきりぎりすはどこを探しても影さえなく、文化住宅が昔の奥庭へ一ぱいに建込んでいる。時代は、文化はだんだんに現実の世界から怪奇の色を塗りつぶしてしまうものであるらしい。

四

昔の根津と今の根津とを較べて見ると随分よく変りもした。衛生的になり文化的になり立派な街にもなった。けれども根津としての特徴は最早見られなくなってしまった。岡場所としての根津の昔は知らない。尠くも私達が知ってからの、いかにも根津らしい臭いは、藍染川《あいぞめがわ》であった。と云うよりも川の名で呼ばれたくさいドブであった。田端の田圃をぬって流れる小川が、大根を洗う百姓娘の姿をうつし、鍬をそそぐ野良帰りの農夫の姿をうつしてチロチロと流れ流れた末に団子坂から谷中へぬける通りの所まで来ると、小川ではなくなってドブと変る。そしてその大ドブがうねりくねって根津を中断して池の端へ出る。根津と云う街は此ドブの両側に建っている街に他ならなかったのである。けれども流石《さすが》にドブだと云うのは気がひけたものと見えて、どこまでも藍染川で通っていた。今、電車の停留所は逢初橋と書いてあるがあれは昔の総門の所であるから逢初も甚だ気がきいて聞えるようなものの本当は藍染橋なのに相違ない。

さて此藍染川が昔は蜆《しじみ》で名が聞えていた。今日から見ると全くうそのような話ではあるけれども私は子供の時分に正にここで蜆をとった覚えがある。団子坂の菊見せんべいのそばを流れている水は一つの堰になっていて、尻からげで川の中へ入って泥を探ると小さい蜆が沢山出て来た。家へもって帰って食って見ると葱臭くてちっともうまくはなかった。川上で洗う葱の匂いが水にしみて蜆までくさくなるのに違いなかった。

蜆は其後余りいなくなったが余程近年まで大水の出たあとには魚が沢山とれた。元来夏の終りから秋の初めにかけて大雨が降るときまったように藍染川は大氾濫を起した。いつもは汚ないドブなのであるが、大水の時には全く凄いような川に変り、両側の家には見るまに床まで水がつかってしまう。電車が開通してからでもまだ此出水はつづいて大通りまで氾濫し電車が水中を走ってゆく光景はしばしば見受けたものであった。

そうした大水のあとこそ藍染川が立派な漁場と化してしまう時なのである。どこから出て来るのか知らないが甲斐々々しい姿をした素人の俄《にわ》か漁夫《りょうし》が、手に手に四つ手網をもって此川べりに集って来る。橋の袂などは一番よい漁の場所で、ザブリと川一ぱいの網を落す。濁った水が滔々《とうとう》と渦を巻いて激しい勢で流れすぎてゆく。いい加減の頃を見計ってグーッと網をしぼり上ると、鯉だの鮒だのが入っている。時とすると目の下二尺もあろうと云うすばらしい大鯉が潑溂として躍り上ることもある。恐らくこれは出水に乗じて不忍《しのばず》の池などから流れを遡って来た魚属なのであろうけれども、あの辺に住む若い人達は、水の出るのはつらいけれども、魚をとるのは面白いと、苦労と楽しみとの入交った妙な気持で毎年の秋を待っていたものであるだろう。

その藍染川も、今ではすっかり下水工事が完成して、道灌山下のあかぢ橋を境に池の端まで全部地下に埋められ、川は亡びて今では往来になってしまった。藍染橋だなどと云ってもどこに橋があったのだと誰も不思議に思う時代が来るのも遠いことではないであろう。

こうして根津の根津らしい汚ならしい臭いカラーはすっかりなくなってしまった。街の発展から云えば結構なことには相違ないが、其代りに一切が平凡なものと変った。失われたる詩趣と気分、私は今にしてしみじみと非文明のなつかしさを思うものである。

五

今日の根津は昔の根津の面影はなくなってしまった。けれども根津と云う名が出るかぎり私達の思い出はやっぱり古くさい一種の妙な匂いのする根津でなければならない。今の根津は同じ土であり同じ木であり丘であるにしてもそれは活字本で見る物語にすぎない。なつかしいのは古めかしいあんどんの影でめくる手垢だらけのくさ草紙の字であり絵である。今の根津では複製の昔絵しかしのばれないが、なつかしいのは国貞《くにさだ》えがく木版の色である。その色と匂いとの中心は何と云っても権現様と遊廓であろう。もう少し補足して置くねうちはありそうである。

権現様の森の中には今から十五六年前まで、まだ狐がすんでいたと云われている。此頃では梟《ふくろう》ですらろくに鳴かなくなってしまった。けれども明治時代まだ根津に遊廓があった時分には、更けた夜のさざめごとのひまひまに、寂しい梟の声をきいて身も世も無く無情感にさそわれた若い男女もさぞ多かったことであろう。酒の味の苦さに、男泣きに泣いた慰めなき魂も幾人かあったであろう。根津の遊廓をめぐるくさぐさの物語りと、そこに残された有名な人達の情史を辿って行っても随分沢山の頁《ページ》を費されそうである。明治になってからでも粋人雲梯居士《うんていこじ》はここを下宿やの代りにして大学に通ったとか、西久保大人《たいじん》と夫人との恋のいきさつもここに舞台がある。どうも昔の大学生と根津の遊廓とは甚だ以てお安からぬ関係があったようである。文教の上から穏かならずとあって移転させられたのも考えて見れば一向に無理のないものがあるように思われる。

大八幡が真泉病院になり、更に煙草専売局の工場になったことは前に書いた通りではあるが、その真泉病院になる前に一時、紫明館というつれ込みの旅館になったことがある。たしか荷風先生の花柳小説の中にも締出しを食った芸者と若旦那が「入谷の松源《まつげん》か根津の紫明館か」と初めての首尾に戸まどいをするくだりがあったように思う。女郎やからつれ込みの宿、それから一転して病院、何とまあ面白い変りようをしたことか。因果はめぐる小車の、皮肉なうつり変りがおかしくもなる。病院になってからでも、いくら建築の様式は変えて見た所で、矢張り昔が昔だけに妙な所は変わらず、初めて来た患者はきっと吃驚《びっくり》したに違いない。待合室に入るとそこは昔の引つけ座敷で、大広間の襖には「善処生春」と云ったような、病院とは似ても似つかぬ華やかな名筆が振ってあると云う始末。診察場へ連れ込まれて寝台にねかされると、そこに立っている衝立《ついたて》は時代のついた二枚折の銀屏風、二階へ上ると病室は一間の塗床に次の間つき。つまりここが本部屋だったわけである。段梯子だってべら棒に広いものであるし、便所などはのんびりと出来上っている。ここに入院した患者にどんな影響があったろうか。考えるとおかしくなってくる。

ここの病院の持主は院長の博士では無くて別にあった。その人なかなかの策士であって相当の切れ手ではあったが惜しい哉晩年には策士策に仆《たお》れて一切の事すべて向うから外れ、惨憺たる悲運に陥ってしまった。おまけに細君なるものがヒステリーで手がつけられず、やけになった揚句に病院は六番担保というすばらしい見事な没落ぶりを見せ、とうとうしまいには気が変になって新宿の遊廓に入りびたり、大雨の降りぬく中をすっ裸で踊り廻って、何もかもおじゃんにしたということである。大八幡の残る形見の没落史としては、どうやら筋書通りの面白い結末である。

根津の思い出はまだ書けばいくらでもある。けれどもそれは畢竟《ひっきょう》昔の夢である。今の根津から何の聯想もわきそうもないものばかりである。二十年の後、三十年の後、更にこれがどう変ってゆくことか。考えるとおそろしいような気もする。

丸善工場の女工達[*29]

高村光太郎

「それでも善い方なのよ
傘貸してくれる工場なんか外《ほか》に無い事よ」
番傘の相合傘の若い女工の四五人連れ
午後五時の夕立の中を
足つま立つて尻はしよりしをらしく
千駄木の静かな通を帰つてゆく

ああすれちがつた今の女工達
丸善インキ工場の女工達
君達は素直だな
さびしさうで賑やかで
つつましさうで快活だ

いろんな心配事がありさうで
又いろんな夢で一ぱいさうだ
想像もつかない面白い可笑《おか》しい夢でね
有り余る青春に
ぱつと花咲いた君達だ
君達自身で悟《さと》るには勿体《もったい》ない程の酣酔《かんすい》だ
八百屋から帰つて来る
このつぽのをぢさんを
君達の一人は見て笑つたね
をぢさんはその笑が好きなんだ
いはれも無く可笑しい笑を
ああ何といふ長い間私は忘れてゐた事ぞ
丸善の番傘の中に一かたまり
若い小さな女工達は
雨のしぶきに濡れながらいそいそと
道をひろつて帰つてゆく

どうやら通り雨らしい土砂降《どしゃぶ》りの雨あし
ふと耳にした女工の言葉に
不思議な世界は展開する
さびしいが又たのしい世界
遠いやうで又近いやうな世界だ
何処かでもうがちやがちやが啼き出した

谷中の家

高村光太郎

明治二十四五年頃の話である。

美術学校の裏門から北へ細い小路をぬけると、道が急にひろくなって大きな谷中天王寺の墓地に向い、やがて墓地を両断して五重塔の前を通り、天王寺の門で終る。墓地の入口には二三軒の立派なお茶屋風の墓地案内所があった。

その墓地の入口の手前左側に茶屋町という通があって駒込団子坂の方に行ける。その茶屋町の裏通りにあたる狭い短い鍵なりの小路が谷中町といってほんの十五六軒の小さな家のある町であった。石塔をつくる角の石屋と人力車夫の溜との間を左に曲ると、右側には九尺二間の長屋がつづき、左側にはそれでも門などのある平家が三四軒立っていた。そのとっつきの小さな門のある家が当時父の借りていた家であった。家主は下谷の料理屋伊予紋であった。

家は古風な作りで、表に狐格子の出窓などがあった。裏は南に面して広い庭があり、すぐ石屋の石置場につづき、その前には総持院という小さな不動様のお寺があり、年寄の法印さまが一人で本尊を守っていた。父の家の門柱には隷書で「神佛人像彫刻師一東齋光雲」と書いた木札が物寂びて懸けられていたが、此は朝かけて夕方とり外すのが例であった。

私の少年時代の二三年は此処で過された。私は花見寺の上の諏訪神社の前にあった日暮里小学校に通っていた。車屋の友ちゃん、花屋の金ちゃん、芋屋の勝ちゃん、隣のお梅ちゃん、そういう遊び仲間と一緒にあの界隈を遊びまわった。おとなしい時は通りの空どぶへ踏台を入れて隣のお梅ちゃんなどとまま事をしたり、石置場でゴミ隠し、かくれんぼをしたりした。男の子が集まると多く谷中の墓地へ押し出して鬼ごっこいくさごっこをやった。墓地には春夏秋冬草木の花が絶えず咲き、土手の雑草数知れず、秋になると五重塔道の金木犀銀木犀がやわらかに匂っていた。天王寺の庭の池には鷭鳥が居てそれによく追いかけられた。

諏訪さまの見晴しも好きであったが、それよりも諏訪さまの裏から山つづきで飛鳥山に通ずる小径を行って道灌山の見晴しに出るのが尚《な》お好きであった。道灌山の下は一面の水田で遠く筑波山が霞んで見え、春はげんげ草が田面に紅く咲いた。見渡すかぎり何もなく唯《ただ》焼場の煙突が一本立っていた。崖の直下に飛鳥山の下から来る音無川《おとなしがわ》が流れ、川に沿って一条の往還が王子から根岸お行《ぎょう》の松の方へ通っていた。百姓の車がいつでも往来し、丁度見晴しの下の処に掛茶屋が一軒あって其処に噴き井戸が湧きあふれ、玉子井戸といって皆がその水をのんだ。卵の味がするのである。或る春の夕方見ていると一人の郵便脚夫が青い田の畦を四角にぐるぐる馳けて廻り、いつまでたっても同じ畦を廻っているので気味わるくそっと掛茶屋の人に教えたら其処の婆さんが出て行って郵便屋さんの肩を平手で叩いた。郵便屋さんははっと気がついた様子で顔を撫でて川下の方へ馳けて行った。

その頃は天王寺の墓地にも上野の森にも松や杉の巨木が亭々《ていてい》と聳え、同じ高さに並んで壁のように空を劃《くぎ》っていた。その森の高く天につづく辺りに、夕暮になると幾万羽という鴉《からす》の群が飛びかい、夜はまったく怖いお化《ばけ》の世界であった。

駒込倫敦[30]

室生犀星

僕は千駄木町の団子坂をのぼり切ったところにあったお菓子屋の二階にいたころ、よく団子坂から大観音《おおがんのん》、林町をぬけて白山に散歩に出たものであった。いまの肴町《さかなまち》から白山に抜ける賑やかで狭い通りは、そのころ駒込ロンドンと僕は名づけていたくらい、狭いくせに人通りの多い、大抵の買物が纏《まと》められる通りであった。そこに糸屋が一軒あってよく肥った、肥ったために美しいお内儀《かみ》さんがいて、天平《てんぴょう》風なおっとりした仏像のような顔を店の帳場にあらわしていた。だが僕らは糸屋に買物などをする機会がなかったので一度も店に立寄ったことがなかった。

僕は白山に出ると、白山をのぼってくる電車がしなをつくり、小石川原町《こいしかわはらまち》の方に円をえがいて曲ってゆくのを、そのあまりにも滑らかさをうっとりと眺めていた。そのころ本郷は大学前までしか電車が敷かれてなかったので、電車はいつも白山まで出て行って乗ったものであった。僕は田舎者だったので電車がめずらしくそのころの僕らの経済は、電車賃を出すことすらちょっと考えものだった。近ければ大抵歩いて行った。浅草などへは団子坂から谷中の坂をまっすぐ登り、茶屋町《ちゃやまち》に出て、桜木町から上野公園に入って博物館の前を車坂《くるまざか》へ出る踏切をわたるのであった。踏切の陸橋のうえからはもう浅草の装飾電燈の明るみが、埃の濃い夜ぞらに一ところだけ赤みを帯びて映って見えた。

　車坂から浅草公園への一本道には何時《いつ》でも夜店がならび、その店々の商いの品物で季節の近づくのがわかるくらいだった。夏はさまざまな虫を啼《な》かせた籠をつみ重ねた荷を何時でもかついで行けるような簡単な屋台店、亀の子や目高《めだか》や金魚の店、柘榴《ざくろ》やつつじや黒竹の鉢物をならべて露を打った涼しそうな店、それから一銭で十個という桜ん坊とバナナを売る店などがずっと並んでいた。僕の生活はそんな贅沢品を買わせなかったが、只一度きり靴屋で靴をひやかしているうち二円なにがしで編上げを一足購《あがの》うたことがあったが、皮が硬く爪さきが食われて痛んでならなかった。冬だったので僕は一ヶ月も穿《は》きなれてしまうと、爪さきが痛むようなことがなく温かかった。底の修繕を施しながら僕はこの恐るべき牛か何かの皮製の靴をまる二年くらい穿いていた。夜更けてかえる御隠殿《ごいんでん》のあたりの道路に、僕はよく自分の靴音を頭に入れて歩いていた。そんな訳で浅草へは電車に乗ったことがなく、よほど金のあるときか、友人だちと一しょに上野広小路などを散歩していて、ふいに乗りたくなって乗ったほかは、大抵歩いて行った。公園に近づくと僕は電燈の盛りこぼれている活動街に何時でも新しい驚きに似た歎賞の吐息をついて、都会に住むことの幸福をかんじたものであった。田舎者の僕はそれほど東京の毒々しい華美を好いていて飽きることがなかった。僕は映画を一つくらい見ると、あとは大抵夜通し何を見るということもなく、酒場にはいっているという訳でもない永い時間を公園のなかで潰していた。

僕は団子坂の通りで或る朝、陸軍の服をつけた森鷗外さんの馬上の姿を見て、ニガミ走って髭の立派な鷗外さんをこの人が森鷗外だなと思うた。同時に僕はまた感に堪えたように次の日の午後四時ごろに、馬から下りようとする森さんを見て、心で森鷗外だぞと叫んで見た。そういう感嘆の叫びは例えば正宗白鳥さんを見て正宗白鳥だぞあれは、というような讃歎に似たものだった。自分でハッキリとその存在を認めることで何のことはない子供らしい光栄を感じるようなものだった。僕は森さんの家の前を本を売りにゆく途中とか、質へいそぐときとかによく通ったものであった。『沙羅の木』という森さんの詩集があるがその沙羅の木かも知れない広葉の幹の立派な植木が、玄関わきに枝をつがえて見えていた。二階はいつも閉められ静かであった。お宅の前を通ったからちょっとお立ち寄りしましたなどと言って僕のところに未知の人がたずねてくることがあるが、僕は森さんが這入りたまえと言っても這入れるような男でなかったから、自分とは百段も違った先生のようで前をとおるのも気遅れがしてならなかった。門の前にお嬢さんの遊んでいられる姿を見かけたことがあるが、茉莉《まり》さんだか杏奴《あんぬ》さんだか分らなかった。茉莉さんは僕の随筆論を「冬柏」に書いていられたが、落魄時代に見かけた森さんのお嬢さんが僕の作品などを注意して読んでいられようとは、思わなかった。

ここにも文芸の仕事の広い意味の親しさがあった。

大正六年かに自費出版した、『愛の詩集』が出来ると、森先生にも一部お送りして敬意を表したのであるが、葉書でちんまりした墨蹟で「愛の詩集贈呈下されお礼申上候」と一行半ばかり書いた礼状がとどき、僕は十五年ばかり大切に保存していたが先年詩人である従弟小畠貞一《おばたていいち》に贈ってやった。このごろ僕は毎月何十冊かの無名詩人の詩集を貰っているが、お礼の手紙もおくれずにそのままになっている。森さんが当時無名の僕に葉書のお礼状をおくられたのも何か些《ちょ》っとした注意くらい惹かれたものかも知れなかった。それでなければ森さんくらいになれば、滅多に葉書もおかきにならなかったであろう。夏目漱石さんには縁遠かったが、森さんには友人の広川松五郎《ひろかわまつごろう》君がお嬢さんに画を教えに行っていたり、萩原朔太郎君がたった一遍お目にかかったことなどが、何か接近できそうな親しさを感じさせていた。彼らからその折の話をきいただけでも、親しさが友人を通じて感じられた。同時に友人がたずねているので僕はとうとう一度もお目にかかれなかった。あるいは友人が行っていなかったら、僕は一ぺんくらいお訪ねしているかも知れなかった。

いつか観潮楼の前を夜おそく何処かに遊びに行ったかえりに通ったことがあったが、二階の雨戸がしまっていて灯のかげも漏れていなかった。その灯のかげも見えないのが却って夜色沈々たる観潮楼の夜を僕に深く印象させた。文学上の秀抜な大作品がああいう静かさの間に書きつづけられるのであろうと、そぞろに僕の心を湧き立たせてくれた。

その千駄木を中心とした僕の生活はあるいは林町の赤門寺の赤門の見える四畳半や、坂下の髪結いの二階の暑い西に窓のある部屋や、砲兵工廠に勤めている人の二階の三畳の押入れのない部屋や、怠惰者の若い調髪師夫婦がいつも煎豆をお八ツ時に食べている二階の六畳などを、二年くらいの間に転々として越して歩いたものであった。林町の藤堂子爵の住んでいる裏通りはあの辺でも樹木の多い、静かな樹の枝と葉とが道路に影を落しているところで、僕は白山の電車道へ出るときなどによく通ったものであった。僕が逸早《いちはや》く夏を感じ望郷的に感懐にふけるのも凡《すべ》てこういう静かな通りを、何やら訳の分らない悲しみに追ッ立てられて歩くときに、ふいに足をとめて考え込むのであった。あの頃の感じの鋭敏で迅《はや》かったことは最《も》う一生経験することができない。

そのころ動坂から田端の矢田橋[*31]へ出る通りと、まっすぐに肴町に出る長ったらしい狭い一本道をよく通ったものだが、その長ったらしい通りは酷《ひど》くゴミゴミしていて、夏など金魚があえぎながら此の場末の町で売られていることを覚えていた。それから大観音に出る通りのかどに一軒の古い下宿屋があって、僕はそこで宿泊を断られたことがあった。風采《ふうさい》が汚なかったためであろう。

肴町に出ようとする通りに簾を垂れて、表から見える裁縫所があったが、若い娘の針子が暑い夏の日でもきちんと坐って、一様に縫物をしているのが美しく併し暑い絵のようだった。どうかすると宵の口に通ると、夜も仕事をするらしく団扇《うちわ》を片手に持ち軒下の床几《しょうぎ》に涼んでいる姿をみかけたが、さすがに古い感じがあった。何時か浅草の千束の裏通りに人をたずね、夜であったので、下町の娘だちが藍いろの浴衣を素肌に着て、鬼灯《ほおずき》を鳴らしたり団扇で人を打つまねをしたりするのも見かけたことがあったが、忘られない明治風俗の一つであった。蛍かごが軒に忍草《しのぶぐさ》と一緒に吊られたりしていると同様に、素直な景色だった。僕は下町に住んだことがなかったから、一ど住みたいと思いながら何時も山の手の煤《すす》くさい下宿に物懶《ものう》い寝起きをつづけていたのである。

小石川白山坂上の妙清寺《みょうせいじ》の経蔵の二階に一夏を借りて住んだことがあるが、そこの梯子段の下に毎朝バケツに水を汲んで土間に置いてやると、乳屋は乳の瓶をその水の中に浸して行ってくれるのであった。僕は冷たくて甘い乳を天の美禄をするように喫《の》むと、長嘆息をしながら人気のない土蔵の二階で、この乳屋の払いもできるのかどうか分らんと、良心からか戯談《じょうだん》からか独言を言うて見るのであった。果して夏があと幾日かで過ぎるころになっても、甘い乳屋の払いができなかった。

お寺の門の前に窪川という古本屋があった。或る朝僕はやっと持ち上げられるくらいある雑誌の山を抱えて、窪川に買うて貰うのであった。そして何十銭かを得ると僕は素晴らしい景気のよい電車のなかの人になり、五銭の活動をみにゆくのであった。あのころの美しいグレス・カーナードやエラホールの顔は、いつも僕の眼ににじむ涙のかげにほほえんでいて、孤独と格闘していた僕にどれくらい深いいたわりを与えてくれたか知れなかった。

芸術演劇の類も生涯の岐路に立った時分が一番深い感銘と記憶とをあたえてくれるのであろう。

幼い日々（抄）

森　茉莉

小さい時の思い出を書こうとすると何から書いていいか分らなくて、ただ一時に或る一つの世界が心の底に、拡がってくる。

冬はしんとした木立に囲まれ、夏は烈しい雨のような蟬《せみ》の声に包まれた千駄木町《せんだぎちょう》の家。青い木の葉が、空を暗く蔽《おお》っていた奥座敷、細い指で私の髪を分け、リボンを結んで呉《く》れる母。上野広小路の四つ角。そこには畳まれては又開いてゆく扇の玩具《がんぐ》の、赤や金や、紫がキラキラと、陽の光にはためいていた。青葉を後《うしろ》にした鏡の、暗い透明の中に浮き出していた母の顔。衛戍《えいじゅ》病院の廊下、陸軍省の門から医務局までの夏木立。秋も終りに近い灯ともし頃の仲見世の雑沓《ざっとう》、ジンタの響きにまじって流れていた悲しいような歌の声。桜田本郷町の雪の夕暮れ。天金の奥座敷。それらは皆明治の中に、あった。

上野の山が遠く影絵のように、浮んで来る。煤煙《ばいえん》の色に暮れた空、木々の梢《こずえ》。雨や風にさらされて古びた精養軒、博物館、音楽学校、美術館、低い茶店なぞがその間々にちらちらと、見えて来る。亡霊の声のように湧《わ》き起ってくる広小路の騒音……

もう夜になった広小路には黄色い灯が点々と輝き、地面を揺するような電車の響きの間を縫って夕刊売りの鈴の音、人力車の喇叭《らっぱ》の音なぞが、きこえる。楽隊の音があたり一杯に鳴って、悲しげな歌の節が流れていることも、あった。人の流れの隙間から見える勧工《かんこう》場《ば》*32の内部は、昼間のように明るくて、その奥はなにかの歓楽境のように深く見え、人々の頭がうごめいていた。肩掛けの黒駝鳥《だちょう》の羽が、青白い頬に映っている母の横顔を見上げると、それが直ぐ解ったように顔をうつむけ、母は私の顔を見た。

「まりちゃん、勧工場へ入るかい……？」

いろいろな玩具、紅《あか》い砂糖菓子なぞを入れた硝子《ガラス》の箱や金紙、銀紙、南京玉《なんきんだま》がキラキラと光り、サアベルや背嚢《はいのう》、紅と白の羽飾りをつけた軍人の帽子、喇叭なぞが下っている、店の前に立止った私が、絵草紙、人形なぞを指さすと、母はひいていた手を離し、帯の間から蟇口《がまぐち》を出して銀のパチンを開け、銀貨やお札なぞを出すのだった。

なま温い場内から外へ出ると、賑《にぎ》やかな電灯の光りや足下に響く電車の軋《きし》み、人力車なその往《ゆ》き交《か》いも前よりはいくらか淋しくなったように、思われた。上野の森はただ真黒く遠く見え、暗い山の影が大きく、聳《そび》えている。母は私の手をひいて広小路を抜けるとその山の方へ向って、歩いてゆく。私は母の手を握った手を強《きつ》くし、少し足早になった母に追いつこうとして、小さな足で走るように歩いた。母の手は少し冷たくて、指のダイヤモンドが硬く痛い。山の下に近づくと私はようやく「ああ、俥《くるま》に乗るのだな」と思う。山の勾配《こうばい》の尽きる所には五六台の人力車が、客待ちをしていた。汚い膝掛《ひざか》けを頭から被《かぶ》り、それで体をくるんで蹴込《けこ》みに腰かけ、寒そうに股引《ももひき》を揃《そろ》えているのが暗い中に見えた。母が近づこうとして足を早めると不意に横から自転車が、音もせずに二人の前を突切ったりする。

「ええ、危ないねえ」

母は両手で私の肩を、痛い程強く押えて、立止まるのだった。藍《あい》ねずみのお召なぞの母の着物は、膝にも胸にも、清心丹の匂いがした。母と私とを認めると膝掛けを脱いだ番の車夫が、直ぐに立上って来た。

「団子坂の上の上った所まで行ってお呉《く》れ」

母はそう言って先に乗り、私を車夫の手から膝の上へ受取るのだった。車夫は火を点《つ》けた提灯《ちょうちん》をガバガバとのばして梶棒《かじぼう》に引っ掛け、梶棒をあげると両肱《りょうひじ》を張り、背中を押し伏せられたように前へ曲げて走り出した。「はい、はい」と嗄《しわが》れた声で言いながら、足を後へ跳ね上げ、一生懸命に走って行く。

雨の降る日は上野の森も、不忍池《しのばずのいけ》の面《おもて》も無数の水の針で蔽われ、空は暗くて屋根や木々、鋪道《ほどう》なぞに落ちる水の音が空にもあたりにも立《た》て籠《こ》めている。山下から本郷台までの谷間の町の、押並んだ屋根の下を幾度か道を曲って、ぴちゃぴちゃと泥水《どろみず》を跳ね上げながら車夫は走って行く。幌《ほろ》に嵌《はま》った硝子板《ガラスいた》には水の滴が光り、町の灯が薄赤くにじんでは消える。

家に入ると、千駄木の家も雨の音に蔽われていた。林のような木立に囲まれている千駄木の家の雨は、家全体が烈しい音に閉じ込められるのだった。鬱蒼《うっそう》とした緑の木々の梢を籠めて、庭中に鳴る雨の音を聴きながら、二人は奥の部屋へ入った。母は手早く普段着に着かえると、簞笥《たんす》のそばへ行き、金色の鍵《かぎ》を出して簞笥の抽出《ひきだ》しを開けた。細く尖《とが》った音を立てて軋みながら、ガッタンガッタンと、揺れるようにして抽出しが開くと、母は黄ばんだ象牙《ぞうげ》の箱を出して、細い指から指輪を抜き、中へ入れて蓋をすると直ぐに抽出しに蔵《しま》い、ガチャリと鍵を廻すのだった。濃い水色の地に、同じ薄色で縞《しま》のある糸織りの着物は、動くたびにシュウシュウ音がして、つんとした母の顔や様子に纏《まつ》わるように、優しかった。ガチャリと閉まる鍵の音を聴くと、寝ころびながら母を見ている私は「ああ面白かったなあ、面白いことはもう済んで終《しま》った……」と、思うのだった。母は金色の鍵を懐へ深く差し込むようにしまうと、一寸《ちょっと》庭の方を見てから何か用ありげに台所の方へ行くのだった。白い足袋の裏が、庭の明りを映して光っている廊下を障子の蔭に、隠れた。

千駄木の家は広くて東から西へ、幾度も曲っては続く廊下に沿って、幾つもの部屋が並んでいる、鉤《かぎ》なりの細長い家だった。南側は冬でも青い葉が空を蔽っている常磐木《ときわぎ》の庭、北側は花樹と草花の庭で夏は花で埋《うず》まり、野分が吹くと、庭一杯の花や茎が雨の飛沫《しぶき》の中で重い音をたてて、揺れた。廊下の東の端は、父の居間の六畳、その部屋から西へ寝る部屋、茶の間と続いてそこから廊下は南へ曲った。曲ると一段低くなった一間幅の広い廊下になり、廊下の右側は硝子窓《ガラスまど》、左側は洋室で、あった。再び細くなった廊下は角の四畳半から西へ折れ、次の六畳の角から広い廊下に平行して北に曲り、六畳を廻った廊下は再び東に折れ曲って洋室の西の扉口《とぐち》に、出た。ここがこの家を貫く長い廊下の終りであった。角の部屋と廊下を距《へだ》てて表玄関と三畳の小部屋が並び、武家屋敷風の大きな玄関から敷石づたいに表門が、あった。この大きな門は、「見晴らし」*33と言われていた崖《がけ》の上の細い道に向って、開かれていた。其処《そこ》に立つと上野の森との間に遮《さえぎ》るものがなく、薄水色に霞《かす》む低い、遠い甍《いらか》の波が上野の森まで、続いていた。表門の塀《へい》の際に母屋と離れた二階建ての土蔵があり、冷たい、厚い石を上って中へ入ると、黴《かび》の匂いがし、埃《ほこり》っぽい床にも棚にも、本や雑誌が積み重なっていて、梯子《はしご》を立て掛けたような階段を登ると天井の低い二階も同じように本の山で、南側の小さな窓から僅《わず》かの明りが、差し込んでいた。

父の部屋の北隣りに花の庭に面した明るい六畳があり、寝る部屋、茶の間などと平行して三畳の小部屋、裏玄関、台所が続き、裏玄関は茶の間と背中合せになっていた。裏玄関から飛石伝いに団子坂通りに向って開いた、格子戸を嵌《は》めただけの裏門があり、飛石の左側が四つ目垣《がき》を距てて花の庭、右は建仁寺垣を堺《さかい》に台所の前の空地で、其処には物置と裏門に並んだ別当（馬丁）の住居、続いて二つの馬小屋があった。家の北側は、海津質店、物集家《もずめけ》、生薬屋、八百屋等が左から、洋室、台所、三畳は右からと、左右から切り込んだ凸凹《でこぼこ》の空地になっていて、物集家との堺には大きな無花果《いちじく》の樹があり、見上げると青い葉が空を蔽っていた。茶の間と洋室とで鉤になった一角に、母屋から離れて小さな湯殿があり、洋室に向いた側には細い板を並べた窓があって冬でも簾《すだれ》が、下っていた。南の茶庭は長く続いた垣根を距てて殆んど家の半面を巡っている酒井（子爵）家と隣り合い、西は花畑とこれも垣根を距てて野村酒店に隣り合っていた。洋室から表玄関に出る廊下の左側に、二階へ上る階段の真暗な入口があり、二階は十畳の一間で、この部屋を北から西へ廻る廊下の行きどまりの壁には小さな窓があった。二階に灯火《ひ》が点《とも》った時など父の居間から見ると、この窓の灯火は林のような木々の梢の間に、望楼の灯火のように見え隠れした。

馬小屋の前の空地には、白木蓮《びゃくもくれん》、酒井家との堺には乙女椿《おとめつばき》、銀杏《いちょう》があり、どれも大きな木で春が来たり、秋になったりすると幼い私が見上げる空の中に、薄桃色や白に輝き、又は金色の鳥のようにキラキラしたりしてやがて春の温い地面や、乾いた秋の敷石を蔽って散り重なり、私のいつまでいても飽きない楽しい遊び場と、なるのだった。

長い廊下の南に沿い、折れ曲りながら続いている硝子戸《ガラスど》には青い木立や石灯籠《いしどうろう》、いろいろな形の庭石なぞがどこまで行っても、映っていた。硝子戸は冬は冷たく、白々とした木立を映し、春は暗い青空を映して、曇っていた。風が吹く日には、北側の部屋部屋にも嵌っている硝子戸と一緒に、家中の硝子戸がガタガタと鳴って、その揺ぶるような音はどこのお部屋に居ても、響いているのだった。夏の雨、秋の風、沢山の硝子戸は小さな私に四季の季節のうつりかわりを見せて呉れる、どこへ行ってもある透《すきとお》った光る、窓だった。

家の中を貫き、曲っては続くこの廊下を私はよく馳《か》け出して、遊んだ。とん、とんと廊下を踏み鳴らしながら、父の居間の前から始めて幾度か曲り、洋室の扉口まで馳けてゆき又戻《もど》って来る。それを繰り返して私は一人で、遊んでいた。洋室の手前の暗い上り口へ行くと、大人にも急な梯子段がついていた。上下の五六段の他は、三角形の段が扇をつぼめかけたような形に紆《うね》っていて、螺旋《らせん》のようにさえ見える急な階段である。幼い私が登って行く真暗な下から、「まりちゃん危いよ……」という祖母の声がする事もあったが、知らない顔をして私は一段一段と、登った。登り切ると俄《にわか》に明るい廊下に、出た。そうしていつも白い空が頭の上一杯に、拡がっているのだった。

ふと思い出して二階へ上って見ると上田敏さんが父と話をしていることもある。無地お召の着物に暗い緑の角帯を締めて、きちんと坐り、鋭い三角の眼が子供のように無邪気な笑いを、湛《たた》えていた。浅黒い笑い顔と、鈍く光る金歯と、黒ずんだ緑の帯とが美しい調和をしていた。二人の間には、独逸《ドイツ》の葉巻の箱が蓋を開けて置かれ、静かな、明るい笑い声と、葉巻の匂いとの漂う座敷は、水色に霞んだ低い、遠い、上野の森の見晴らしに向って開け放たれていた。足音をききつけて廊下に出て見ると、梯子段の下から母の顔が見え、直ぐに両手に捧《ささ》げるように持っている紅いお盆と、淡《うす》あおい玉露がかすかに揺れている茶碗とが出て来た。紅いお盆を敷居際に置き、母は繊《ほそ》い手でお茶を勧めるのだった。時には不律《フリッツ》*34を抱いた母が現れることも、あった。ほっそりした普段着の胸に大切そうに抱かれた赤子は、薄黄色い小さな顔に微《かす》かな笑いを、浮べている。柔かな髪に蔽われた頭は赤子にしては、大きかった。母が、不律の顔を客の方へ見せるように抱き替えると、上田敏さんは体を紆《よじ》るようにして、優しい笑い顔を赤子の顔に、近づけた。

「いい赤さんですね」

「なんですか……茉莉《マリ》もこれも牛乳でございますから、弱いような気がいたします」

「いや、まだ小さくて危なっかしくて困るよ、妻《さい》なんぞは今から、僕《ぼく》に似ているなどと言って居るのだ」

父が機嫌《きげん》のいい顔で言った。

この可愛らしい赤子が一年後《あと》には動かなくなり、白い小さな石膏像《せっこうぞう》になって終《しま》うとは客も主人も、その妻も、夢にも思って、いなかった。果敢《はか》ない運命の赤子は明るい客間に伴っれ出されて、短いこの世の幸福を、受けていたのだった。小さな姉の私は喜んで呼んだ。

「不律《フリッツ》ちゃん、不律ちゃん……」

「静かにおしなさい、不律ちゃんがびっくりしますよ」

と、母が言った。

両国の川開きの日にはいつもは静かな観潮楼に、家中の人が集まって、いた。父も祖母も兄もいた。母や女中は忙しそうに、梯子段を上ったり下りたりして、冷えたシトロン、白玉の小皿《こざら》、枝豆を盛った小鉢《こばち》なぞを運んだり、要らないものを下げたりしていた。黒い、冷たい縁側の近くの、敷居際に置かれた銀盆の上には、沢山の洋盃《コップ》が透《すきとお》り、重なり合っている。母が、黄色いレモンの実の描かれた紙が濡れて、雫《しずく》を浮べている青い罎《びん》を、少し傾けて栓《せん》を抜くとシュッと音がし、真白な泡《あわ》が溢《あふ》れ出ようとするのだった。ドーン、ドーンと、胸の底に響くような音がして、賑やかな団欒《まどい》の話し声が空に映ったような花火が、黒い空にパラパラと、赤や黄色の火の滴を散らしては消えた。広間の天井には十燭《しょく》の電灯が二つ点《とも》っていて、淡黄色い光を座敷一杯に、投げていた。笑い声の響く観潮楼を包む夜は黒く、冷たかった。黒い闇は深く、遠くて、その中からドーン、ドーンと音が湧き、赤や青の光りの滴が花のように散ると、人々は一斉にその方を見た。父は黄色い、柔かい着物を着てあぐらをかいて坐り、葉巻を軽く持った手を膝に、

「そいつをもう少しこっちへ呉れ」

なぞと、左の手で指図したりしている。「パッパ……」と呼ぶと鋭い眼が、柔かな光りを帯びて、輝き、微笑に崩れた顔が何度も、肯《うなず》くのだった。小さな私はだんだん昂奮《こうふん》して来て寝に行くのを厭《いや》がり、いつまでもそこに居ようとした。私は泡の立つシトロンを少しずつ飲んだ。洋盃《コップ》の底から突き上げる小さな泡の玉や、細かな泡粒が連った、絶えず登ってくる線がシュウ、シュウと鳴る、生きもののような洋盃を口に近づけると、冷たい泡が、顔にかかった。私は花火の音がすると、立上って飛び跳ね、父の背中へ廻っていって、飛びついた。父は葉巻の灰を落さぬように、手を軽く据《す》えるようにしながら、「フン、フン」

と、低い笑い声を立てるのだった。特徴のある笑い声を立てている兄の顔、皺《しわ》のある薄い、笑っている祖母の顔、眼を見張って花火を見ている母の顔なぞが、幸福な夜の幻のように、父の向うに浮んでいる。

「まりちゃん、ちゃんとしていらっしゃい」

廊下にいる母はきっとした顔をして、こっちを見た。黒い闇と光りの当った欄干《らんかん》とを背にして浮き出した母の顔は、油絵の貴婦人のようだった。愛嬌《あいきょう》がなくて真面目で、美しかった。

下の部屋部屋はいつも、静かだった。夏の真昼、蟬の声に囲まれた家の中を歩いて、東の端の部屋へいくと、父が本を読んでいた。白い縮《ちぢみ》の襯衣《シャツ》と、同じ洋袴下《ズボンした》を着た父は膝を揃えて坐り、畳に肱をついている。開いた本の頁の端を象牙色の手が軽く、抑えている。余り深く截《き》らない真白な爪をつけた指が、本の頁を持ってめくる。白い、ザラザラした紙の上には黒いかぶと虫のような字が、虫の喰った跡のような模様を白く残してきっちりと、並んでいる。薄緑や薔薇色《ばらいろ》に光る貝殻《かいがら》の灰皿の上には、白い灰の積った葉巻が、載っている。襯衣の背中に顔をつけると、洗ったばかりのような清潔な皮膚の匂いがした。錆《さ》びた鑵《かん》の上に新聞紙を載せたのを枕にして、眠っている事も、あった。青く空を蔽っている桐や楓《かえで》、杉《すぎ》、樅《もみ》なぞの梢を潜《くぐ》ってくる冷たい風が、明け放した簾もない二つの六畳を、南の庭から北へ吹きぬけてゆく。青い葉の影が、部屋を半ばまで薄青く染めていた。夏の真昼の六畳の間は、海の底のようだった。うねうねした形のいい唇を軽く結び、角《かく》い顎《あご》を仰向《あおむ》けて、父は健康な息をしていた。柔かな、顰《ひそ》んだ眉が眼蓋《まぶた》の上に、影を落している。何処《どこ》の部屋も、静かだった。ミンミン蝉、つくつく法師、ジージーという油蟬なぞの混った降るような蟬の声が、青い木立から湧き、庭中に鳴って、大きな家を細かな音の籠のように包んではいたが、その声が烈しければ烈しい程家の中の静かさはしんとして、深かった。白地に鼠で、細かい型のある帷子《かたびら》に、薄紅の附紐《つけひも》を結んだ私は父の横に、自分も寝ころんで見た。薄暗い床の間には黒い鉱《かね》の香炉が、置いてある。違い棚には蓋が蝶番《ちょうつがい》で開け閉めするようになっている、独逸《ドイツ》製の麦酒《ビイル》の洋盃《コップ》、黒に蒔絵《まきえ》で細かい乱菊模様の手箱、彫刻をした煙草の箱と銀の大きな灰皿とが、載っていた。その灰皿は立琴の形になっていて、それに手を掛けて立っている、髪の長い、薄衣を着た綺麗《きれい》な乙女が彫ってあり、美しい二つの乳房が小さく丸く、盛上っていた。違い棚の下には折羽双六《おりはすごろく》の片側の、鉄扇の花の蒔絵が暗い中に光っている。南側の隅《すみ》には九枚笹《くまいざさ》の蒔絵のある黒塗りの用箪笥が置いてあり、その上にはいつも庭の明りが白く、光っていた。抽出しを開けると小さく軋む音がして樟脳《しょうのう》の匂いがし、琴の爪、清心丹、巻紙、新しい筆、茶色の薄絹で出来た薔薇の花の簪《かんざし》、リボンなぞが、入っていた。

それらの調度はいつもしんとして、決して動くことのないもののように、置かれてあるのだった。

白く光っている廊下は冷たくて、白地に薄みどりで、鱗雲《うろこぐも》のような模様の一面についた単衣《ひとえ》を着た母が、坐っていることも、あった。母は硝子戸《ガラスど》に背をもたせて坐っている。暗い、庭の緑が映っている母の横顔は、いつもより一層青白いように見えた。母のいる辺りにはそこはかとない悲しみのようなものが、漂っている時が、あった。黄ばんだ古い手紙の束なぞを出し、紫色の紐を解いていた時、又死んだ不律《フリッツ》の石像を、新聞紙や綿なぞで幾重にも包んでいた時なぞの母の様子には、フッと辺りが暗くなるような、淋し気な影が、あった。

母は黒く大きな眼をあいて、庭の方を見ている。冷え冷えとした風が南側の青い庭から、後の花畑へぬけて行った。振り返って見ると、六畳を二間距てた遠い庭は様々な花の群と、陽なたの明りとが混り合って大きな、四角い花のガラスを嵌めたように、遠く光っている。黒いピアノと、紫檀《したん》の低い卓《つくえ》とがくっきりと、薄青い夏座敷と、花のある色硝子とを劃《くぎ》っている。花畑の向うの、往来の人通りの音が夢のように、聴える。私も母のようにぼんやりと黙って、坐っていたが、やがて何か遊び事を思い浮べると立上って花畑の光りの方へ、馳けて行くのだった。

「お庭で遊んでもいい？」

と、母を振り返ってきくと、

「ああ、おとなしくなさい……」

と、母は、少しも化粧をしていない、光るような美しい顔をふり向けるのだった。

下駄を履いて庭へ下りると、暑くて眩《まぶ》しいほど明るい、夏の太陽が庭一杯に、輝いている。耳の中で鳴いているような蟬の声の中に軽い、微かな虻《あぶ》や蜂《はち》のうなりが聴え、暑い光りの中に沢山の花々が、庭を埋めて、咲いていた。薄紅色の華魁草《おいらんそう》、黄色と赤茶の蛇《じゃ》の目《め》草《そう》、薄紫の、煙のような藤袴《ふじばかま》、雁皮《がんぴ》、檜扇《ひおうぎ》、こまかな虫取菊、紫のジキタリス、淡紫、白、紅なぞの葵《あおい》、罌粟《けし》、貝殻草、濃い紅色のダリア、天竺牡丹《てんじくぼたん》、夾竹桃《きょうちくとう》、薄藍色の紫陽花《あじさい》、萼《がく》、濃い桃色の秋海棠《しゅうかいどう》、紅や白の水引きなぞが、あった。塀に近い大理石の塑《そ》像《ぞう》のそばには、ざらざらした大きい葉を垂らした向日草《ひまわり》、白と薄紅の芙蓉《ふよう》があり、白い石像の上に薄紫の影を、映していた。金色の暈《かさ》を描いて蜂が飛んでくると、私は体をすくめてしばらくの間、じっとしていた。がさがさする花や葉を分けて花の中の道を入って行き、塀の際まで行って見る事も、あった。両側から花が繁って道がなくなり、沢山の花や蕾《つぼみ》をつけた淡青い茎や、濃い緑色の葉が絡みあっている厚い草花の壁が、小さな私の行手を塞《ふさ》いでいる所も、あった。私は蟬の声と花との中に埋まりながらぼんやりと、夏の真昼の静かさの中に、いた。花の匂いがし、空は痛いように白く、光っていた。ふと思い出して奥の部屋を見ると、遠い向うの庭が暗く、青く、微かな明りに光っていて、いつの間にか、母の姿はなくなっているのだった。

花畑に烈しい雨が降ると、私は六畳の間の硝子戸《ガラスど》に顔をつけるようにして立って、庭を見ていた。硝子の外はざあざあという音が、屋根の上にも往来にも、家全体をとり囲むようにして鳴っている。庭の地面は池のようになり、水の表面《おもて》は白く光って、その表面《ひょうめん》を打つ雨の滴は一つ一つが小さな泡をつくり、水の上を風下へ風下へと、流れてゆく。絶え間なく落ちる水の中を、重い風が音を立てて吹くと、夾竹桃や華魁草なぞの花の塊りが重い頭を右に左に、揺すぶるようにして揺れた。黄色の姫向日草も、蛇の目草も雨の滴をつけて飛沫《しぶき》の中でゆれ、押し倒された花の茎は濃い、鮮やかな緑に光る葉を垂れ、ざわざわと鳴り、波のように、動いた。

硝子戸は透徹《すきとお》って硬く、水の飛沫や、恐ろしい水の音を遮り、しんとして、静かだった。部屋の中は黄色く明るくて、なんの音もなく、誰もいなかった。

だんだん辺りが暗くなって来ると、私は可怕《こわ》くなり、台所の方に音がし始めたのに気がついて、その方へ馳け出して行くのだった。

父が奥の部屋にいる時には、境界《さかい》の唐紙を開けて入っていった。そうして机に向ってなにか書いている父の背中に飛びつき、「まて、まて」と言って父が葉巻を置いたり、筆を置いたりしてから膝をこっちへ向けると、直ぐに膝に乗り、膝の上で少し飛ぶようにした。父は微笑して、「フン、フン」と肯くようにしながら、私の背中を軽くたたくのだった。部屋の隅々はもう暗くなっている。葉巻の匂いの浸《し》みこんだ父の胸から、温かい愛情が、私の小さな胸へ、通ってくる。私は黙っていた。硝子戸越しに南の庭を見ると、ここにもざあざあという雨の音が立て籠めていて、揺れ動く青い枝や、濡れた石が白い雨の中に、光っていた。

「よし、よし、おまりは上等よ」

と、父は言った。

菊人形

宮本百合子

田端の高台からずうっとおりて来て、うちのある本郷の高台へのぼるまでの間は、田圃だった。その田圃の、田端よりの方に一筋の小川が流れていた。関東の田圃を流れる小川らしく、流れのふちには幾株かの榛《はん》の木が生えていた。二間ばかりもあるかと思われるひろさで流れている水は澄んでいて流れの底に、流れにそってなびいている青い水草が生えているのや、白い瀬戸ものの破片が沈んでいるのや、瀬戸ひき鍋の底のぬけたのが半分泥に埋まっているのなどが岸のところから見えていた。大根のとれる季節になると、その川のあっちこっちで積あげた大根を洗っていた。川ふちの榛の木と木の間に縄がはってあって、何かの葉っぱが干されていたこともある。わたしたち三人の子供たちは、その川の名を知らなかった。

田圃のなかへ来ると、名も知れない一筋の流れとなるその小川をたどって、くねくねと細い道を遠く町の中へ入って行くと、工場のようなところへ出て、それから急に人通りのかなりある狭い通りへ出た。そこには古い石の橋がかかっていた。そして石橋の柱に藍染川とかかれていた。その橋から先はもう小川について行くことができなかった。空の雲を水の面にうつして流れている水は町へ入ったそのあたりから左右を石崖にたたまれ、その崖上の藪かげ、竹垣の下をどこへか行っていた。わたしたち子供は、田圃のなかから川について町へ出て来るから、いつも流れをさかのぼっていたわけだった。不忍池から源を発している小川だったのだろう。

藍染川と母たちがよんでいたその石橋のところが、ちょうど、谷中と本郷の境のようになっていた。動物園から帰って来るとき、谷中のお寺の多いだらだら坂を下りて、惰力のついた足どりでその石橋をわたると、暫《しばら》く平地で、もう一つ団子坂をのぼらなければ林町の通りへ来られなかった。

藍染川と団子坂との間の右側に、「菊見せんべい」の大きな店があった。ひろい板じきの店さきに、ガラスのついた「せんべい」のケースがずらりと並んでいた。ケースの上に菊の花を刷って、菊見せんべいと、べいの二つの字を万葉がなで印刷したり、紙袋が大小順よくつられている。菊見せんべいを買いにゆくと、店番が、吊ってある紙袋を一つとって、ふっとふくらまし、一度に五枚ずつ数えてその中に入れ、へい、とわたしてよこした。ふくらんで軽い大きい紙袋をうけとったとき、おいしい塩せんべいの匂いがした。ときには、紙袋をもったとき、手にあったかさのつたわって来るほど焼きたてだった。紙袋があったかいとき、子供はつれの大人を見て、笑った。

それよりも何よりも、菊見せんべいを買いにゆくときには三人の子供がついてゆきたがる別の理由があった。「菊見せんべい」の店先に立つと、店の板じきの奥に向いあって坐ってせんべいをやいている職人たちの動作がすっかり見えた。火気ぬきのブリキの小屋根の下っている下に、石の蒲焼用のこんろを大きくしたようなものにいつも火がかっかとおこっていた。それをさしはさんで両側に三人ずつ若い男があぐらをかいて坐っていて、一人が数本ずつうけもっている鉄のせんべい焼道具を、絶えず火の上でひっくりかえしているのだった。せんべい焼の黒い鉄の道具は柄が長くて、その長い柄をつかんで、左手、右手で敏捷にひっくりかえしつづけるのは、力がいる仕事らしかった。火気からはなれることないその仕事で、早くから白いちぢみのシャツ一枚に、魚屋のはいていたような白い短い股引をきる職人たちは、鉢巻なんかして右、左、右、左、と「せんべい焼」道具をひっくりかえしてゆくとき、あぐらをかいて坐っている上体をひどくゆすぶった。自然につく調子で、体をゆすぶりながら、かえしてゆくとき、鉄きゅうの上で鉄のせんべい焼道具がガチャンと鳴った。

店さきにたって、うっとりとその作業に見とれている子供には、職人たちの身ぶりと音との面白さがこの上なかった。いくら見ていても面白く、飽きなかった。さあ、もう帰りましょう。そう云われても、子供たちは職人から目をはなさず上の空で、もっと、とねばった。子供たちは、いつも随分長い間、立って見ているのだったが、職人同士がその間に喋るのを見たことがなかった。職人はみんないそがしそうだった。体のふりかた、道具をひっくりかえす威勢のいい敏捷な音、どれもが、こげるぞ、どっこい。こがすな、どっこい。と調子をとっているようだった。雨のふる日には、菊見せんべいの店の乾いた醤油のかんばしい匂いが一層きわだった。

菊見せんべいへ行くというとき、子供たちはもう一つのひそかな冒険で顔を見合わせた。菊見せんべいの手前に、こまごまと軒を並べている小商人の店と店との庇《ひさし》あわいの一つの露路をはいってゆくと、その裏は案外からりと開いていて、二間、三間ぐらいの一軒だてがいくつかあった。その右のはずれの一軒が、おゆきばあやの住居だった。

小さい根下りの丸髷《まるまげ》に結って、帯をいつもひっかけにしめているおゆきは、その家で縫物をしていた。おゆきが針箱やたち板を出しかけている部屋のそとに濡れ縁があって、ちょいとした空地に盆栽棚がつくられていた。西日のさしこむ軒に竹すだれがかかり、風鈴の赤い短冊がゆれていて、なめたようにきれいな狭い台所口があいていると、裏の田圃が見えた。おゆきのうちには、猫がいた。

子供たちは、菊見せんべいへ行くとき、一緒に来る大人が母でさえなければ、おゆきのうちへよることが出来た。きょうは駄目ですよ、お母様がまっすぐ帰れとおっしゃいましたよ、と抗議が出ても、ちょっと！　ほんとにちょっと！　と、わたしは露路を曲った。

おゆきの家と、そこに住んでいる、おゆきと浅吉とは、面白かった。

根下りの丸髷に結って、長煙管《ながぎせる》でタバコをのむおゆきは、不思議にうす黒い顔をしてやせていた。喉がどうかしたように、少しかすれた声で、小さい子供たちに、おや、いらっしゃいまし、と云った。そういう声で、おゆきは赤門の門番をしている夫の浅吉のことを、あっさん、あっさんと云って話した。あっさんがね、お前さん、こういうんだよ、いけすかないったらありゃしないじゃないか、ねえ、などと笑いながら、ついて来た女中と喋っているおゆきの話しかたが、六つ七つの女の子の興味をそそった。うちでは、おゆきのように話すものがなかった。あっさんとおゆきがいるだけで、子供のいない家というのも珍しかった。

浅吉は、昔、祖父の俥《くるま》をひいていたのだそうだ。祖父が田舎へひっこむについて、大学の赤門の門番になった。わたしたちの知ったとき、もう浅吉の木菟《みみずく》のようなふくらんだ頬っぺたには白く光る不精髭《ぶしょうひげ》があったし、おゆきは、ばあやさんと呼ばれていた。

「ねえ、おゆきばあや、あっさんは赤門にいるの」

縫物をしているおゆきのわきにころがって小さい女の子は質問した。

「そうですよ」

おゆきは、縫っていた糸を歯できって、つぎのしるしにまち針をうちながら、

「あっさんは赤門。きのうも赤門、きょうも赤門てね」

「赤門でなにしてるの？」

「腰かけて、うちわでもつかってるんでしょうよ」

「ふーん」

どうも不思議だった。いつか赤門をとおったとき、ここに浅吉がいるはずだよ、と母が、入ってゆく右手の門番のところをちょっとのぞいた。けれども浅吉はいなかった。いないね、と云ってそのまま行く母について歩きながら、わたしには赤門にいなかった浅吉の印象が刻まれた。浅吉が赤門にいるということに、わけのわからないところがあった。

浅吉はいくらかこわくもあった。お盆のとき浅吉とおゆきとは連立ってお中元に来た。こまかいたて縞《じま》のすきとおる着物にうすい羽織を着た浅吉は、白扇をパチリ、パチリ鳴らしながらあんまり物を云わず、笑いもせず、木菟のような眼の丸い頬ぺたのふくらんだ顔で坐っている。そのすこし斜うしろにぺたりと薄い膝で坐った根下り丸髷にひっかけ帯のおゆきが、浅吉をあおいでやるのか、母へ風をやるのか分らない団扇のつかいかたをしながら、

「ほんとに、うちのあっさんたら、正直なばっかりで一刻もんだもんですからねえ、つい二三日前もね、奥様」

という工合で、いつまでも喋った。そういう日には、浅吉とおゆきとだけ別のところで一つお膳でお酒をのんだ。その仕度はおゆきが自分でした。さあ、あっさん、折角だから御

馳走様におなりよ。そう云って、二人だけでお酒をのんでいるとき、おゆきと浅吉は何か低い声で話しあった。おゆきはお酒がまわって来ると、

「おまはんもっといけるはずじゃないか」

と云いながら浅吉に自分の酌をさせた。

また、おゆきの御飯のたべかたも、真似手がなかった。おかずがあっても、おしまいの一膳はお茶づけにして、ほんとにサラサラと流しこむのだったが、おいしそうにひとしきりたべてさてお香のものへ移るというとき、おゆきはきまってリズミカルに動かしていたお箸を、そのリズムのまま軽く茶碗のふちへ当てて一つ小さく鳴らした。銀の箸ででもあったら、その箸のひとあては、茶碗のふちで涼しい音でも立てるのであったろうが、雑用の厚手な茶碗と木の箸で、その音はカチとカタの間にきこえた。それでも、おゆきのお茶づけには独特のリズムがあり、菊見せんべいの職人の体のふりようとせんべい焼の道具をひっくりかえす音に通じあう面白さがあるのだった。

おゆきの身についていて、東京の山の手に育つ子供の心には、きわめてもの珍しくうつったいくつもの癖が、くるわの習慣であったことが分ったのは、わたしが十七八になって、歌舞伎芝居をみるようになってからだった。梅幸《ばいこう》のお富が舞台の上で、ひっかけ帯で横にすわりながらおゆきがそういうときとよく似た声の調子でおまはんと云ったとき、すべてが氷解した。母が、子供たちをおゆきのところへ行かせたがらなかった母らしい潔癖と偏

見の意味もわかった。もうその頃は、おゆきは、別のところに引越して、養子の世話になっていた。

更に何年かたったとき、何かの雑誌で「ねぶか」という落語をよんだ。落語をこのむ江戸庶民の感覚で、奥女中あがりを女房にした長屋の男の困却を諧謔《かいぎゃく》の主題にしたものだった。奥女中だった女が、長屋ものの女房になってもまだ勿体ぶったお女中言葉をつかっている。そのみのない横柄ぶりが武士大名への諷刺《ふうし》として可笑《おか》しく笑わせるのだった。その「ねぶか」のなかに、長屋の男が新しく来る女房と、取り膳でお茶づけをたべるたのしさを空想して、俺がザラザラのガアサガアサとたべると、女房はさぞやさしくチンチロリンのサアラサラとたべるだろうという描写があった。そこをよんで、わたしはすぐおゆきを思い出した。おゆきのお茶づけとあの箸を思い出した。

おゆきが団子坂の下に住んでいたのは明治四十年より前のことだった。おゆきの住居や習慣は、樋口一葉が「にごりえ」などでかいた雰囲気の中のものだった。そして、鏑木《かぶらき》清方《きよかた》の插画《さしえ》の風情のものだった。そういうことがわかったのは、ゆきのおまはんの由来を理解したよりもあとのことだし、「ねぶか」よりもあとのことであった。

父方の祖母、母方の祖母が、わたしの幼い時代に徳川時代から明治初年への物語を色こく刻みこませた人々であった。いまわたしたちが封建社会の崩壊期として理解している幕末と、中途半端な開化期として理解している明治初年についてのさまざまの物語りをもって。おゆきは、二人の祖母のだれも示さなかったやりかたで、明治初年の東京の庶民ぐらしの気分をつたえたたった一人の女だった。

六つ七つのわたしは、竹すだれのかかった軒ちかく縫いものをしているおゆきのわきにころがって、おゆきの家についていて、自分の家のとはちがう匂いを感じ、西日を顔にうけながらチンチンチンチンと、何かをたたいているような音をきいていた。その音は、前のうちの中からきこえた。

「あれ何の音?」

「さあ……おおかた錺屋《かざりや》さんで何かやっているんでしょうよ」

でも錺屋という商売が何だかわからなかった。おゆきの話ではその錺屋が大家さんなのだそうだった。おゆきがそこの人にものをいうときの声の調子で大家さんというのは普通の隣家とちがう何かであることはわかったが、カザリヤという商売との関係がわからなかった。ねころがりながら竹すだれの下からのぞいてみるカザリヤの台所口にも、おゆきの家のと同じような短い竹すだれが下げられていて、あたりまえの水がめや、バケツが流しもとに見えているきりだった。子供の目にカザリらしいものは表の小さな店にも、台所にも見えていなかった。

日露戦争がすんだころ、東京で元禄模様、元禄袖などと一緒に改良服というものが大流行した。歴史のありのままの表現で語れば、日本のおくれた資本主義は、日清戦争から十年後に経たこの侵略戦争で再び中国の国土を血ぬらし殖民地化しながらその興隆期に入ったわけであった。ウラルの彼方《かなた》風あれて、とオルガンに合わせて声高くうたっていた若い母に、そんなことは何一つわかっていなかった。旅順口がおちたという一月二日に、縁側に走り出してバンザイをとなえた母の腰のまわりでバンザイと云って両手をあげた六つの女の子、四つの男の子、よちよち歩きの男の児に、何がわかっていただろう。

勝ったおかげで一等国になれる、とよろこんだ日本の民草は、旗行列をし提灯行列をして、秀吉の好んだ桃山模様や、華美な元禄模様を流行させた。改良服は、その時代の気風のなかのいくらか合理的であろうとする面、あるいは世界の中へ前進しようとする方向の思いつきであったと思われる。

名のとおり日本服を改良して、洋装との間にしようとした改良服は、上を、つつ袖の口をひらひら飾りにし、うち合わせ襟で、スカートの部分とくっつけたワンピースだった。スカートは袴の伝統をもって、きちんとたたんで襞《ひだ》をつけられ、バンドのうしろは袴腰の趣味で白細紐の飾りつきだった。

わたしには、メリンス絣《がすり》の改良服が一つあった。その頃新小説に梶田半古《かじたはんこ》という画家のかいた絵が口絵にあって、肩の上に髪をたらした若い改良服の女がバラの花に顔をよせている絵があったりした。母は、自分のために改良服よりもっとハイカラと思われた一組の洋装をこしらえた。今思えば、白いレース・カーテンのような布地をふわり長くこしらえて、カフスのところとカラーのところが水色の絹うち紐でしぼられ、その紐が飾り房としてたれていた。その服を着て、海老茶色のラシャで底も白フェルトのクツをはいた二十九歳の母が、柔かい鍔《つば》びろ経木帽《きょうぎぼう》に水色カンレイシャの飾りのついたのをかぶって俥にのって出かけたとき、三人の子供たちと家のものとは、美しさを驚歎してその洋服姿を見送った。若い母は、ロンドンにいる良人《おっと》のもとへその洋装姿の写真をおくった。はりぬきの岩に腰をかけ、フェルト靴の先を可愛く白レースと思われた服の裾からのぞかせ、水色カンレイシャで飾られた帽子のつばを傾けて、両手でもった一輪のバラの花を見ている母の写真。それは明治の幻燈のようになつかしく美しく素朴である。

けれどもロンドンでそれをうけとった三十七八の父からは、母が想像していたのとはまるで反対の手紙が来た。日英同盟していた小さい日本が、ロシアに勝ったということで、在留民の少いロンドンで父の受けた特別待遇は著しかったらしい。ノギ・トウゴーの名が建築家である若い父のまわりで鳴りひびいた。エドワード七世即位式の道すじに座席が与えられた。そういう父から、母へ来たのはインド洋をこしての叱責だった。あのお前が洋服だと思っている服は西洋の女のネマキであること。はいているクツは人目に見せるべきものでない室内靴であること。ああいう写真は二度とよこしてくれるな。恥しい、ということであった。

六つの娘は、母があんなに立派できれいだったのに、もう決して二度とその洋服を着ようとしないのを残念に思った。

「ああちゃん、どうして洋服きないの？」

簞笥の一番下のひき出しに、三井呉服店とかいたボール箱に入ったままあるのを見て、娘がきいた。

「あれはお父様が西洋のねまきだってさ」

そう云って母は青々と木の茂った庭へ目をやったきりだった。その庭の草むしりを、母は上の二人の子供あいてに自分でやっているのだった。ねまきはいいものでないということは、子供の心にもわかって、だまった。

その頃急な団子坂の左右に菊人形[*35]の小屋がかかった。馬が足をすべらすほど傾斜のきつい、せまい団子坂の三分の一ばかり下って、人々の足もとがいくらか楽になったところの左側に一二軒、右側に三軒ばかり菊人形の店が出来た。葭簀《よしず》ばりの入口に、台があって、角力《すもう》の出方のように派手なたっつけ袴、大紋つきの男が、サーいらっしゃい！　いらっしゃい！　当方は名代の（何々とその店の名を呼んで）三段がえし、旅順口はステッセル将軍と乃木大将と会見の場、サア只今！　只今！　せり上り活《いき》人形大喝采一の谷はふたば軍記！　店々で呼び合う声と広告旗、絵看板、楽隊の響で、せまい団子坂はさわぎと菊の花でつまった煙突のようだった。白と黒の市松模様の油障子を天井にして、色とりどりの菊の花の着物をきせられた活人形が、芳しくしめっぽい花の香りと、人形のにかわくささを場内に漲《みなぎ》らせ、拍子木につれてギーとまわる廻り舞台のよこに、これも出方姿の口上がいて、拍子木の片方でそっちを指しながら、右にひかえましたる乃木将軍というような説明をした。ノギ将軍はすべての写真にあるような顔をした人形で、黄菊・白菊の服を着ていた。ステッセル将軍は、ただ碧い眼に赤い髭で、赤っぽい小菊の服を着せられていた。

往来からすぐ見えるところには、ありふれた動かない人形が飾ってあって、葭簀の奥をのぞくと廻り舞台の庇はじなどが見え、人を奥へと誘った。一の谷などでは、馬も菊で体をこしらえられていた。

十月下旬から十一月にかけて、団子坂の通りは菊人形で混雑し、菊見せんべいも、団子坂の菊人形につながった一つの東京名物なわけだった。菊の花の造花や、薄《すすき》でこしらえた赤い耳の木菟を売るみやげやが、団子坂上からやっちゃば通りまでできた。

菊人形が国技館で開かれるようになってからは、見にゆく人の層も変ったらしいけれども、団子坂の菊人形と云われたころは、上野へ文展を見にゆく種類の人にも、そう縁の遠くない秋の行事の一つだったのではなかろうか。千駄木町に住んでいた漱石の作品のどこかに菊見があったし、団子坂のすぐ上に住んでいた森鷗外の観潮楼へは、菊人形の楽隊の音が響いたにちがいない。

幼いわたしにとって菊人形は面白さとうす気味わるさとのまじりあった見ものだった。場内にみなぎる菊の花のきつい匂いになじみにくく、活人形の顔や手足のかちかちした肌色と着せられている菊の花びらのやわらかく水っぽい感じの対照も妙だった。母方の祖母が浅草の花屋敷へつれて行ってみせてくれたあやつり人形の骨よせと似た気味わるさが菊人形のどこかにあるのだった。

戦争ものでない菊人形と云えば、あのどっさりの菊人形の見世ものの中で何があったろう。常盤御前があった。小督《こごう》があった。袈裟御前もあった。一九〇五年に、団子坂の菊人形はそういうものばかりを見せていた。小さい女の子は気味わるそうに、舞台からすこし遠のいて、しかし眼はまばたきをするのを忘れて、熊谷次郎が馬にのって、奈落からせり上って来る光景を見まもった。せり上って来る熊谷次郎の髪も菊の花でできた鎧《よろい》も馬もいちように小刻みに震動しながら、陰気な軋みにつれて舞台に姿を現して来るのだった。閑静な林町の杉林のある通りへ菊人形の楽隊の音は、幾日もつづけて、実際あるよりも面白いことがありそうにきこえて来た。

表通り（抄）

佐多稲子

一

風の寒い日暮れ方、駒込病院[*36]の前から動坂《どうざか》[*37]をおりてゆくと焼け落ちずに立っている土蔵など、古風に風にさらされて、それもふくめてあたり全体うすねず色の光線の中に茫漠として、自分の身体だけ丘の上に浮き上る。足もとは壊れた道の何かでこぼこしてはかない。坂の下を都電の通ってゆくのも、空気の中に踏み込んでゆくような感じがする。

「よくも、焼けてしまって」

おもわず口に出て、あたりを見廻す。線路を横切って省線の田端《たばた》の駅へ出てゆくこの広い道も、左右があけ広がって、行くてに高く空を切ってかかっている橋が、外国の絵でも見るようになじみがない。田端の高台の一箇所をくり抜いて通ったこの道は近頃に出来た道だ。なじみのない高い橋の眺めは、うす闇の中に私の道の記憶をはぐらかす。赤紙地蔵と自笑軒のあった辺りは？　小さな小鳥屋と、楽山堂のあった通りは？　その小鳥屋の前の竹垣の路地に、私の住んだ家もあったのだ。

道にむかって、おでん、小料理などと書いた障子の立ててあるバラックの店を見ると、周囲に誰も住んでいない今も、通りがかりの人を対手《あいて》に商いが成り立つのかとおもう。かつて動坂から神明町《しんめいちょう》の電車通りは、その裏側に住んでいた私たちが表通りと呼んで、朝夕の買物や、夜の散歩などで、町内の人出にこまやかな場所であった。映画館も神明町寄りと、動坂との間にと二つあって、子どもは昼、大人は割引に下駄ばきでのぞきにゆかれた。みつ豆、くず餅の白いのれんがかかると、町は春になって、造花の桜の花も店さきに季節をかもし出した。素どおしの電球のギラギラする呉服屋の軒には、銘仙やメリヤスの布が長く下って灯を反射している。裏どおりから出て来た女たちがその布にさわってみている。銭湯がえりの襟もとも寒くない。

本郷の高台一帯の裾になった通りが地形の上でも一応この神明町で終っていて、市電の車庫や、詰所の赤っぽい大きな建物のあるのも、ひとまず町のここでゆきどまった感じにさせ、人の足をとどめもする。市電の詰所の前あたりには、酒、肴と看板の出ためしやの縄のれんも二、三軒あって、場末のおもむきもあったけれど、この傍には神明町の遊び場もあり、田端の古びた町へもつづいていて、ちんまりとした町の中だ。これからまた町の外へ展《ひろ》がってゆくという地点ではない。遠くからここへ人の落合ってくる場所でもない。

車庫のあたりはがたがたした家並みだが、本郷と田端とから流れてくる古い町の息吹きが、二つも映画館のある電車の終点を、町内の濃《こま》やかさにしている。

こういう表どおりにあるカフェーは、やっぱり町内の気易さで、客も女給も店の外でも挨拶を交すほどの見知り越し、それも、その客の数はたいして多くはない。今ほど、酒場と喫茶店がはっきり分れていない頃で、カフェーといえば、酒を飲むところである。カツレツやチキンライスなど洋食の一皿料理で腹ごしらえをしても気兼ねなくお客さまで通り、またはコーヒー一杯で、ぱちりと十銭銀貨をひとつ卓の上において帰ることも出来なくはない、そんな安直さがあった。まして町内のことだから、昼は働き着のままコーヒーを飲みに来て夜は風呂がえりにビールを一本、それにハムサラダ一皿で冗談を言ってかえるなどというそんなのが、女給たちと仲よしのしゃれた客であったりした。

カフェー紅緑もそんな店であった。路地をへだてて隣りは松竹神明館、町いっぱいに陽の輝き出す朝のうち、映画館はまだ表戸が閉まっていて、看板のスチールもまだガラス窓の中に生彩がない。電車はよそゆきの忙しさで、町はまだ見捨てられている。向い側の果物屋は箱から出したりんごを一つ一つ拭いて艶を出して盛り上げている。支那そばやののれんはよごれてしおたれてみえる。台所口だけ洗いものなどで人が動いている。ゴム足袋を並べ、軍手などを吊るした煙草屋では、今、娘が煙草の大箱の包紙をむいて、ゴールデン・バットの青く光る箱をガラス罐に詰めている。何々銀行神明町支店は、もう扉は開け立てされて人が出入りしているのだが、石造りの建物は外からはひっそりとして陰気に見える。表どおりの店の二、三軒おきに路地が裏へ通じていたそこから絶えず人が表どおりへ出て来る。

カフェー紅緑の色ガラスの窓の戸は全部外へ向かって開け放たれている。朝陽が色ガラスにキラキラ光る。二階の窓ではレースのカーテンがひらひらして、造花の桜の花びらものぞいている。表側だけセメント張りに洋風建物をよそおっているが、入口の扉は古びて歪んでいる。女給募集の貼紙は店の広告のようにいつも店の扉の横に張ってあった。

今その扉を押し出して来て、電車道を横切ってゆくのは私であった。朝の掃除をすませて、ひと先ず家へ帰ってゆくところだ。これから風呂へ入って着更えをすまして来る時間は私の自由であった。私は子どもに乳を呑ませに帰ってゆくのである。乳のみ児を抱えて、生きることに率直になっていた私は、女給募集の貼紙に、先ずそのへんから飛び込んでゆこう、と手近かに働き出している。町内とは云っても隣近所への気兼もない都会の路地の暮し、私がどんな事情で子供を生んだかなどということを誰が何と思おうと、私はもう世間に遠慮をしまいと、それを自分の飛躍のように感じている。命を取り戻したということには特別の感情はなくて、生れた子どもを育てる力でおのずから我が身も血汐を新たにしている、というふうであったが、死に損なった恥だけは感じて、その恥を自分の心におさめて、これらの生き方に反抗していた。これは私の観念というよりは、身内から沸きおこる衝動的な反抗であった。私は自分の肢体が柔かくすんなりとなったのを感じていた。母になった私の腕は強くてそれでよく撓《しな》う。足の裾さばきも何と自分で気持のよいほど軽いのだろう。私は両の掌でそっと自分の顔を押えて、無駄な肉の取り去られた頬に、娘の頃にはなかった蒼白いしめりを感じる。

飛鳥山《あすかやま》や上野の花の賑わいがここまでつながってくる季節であった。日曜日などは、花の枝をかざして、手拭いを首に巻いたよい機嫌の男が、カフェー紅緑へもまぎれて来る。けれども町内のカフェーは、それほど季節に関りなく、毎日の客の顔も決まって、女給たちは客をみんな友達あつかいにした。こんな店では、女給たちもそれぞれに気が好い。いい気なもので、たいてい自分たちも客と一緒に遊んでいる錯覚に陥ちていた。客もまた院外団の黒袴に肩を怒らしたのも、ここでは仲間うちの気易さになって、素の顔を見せる。動坂へんの石炭屋の主人が来れば、おじさん、と言って、女たちは店のかえりに支那そばをふるまわせた。

土地が本郷と田端につながっているので、学生や下宿住いの勤め人も扉を押して入って来た。いつも四、五人連れで、大きな話し声とともに扉を押し入ってくる若い男たちのそっけない無遠慮さも、この女たちはさらっと受け入れた。さらっと受け入れたというのは、その四、五人連れの連中は金も費《つか》わず、女たちを対手にしようとするでもなく、だからコーヒー一杯を大風《おおふう》に味わって、高声に自分たちだけでしゃべってさあっと帰ってゆくのんきさだが、彼女たちが商売気を離れれば、厭におもわれる気配はなかったからだ。団子坂の下宿屋に男と同棲していて、そこから通っている黎子という女は、鼻の仰向いた肌の粗い顔なのに、ちりちりに縮らした髪の毛を百日かずらのように高く前髪をとって耳かくしにし、ごつごつした脚の短かい身体にトランプの模様のある黄色いメリンスを着ているというどぎつさだったが、同棲している男が学生だということで、彼女の着物のトランプの模様や、黎子という名前の程度には、この客たちの気分がわかるらしくて、見かけに似合わぬ持ち前のいそいそした親切気を見せた。

店でいちばん利口もののお千枝も自分の気が向けば、目尻の下がった色白の愛嬌たっぷりの顔にまた精いっぱいの表情をつけて、自分にはあまりかかずらわりのないこの客にも首をかしげてみせたりした。お千枝は動坂日活館の裏手に、これも女給をしているしっかりものの姉と二人で二階借りをして、自分だけの暮しをしてゆけばいいのん気さであった。長唄の稽古などして、店の仕事も適当に、まるで暮らし全部を遊びにしてしまっている。少くとも、人にはそう見せていた。彼女の姿体に始めから備わったような、たとえば歩くときも誰かに甘えかかっているようなしなやかな身体の歩きや、人の気にすぐ飛び込んでもゆき、または遠のいて知らん顔もしているといった性格が、狎《な》れあいのいい加減さで通してゆけた。こういうお千枝には、この若い男たちの、チビ下駄をはいているくせに肩をそびやかしているような気分は子どもっぽく見えた。もうひとりのここでいちばん古顔である下町育ちのお花は、この連中の気分にはおかまいなしに、自分流にさばさばと片づける。

この連中はいつも田端の方からやって来た。田端に落ち合う場所があって、そこで寄り合って、そのあとのまだ張りつめた雰囲気のまま電車通りへ出て来て、まっすぐにこの店へお茶をのみに、または酒をのみにやって来た。

「おい、こんな、僕たちの雑誌が出来たんだよ」

ある昼の、他には客のない店で、その連中のひとりが、椅子のうしろにいた私に身体を反らすようにして一冊の雑誌を示した。表紙の上半分いっぱいに、変った書体で驢馬《ろば》と書かれていた。私がその雑誌を見る間、私には誰も何も言わない。彼らは彼らの話をしている。自分たちの雑誌の創刊号の出来たのに、彼らは心の昂揚するのをむしろじいっと押えているふうであった。私は、目次にある同人たちの名前のどれが、菊正宗の大鏡の前に卓を囲んでいる彼らの誰に当るのかはっきり知らない。が、目次には同人の名前と同じ活字で、芥川龍之介、室生犀星、佐藤春夫といった人々の名も並んでいた。芥川龍之介、室生犀星、佐藤春夫という人々は田端に住んでいた。「立派な雑誌ですのね」

私は、本郷や田端に流れる一脈の清風に、頰を撫でられるおもいをした。小石川をふくめて本郷や田端というところには、いつからか私の感情の中に郷愁に似たおもいをそそるものがあるのだった。これはそののちもずうっと私の気持から消えなかったけれども、私は、市内電車に乗って、坂道の多い小石川のあたりを、ごうと登ってゆくとき、または、本郷の裏どおりの家と家との間の奥に、ふと寺院の石畳みと、その門の内に鮮やかな色の鶏頭の花などを見つけたとき、またはやはりこの辺りの古びた神社の境内で、まっ黄色の銀杏の葉がいっせいに小やみもなく落ちているのに出あったとき、または板塀の上に山茶花《さざんか》ののぞいている、ひんやりと音もない屋敷町などを歩くとき、私は訳もなくもの悲しい、とらえようのない渇望に心をゆすられるのであった。この訳もない郷愁に似たおもいの因《もと》をひょいと見つけたのは、ずうっと後になってからである。子どもの頃から読みつづけた日本の小説のなかに、この辺りの模様が多かった。それが私の心にいつとなしにたたみ重ねられて、故郷への思慕に似たものを形づくったのである。

「立派な雑誌ですのね」

と、その雑誌を返しながら私は、今自分の行っている神明町の小さなカフェーが、この郷愁で彩られるのを感じた。

僕の東京地図（抄）

サトウハチロー

谷中を歩けば

谷中《やなか》と申しても広うござんすだ。

僕は時々谷中の墓地から天王寺町、日暮里渡辺町《わたなべちょう》の方へかけて散歩する。散歩の途中朝倉文夫先生の、静岡県は久能山《くのうざん》の石垣づくりの特一番いちごのような鼻にもお目にかかれば、藤井浩祐先生の犬とじゃれる声も耳にする。吉田白嶺先生の（彫刻家オンパレードになった）美しいオジョウさんを垣間《かいま》みて、ああわれもし若かりせば（若くてもだめだよ）等《など》とも思う。

宇野浩二先生の、ショウシャたるそぞろ歩きにもお目にかかれば、義弟ロクローが縄とびをしているのも見かける。吉本興業のオヤカタ林弘高さんが、いそがしそうに自動車にのるのも見受けるし（この時は、たいてい、今月末に金をかして下さいッてなことを僕はたのむ）須藤重氏が、高麗犬《こまいぬ》のごとく歩いてくるのに出会する。ここらは芸術家の住宅地だ（僕だけは職人ですぞ）よんど退屈した時は（退屈でなくて、ばりばり、はりきッてだろう）宮崎のモデル屋[*38]へ行く。これは谷中坂町《やなかさかまち》の九五番地だ。領玄寺《りょうげんじ》というお寺の前だ。おやじの名は幾太郎。高村光雲先生の長男坊（坊といったってもう五十だが）光太郎先生にそッくりだ。美術学校の門の前でいつか逢って、光太郎先生だと思っておじぎをしたら

『ハチローさん、借金もないのに、愛想がよくなったね』

とぬかした。百八十人もモデルを使って、商売をし、競争者が出て来ても立ち行かないところをみると、この光太郎イミテーションはどこかにいいところがあると見える。いつぞや（七八年前）吉邨《よしむら》二郎や安永良徳と自動車をのりつけたら、えらい先生方がいらしたのだと思ってうやうやしくお茶を持って出て来た。ヒョイと僕の顔をみて『なアーんだ、サトウさんか』と持って来たお茶をひッこめてしまッた（デンデン虫じゃあるまいし、出したりひッこめたり、悪いクセだ）……春は女の子が美しくなる時だ。明日にでも又出かけるかな。（ひッこめられるおそれがないようにお茶は水筒に入れて持って行こう）……

歩いていて咽喉《のど》が、かわくと谷中署の通りの愛玉只（オーギョウチイとよむ）に這入る。愛玉只は、何のことはないカンテンの同級生みたいなものだ。腹にたまらず通じをよくす（くだるのじゃないかと心配なさるな）この愛玉只屋はもと谷中の墓地の入口にあった。藤山一郎こと増永丈夫、徳山璉、四家文子（愛玉只で肥ったのではない）関鑑子、宮原禎

次、ミス・コロンビヤ（ちゃーんと松原操って名前がありますわ）などという音楽学校連。
　小磯良平、鈴木亜夫、田口省吾、鈴木千久馬、堀江尚志、少しく下って山崎借雲（おやじさんが朝雲、この仁は借金の名人だから借雲、しゃれた名だ）小野佐世男などの美校連——両方ともによくここに屯《たむろ》していた、そうして野球の対校試合（おこがましくも対校ですぞ）の日取りをきめたりしていた。ついでに申す、野球の技りょうは、僕のうちみたところでは藤山一郎だけが及第点だ。ここの主人は豆類中《まめるいちゅう》での二枚目みたいな顔をしている。愛玉只は八銭だが、五銭にすることを切《せつ》に望む。（十銭で二つ食《く》えねえもの）
　ヤキ芋だったら、茶屋町の六十一番地の鈴木というお芋屋へいらっしゃい（あとで０の字のつくものはごめんだよ）釜が三つもある。冬は中へもぐってあたらしてもらいたまえ。この頃ではキヌカツギが出ている。もうやがてフカシイモの新芋だ。
　芋と来たら、塩せんべいとくるだろう。それなら、逢初《あいそめ》の方へ坂を降りるのだ、谷中の坂町の二九に昔せんべいというのがある、ここの一枚五銭のが、いい。かたやきだ（入歯のお方《かた》はおやめ下さい）菓子なら吉田紘二郎先生が、多摩川から注文なさる喜久月がいいだろう。浜野病院の前だ。スダレ頭《あたま》（よろしく判断されよ）をしたおやじの店だ。（スダレ頭を目印に買うべし）

三崎町から団子坂

三崎町（こいつはサンサキチョウとよむ）――お寺とコットウ屋[*39]がある町だ。愚弟節《ぐていたかし》が、この町内に住《す》んでいる。家主さんは鎮目《しずめ》といって、世界各国の王冠を（といったってカンムリではない、サイダーの口金だ）集めている仁《じん》だ。三千個からあるというから一寸《ちょっと》話の種だ。サイダーの口金なんて色気がないという人には（ああ花は桜、女はムスメですからな）きれいな娘さんを紹介しましょう、上三崎町の三〇番地谷中の墓地の方からくると左側に、野々村というタバコ屋さんがある、交番の前だ。ここの娘さんはきれいだ（さてはハチロー行ったな）お説の通り、十町の道を遠しとしないで買いに行ったものである。それも一度に買ってしまうと顔が一度きりしか見られないので、バット一つずつ日に三、四回は出かけたものである、その名は澄子《すみこ》さん。ところがこの澄子さんがコッゼンとして（向うでは予約があったのだからコッゼンではなかろうが）いなくなってしまッたのである、お嫁に行ってしまったのだ。買ってためたゴールデンバットは、こうもりの模様だけはがされて僕の家の玄関の壁紙となっている、僕はそれを眺《なが》めながら

――楽しみなき故にわれはタバコをやめることにせり――

と口ずさんだ、ところが（今度のは、少し弾《はず》んでよんでくれ）又あらわれたのである、

出戻《でもど》りになったのではない。澄子さんの妹の美代子さんがあらわれたのである。姉にもまして美しい。僕のタバコは、一日四つだったのが六つに増した。考えれば、僕のふところを痛める娘達である。

この家の前を通って下へ降りる（団子坂めがけて行くのだ）左側に染谷と書いた看板がある。鳥屋だ。おやじは喧嘩《けんか》の弱い軍鶏《しゃも》みたいな顔をしている。ここの鳥がうまい。浅草で有名なやきとり屋の髯の平野へは、ここから鳥を卸しているのだ。僕のところで、二、三年前ニワトリを飼っていた（目ざまし時計がなかったからではない）庭に草花を植えるようになって、それを荒らすからという理由のもとに、しめて食おうということになった。

『可哀相だわ、いままであたし達と仲よくしていたんだから』

女房が、反対した（その実、鳥はおいしいわね、と言いながら）……そこでこの染谷へ家のニワトリを持って行って、向うにいるのを一羽つぶして貰うことにきめた。交渉成立、おやじは一羽しめて持って来た。卵が三つ、ついていた。ニワトリの腹の中に、カラのついた卵がある筈はない。

『これは何だ……』

と聞くと

『こっちのニワトリの方が、お宅のよりやせていたので、その不足分を、卵で持って来たんです』

と、ヨワシャモ氏（弱い軍鶏の略号）は頭をかいた。気のいいヨワシャモだ。

このヨワシャモの家の前にタバコ屋がある。（よくタバコ屋ばかり出すな、娘がいたのだろう）これ又お説の通りいたのだ。おとしちゃんという娘。これもきれいだッた。（あ あ、だッたという過去の形を用いているので、彼女の消息をお察し下さい）ここへはタバコを買いに行かなくてもすんだ、なぜならば

――洋画絵具空《から》チューブ高価いただきます――

と表のガラス戸に紙がはってあるのだ。僕は友達のアトリエを廻っては、チューブを集めた。そうして売りに行った。タバコを買いに行く時にはなるべくおつりを貰うようにして、長くおとしちゃんの眼界から去らない工夫をした。ああ あれも無駄、これも無駄（いまや心は空《から》チューブの如く、しわにたたまれて）……もう少し坂を下りよう。菊見せんべいの団子坂の総本店だ。団子坂の菊人形（知らねえな、知らないでしょうな、知らないのも無理はない。実をいうと僕も知らない）

本郷坂下町

団子坂の方へ行ってしまッたので書くのを忘れたが、あいぞめ橋ところにアイゾメタクシーなる自動車屋がある。この横に晩になると出る大来軒《だいらいけん》なる支那そば屋はうまい。そば

はあいぞめ、土手《どて》のワンタンと、三、四年前僕が推称《すいしょう》したことがあるそば屋だ。おやじがなまけもので、いまはよごれたアッシュツリーのステッキみたいな青年が、やっているが、このステッキ青年（ユーカンマダムのあれではない）は少しお汁《つゆ》が、からい。（勿論、食ったあとでスープをうめてもらってのむ手もある）もう一軒うまいかまずいか知らんが、おそく起きているのでは、あいぞめの停留所の前《まえ》に夜出るすし常がおそい。僕は毎晩二時か三時にかえってくるが、たいてい起きている（おやじがみみずくの歳《とし》かな）……

さて団子坂へ戻って、菊そばと行こう。本郷肴町《さかなまち》へ向ってのぼる右側だ。僕は昔、講談社[*40]で原稿料をもらうと（ああ三枚で三円）帰りには必ずここへ寄って、十日間かかった苦心の稿料《こうりょう》を四合の酒と二杯のそばに替えてしまった。家へかえると、又食《く》いたくなって一生けん命書いた（ここのそばが食いたいばかりに書いたといっていい。今日《こんにち》僕が、どうやらこうやら、こうして食って行かれるのも、ここのそばに、はげまされたからである。つつしんでここにお礼を申しのべておく）はいると石段があって、上の小座敷に上《あ》がッて行けるようになっている。赤松月船《あかまつげっせん》（坊主《ぼうず》にして詩人なり）と一緒に、この小座敷で、何度悲憤コウガイしたか、

『講談社は、詩人をばかにしくさりおる』

と赤松、

『じッと手をみるね』

と啄木ばりで僕、そうして、二人で六杯の（彼二杯僕が四杯）そばを平らげたものである。一度、さもしい心を起して（ざんげせよ、ハチロー）この小座敷の椽の下につんである九谷焼まがいの茶碗むしの丼を、帰りに素早くマントの下へ入れた。団子坂をのぼッて、とり出してみたら、底にえらくヒビが入っていて、フチが二ヶ所かけていた。思い出多き菊そばよ、ついでにこの罪も許されよ。

講談社の話しが出たから書く。団子坂をのぼらずに、電車通りを道灌山《どうかんやま》の方へ行くと左り側に、よくもまア倒れないでいるもんですなというような建物がある、この間まで駒込警察に貸していた（家賃はとらなかッたろう）この倒れそうなのが、なつかしの講談社だ。いまの音羽の建物なんて、僕には何のしたしみも、なつかしみもない。この駒込坂下町《こまごめさかしたまち》の建物の方がどんなに僕にはなつかしいかわからない。おやじやおふくろの背中の灸のあとを眺めるような気持で、いま眺める。この応接で僕は四時間も（ねばっていたのではない）待たされていたものである。いまは違うが、昔は待たすことでは有名な講談社だッたのだ、僕は、腹がすいたので、外へ出ておでんを買って来てたべた。野鳥の研究でこの頃売り出しの中西悟堂が（これも坊主で詩人だった）僕のおでんに手を出した。チクワブ（チクワではない、ブとくッつくやつだ）が歯の裏につくのを舌ではがしながら

——早く芽を出せハチローよ、出さぬと鋏でチョンギルぞ——

と口ずさんだ。原稿を突き返された時は、講談社の裏山へ（多分もとは高田商会の邸だ

ったのだろう）もぐりこんで、空は広いおれは小さい、嘆くのをやめよう、てなことを言っていつまでもねころんでいた。昨日通ったら、僕が買った屋台とは違うが、ニコミオデン、ミソオデンと書いて旗をたてた爺《じい》さんが、講談社のわきに車を置いていた。十銭出してたべた。うまかッた。谷中から根津、団子坂あたりを毎日廻ってますと、朝がえりのエビス様みたいな顔のおやじが言った。この屋台、屋号はない。だがみつけたら食ってみたまえ。（こッそり教える、十銭でコンニャクが十二もくる）

千駄木町　蓬莱町

番地は千駄木町三十五番地。森林太郎先生のいらした潮見台の方へ曲ろうとする角《かど》に――流球泡盛八朗《りゅうきゅうあわもりはちろう》――という店がある。けッー、僕がやっているのではないが、目にとまったから書いておく。この店は前にポストといふカフェーだッた。昼間から泡盛をのんでも居られないので、そのまま通りすぎて（無事通過ですな）潮見台の方へ出た。その昔はここから海が見えたのだろう。三脚の上に尻をのせて、絵描きが一人カンバスに向っている。遠く下谷上野方面の家並の間から桜がちらほら、木蓮がほらちら（さかさにしただけで感じが違う）咲いていてなかなかよろしい。学帽をかぶっている。美校生かと思ったら、キ章は太平洋画会のしるしだ。僕の想《おも》いは十八年の昔にとんだ。僕はその頃、絵《え》かきにも（にもですぞ）なろうと思った。デパートの福引みたいに、あたりもしないのに、何かで、あてようと思ったのだ。林倭衛《しずえ》さんのところへ行ったり中村研一さんのところで五六日泊ったりして、絵かきもよろしいわいと決心した。林さんのお父さんは、姓名学をやって居られて八郎の八という字は末開きといって、一生懸命でやれば成功する名じゃとはげましたりしてくれた。その結果えらんだのが、いまこの潮見台から、はるか彼方《かなた》に見える真島町《まじまちょう》にある太平洋画会なのである。絵具箱を買って入会して、太平洋というキ章をつけて通って行ってみておどろいた。絵具も筆も始めは使わしてくれないのだ。ホーマーのマスクと、ミロのヴィナスの石膏《せっこう》を、木炭紙の上に木炭で書かなければならないのだ。右手に木炭左り手にパン（右手に徳利左り手に盃の現在とくらべてみろ）ホーマーの鼻は、つたない僕のためにパラピン隆鼻術《りゅうびじゅつ》の如くふくれ、ヴィナスの咽喉にはいくつかのキッスの跡が出来た。木炭でよごれたパンはたいてい日の暮れ方にはたべてしまった。僕はホーマーもヴィナスもやりとげないうちにやめてしまったが、僕より根気のいい人が、いまホーマーとヴィナスの代りに、木蓮《もくれん》と桜《さくら》を描《か》いている。雨よ降るな。風よ吹くな、この僕の後輩（二三週間しかいなくてもネオ先輩ですぞ）のために、桜と木蓮をこの絵の完成まで、保たてさせ給え。……祈って、もとの道へ出た。白山へ白山へだ。左り側に専念寺というお寺がある。お寺の二階がずッとアパートになっているのだ（朝は木魚で目をさますか、どうか、そいつはわからん）もう少し行くと右に栄松院《えいしょういん》という寺がある（テラばかりだな、よッぽど堂元《どうもと》がもうかッたでしょう、吐《し》ッ）この入口に泰平軒[*41]という支那そばのトコ店がある（プロレタリアハチローよ、汝は支那そばとすしより知らんな）白山で酔っぱらうと、よくここへ来て、食ったものだ。もう少し足をすすめる。肴町へ出ようという左りに（このところ右左りかわりばんこでござい）ときわ木というお菓子屋がある、ところは蓬萊町《ほうらいちょう》になっている。ここの最中《もなか》はうまい。最中ついでに一足お先へ白山にとんで、指《さし》ケ谷《や》町《ちょう》の方から坂を上って来たつきあたりに見える木魚庵を教えて置こう。赤と金の木魚が、ショウウインドウのひかえの間に（こいつは行ってごらんになると、なるほどショウウインドウのひかえの間だとおうなずきになる）かまえている。四角い軍用パン大の最中《もなか》には、黙魚《もくぎょ》と気取《きど》った字がへこ出ている（これ浮き出るの反対なり）魚で唄をうたうなんていうのはあんまりないが、黙魚とあるとなんだか、うやうやしくうまそうだ。

ニワトコ、ヒシノミ、フジノコブ（馬を探す童話をごぞんじなりや）大黄《だいおう》、サフラン（婦人病の方はございませんか）杏仁《きょうにん》、生姜《しょうきょう》、桂枝《けいし》、甘草《かんそう》（もうわかりましたな）看板には――皇漢医法《こうかんいほう》蔘茸草木皮――（ひと口でつづけて言って、明日をお待ち下さい）

化粧

川端康成

私の家の厠《かわや》の窓は谷中の斎場の厠と向い合っている。

二つの厠の間の空地は斎場の芥捨場《ごみすてば》である。葬式の供花や花環が捨てられる。

墓地や斎場に秋の虫の声がしげくなったとはいえ、まだ九月の半ばであった。面白いことがあるという風に、私は妻とその妹との肩に手をかけて、少し冷たい廊下を連れて行った。夜であった。廊下の突きあたり、厠の扉を開くと同時に、強い菊の薫りが鼻を衝《つ》いた。まあと驚いて、彼女等は手洗場《ちょうずば》の窓に顔を寄せた。窓一ぱいに白菊の花が咲いている。二十ばかりの白菊の花環が、そこに立ち並んでいるのであった。今日の葬式の名残であった。妻は手を伸ばして菊の花を折り取りそうにしながら、こんなにたくさんの菊の花をいちどきに見るのは、何年振りであろうと言った。私は電燈をつけた。花環に巻いた銀紙がさんらんと照らし出された。仕事をする時は度々厠へ立つ私は、その夜幾度となく菊の匂いを嗅いで、徹夜の疲れがその薫りのなかに消えてゆくように感じた。やがて朝の光に、白菊はいよいよ白く、銀紙は輝きはじめた。そして用を足しながら私は、白菊の花に一羽のカナリヤがじっととまっているのを見つけたのであった。昨日の放鳥が疲れて鳥屋《とや》への帰りを忘れたのであろう。

これなぞはまあ美しいとも言えようが、しかしまた私は、それらの葬いの花々が腐ってゆく日々も、厠の窓から見なければならない。ちょうどこの文章を書いている三月初めは、一つの花環に咲いた紅薔薇《べにばら》と桔梗《ききょう》とが、萎《しお》れるにつれてどんな風に色変りしてゆくかを五六日の間つぶさに見たのであった。

それも植物の花ならばいい。斎場の厠の窓に、私はまた人間も見なければならないのである。若い女が多い。なぜなら、男は入ることが少く、老婆は斎場の厠のなかでまで長いこと突立って鏡を見るほどに、もう女ではないのだろう。しかし、若い女のたいていは、そこに立ち止まってから、化粧をする。葬式場の厠で化粧をする喪服の女——濃い口紅を引くところを見たりすると、屍《しかばね》を舐《な》める血の脣《くちびる》を見たように、私はぎょっと身を縮める。彼女等は皆落ちつきはらっている。誰にも見られていないと信じながら、しかも隠れて悪いことをしているという罪の思いを体に現わしている。

私はそういう奇怪な化粧を見たいとは思わない。しかし二つの窓は年中向い合っているのだから、このいまわしい偶然の一致も決して少くはない。私はあわてて眼をそらす。こうして私が、街頭や客間の女達の化粧からも、葬式場の厠のなかの女を思い浮べるようになれば、それは確かなしあわせにちがいない。谷中の斎場へ葬いに来ることがあっても、厠へはいらないようにと、私は好きな女達へ手紙を出しておこうかと思ったりした。彼女等に魔女の仲間入りをさせないようにである。

ところが昨日である。

斎場の厠の窓に、白いハンケチでしきりと涙を拭《ふ》いている十七八の少女を、私は見た。拭いても拭いても涙があふれて来るらしい。肩をふるわせてしゃくりあげている。とうとう悲しみに押し倒されたのか、彼女は立ったまま厠の壁にどんと身を倒した。もう頬を拭く力もなく涙を流れるにまかせていた。

彼女だけは、隠れて化粧に来たのではあるまい。隠れて泣きに来たのにちがいない。

その窓が私に植えつけた女への悪意が、彼女によってきれいに拭《ぬぐ》い取られてゆくのを感じていると、その時、全く思いがけなく、彼女は小さい鏡を持ち出し、鏡ににいっと一つ笑うと、ひらりと厠を出て行ってしまった。私は水を浴びたような驚きで、危く叫び出すところだった。

私には謎の笑いである。

上野桜木町　——宇野浩二のこと

尾崎一雄

宇野浩二氏が上野桜木町に居を定められたのは、いつのことか私はつまびらかにしないが、遅くとも昭和九年にはもう住んで居られた筈である。

この年六月、第三次『早稲田文学』が発刊された。宇野氏はこの雑誌の九年十月号から約一ヶ年に亘って「遠方の思出」という長篇随想を連載してくれた。十年四月から十二年三月までのまる二年間同誌の編集員をしていた私は、毎月「遠方の思出」の原稿を待ちわびた。休載ということは無かったように思う。しかし、三十枚程届く筈の原稿が、四、五枚ずつ速達で送られ、あるいは宇野氏の兄さんがわざわざ上野から牛込馬場下町《うしごめばばしたちょう》の編集所である私方へ持参されたりして、相当に気を揉んだことは事実である。ときには待って居られず、上野まで出かけた。そう云えば、『早稲田文学』編集員時代、多くの大先輩——例を挙げれば、正宗白鳥、土井晩翠、吉江喬松、佐藤春夫、広津和郎、室生犀星、その他の方々——にむかって、手紙で依頼をし、原稿は送って頂く、という習慣をつづけていたが、唯一人、宇野氏のところへだけは、ときどき原稿を貰いに行った。

御影石の門柱で、扉は閉っている。ベルを押すと、道路に面した（台所のらしかったが）小窓があいて、女中が顔を見せ、「ただ今留守ですが、どちらさまでしょうか」という。名乗ると、ちょっとお待ち下さい、と云って引込む。留守と聞いて帰っては駄目である。

何となくその辺に居ると、女中が再び顔を出し、

「ただ今戻りました、どうも失礼致しました」

それで門の前に立っていると、扉が開く、という仕組になっていた。

私は、原稿を貰うと大体直ぐ引返すのだが、ときには宇野氏の強要によって二階に上る。宇野氏は文学談を始める。それからそれへと、話は発展して留め度がない。宇野氏は話しながら、ときどき立上って本を持ってくる。話につながる本を次から次と持ってくるので、そこには本の堆積が出来てしまう。

私の方は、一刻も早く原稿を印刷屋へ持って行きたいので、気が気でない。宇野氏の文学談は、聞く値うち十分なのだけれど、折が悪いのである。

宇野邸は十七番地だったか（不正確）。その同じ上野桜木町の二十番地へ私が移ったのは、昭和十二年九月中旬である。番地は違っていたが、家数にすれば、横丁は別ながら四、五軒先という近さだった。同年三月いっぱいで『早稲田文学』の編集を浅見淵に引きつい

で貰い、その代りに、それまで浅見がやっていた砂子屋書房[*42]という手工業的出版屋の相談役みたいなものを私が引受けた。

砂子屋というのは、私と一緒に早稲田の学院に入り、浅見と一緒に国文科を出た山崎剛平という窪田空穂門下の歌人が、道楽半分に創《はじ》めた文芸物専門の小出版社だった。上野桜木町にあった。甚だ活動不活発な本屋で、大東亜戦争が激しくなって閉社するまでに出した本は五十点ぐらいなものだったろう。しかしその中には、外村繁『鵜ノ物語』、和田伝『平野の人々』、太宰治『晩年』、尾崎一雄『暢気眼鏡』、井上友一郎『波の上』、田畑修一郎『鳥羽家の子供』、宮内寒弥『中央高地』、中島直人『ハワイ物語』、榊山潤『をかしな人たち』、浅見淵『目醒時計』など、それぞれの作者にとっての第一小説集があり、また、出版書の中から、『暢気眼鏡』（尾崎一雄、芥川賞）、『歴史』（榊山潤、新潮賞）、『沃土』（和田伝、新潮賞）、『草筏』（外村繁、池谷賞）、『田舎』（丸山義二、有馬賞）なその受賞本を出しているのだから、本屋としての成績は悪くなかった、と云ってよかろう。

私は、四月に『暢気眼鏡』を出すと共に、もっと小説の仕事をしようと、忙しい雑誌編集をやめて砂子屋に入ったのだが、牛込馬場下町から、上野桜木町までは遠いので、芥川賞を貰って二ヶ月足らずの九月中旬、書房の近くへ越したのである。砂子屋は二十七番地にあった。

ここへ移ると、宇野氏にしばしば逢うようになった。もとも、私はお宅を訪ねたことは殆んどない。路上とか、風呂屋で逢うのだ。宇野氏は長湯である。多くは昼間、人のあまりたて込まぬ時刻に逢う。殆んど必らず、宇野氏の居るところへ私が入り、私の方が先に出てしまうから、宇野氏の風呂から上るのを見届けたことはない。氏は丁寧な人で、銭湯での挨拶もいい加減ではない。だからこっちも、裸ながら慇懃《いんぎん》でなければならぬ。

宇野家から桜木町郵便局へ行くには、私の家の前を過ぎ、ちょっと曲って砂子屋書房の横を通るのが順路である。宇野氏は郵便——殊に速達便が好きで、よく郵便局へ通う。家の人たちにも命ずるだろうが、宇野氏自身もよく私の家の前を通った。私の家では、階下でも二階でも前の道がよく見える。宇野氏は、脇見をせずに私方の前を通る。意識していることが判る。

宇野氏は、自著を私に贈ってくれるとき、小包にする。無駄だな、ちょっと女中にでも届けさしてくれれば、手数もかからず、早くて間違いがなくて、本も痛むまいに——と私は思う。

ところが、奇妙なことに、私の方からも宇野氏に小包で本を贈るのだ。これについては理由も少しはある。その時分、私の本は大体砂子屋から出た。砂子屋で寄贈本を小包にするとき、宇野氏への分も同じ扱いにして了《しま》うのだ。

それで習慣がついて、ほかの本屋からのも、宇野氏へは郵送することになった。多少は意地に似た気持もあったか知れない。

宇野家への訪問客が、ついでに私の方へ寄ることがあった。谷崎精二氏、広津和郎氏、舟木重雄氏なぞが見えたこともあるが、そういう人たちはたまで、中山義秀、田畑修一郎、川崎長太郎の諸氏はときどき顔を見せた。この人たちは、宇野氏を囲むグループのメンバーであった。私はその仲間に入っていなかった。

大東亜戦争の始まったのが十六年十二月八日、田畑修一郎の亡くなったのが十八年七月二十三日だから、中山、田畑の二人が、宇野家から私方へ揃って廻った最後の日は、十七年十二月八日ということになる。なぜ日をはっきり覚えているかと云えば、その日は（つまり十二月八日は）、酒無しデーだったからである、私は二人を連れて、近所の飲屋へ行ってからそのことに気づいた。それで仕方なく、喫茶店に入った。

田畑が「雑煮を貰うか」と云った。

「義秀さんは？」

「そうだな……」とつまらなそうに壁の札《ふだ》を見ていたが、

「辛味《からみ》餅でも貰うか」と云った。田畑と私とが顔を見合せた。田畑が黙ってにこにこし、私がハッハッハッと笑った。中山義秀は、何が可笑しい、という顔をしていた。その頃中山は、酒を飲めばカラムという噂が高かったのだ。私は一度もカラまれたことは無かったが。

それから約半年後、田畑修一郎は旅先の盛岡で、急性盲腸炎かで急逝した。宇野氏は、

『文芸』九月号に、田畑の死を悼んで一文を書いた。深い嘆きが察しられた。

その頃はもう、防空演習というようなものがさかんに行われていたと思う。宇野夫人がそれに出ていた。宇野氏は出たことが無いだろう。

私のところでも、出るのは家内と決っていた。私は戦闘帽も国民服も持っていなかった。家内は、心臓が弱いらしい宇野夫人の、一所懸命に演習をする様子が痛々しくてならぬ、と云った。

銭湯で宇野夫人と家内や子供がよく一緒になるらしかった。小学生だった長女や長男は、宇野のオバチャンと云っていた。

宇野氏の御子息が学徒兵として入営のときは、私も町内の人たちと共に行を壮《さか》んにした。宇野さんの兄さんが亡くなったのが十九年二月、その頃すでに私の健康ははっきりと衰えていた。それから半年後の八月末、私は胃潰瘍の大出血で倒れた。十月末担がれるようにして、今住む郷里の家へ退込んだ。

宇野氏の方も大変だったようだ。二十年六月に信州松本市外へ疎開された。二十一年二月には、夫人が亡くなった。十八年九月の頃、私共の目にうつった夫人は、すでに健康人ではなかったようである。

宇野氏がある雑誌社の人と共に私の病気を見舞って下さったのは、昭和二十四年前後か。戦後初めて見る宇野氏にはやはり疲れが感じられた。とは云え、実はそういう私の方がもっと良くなかった。敗戦をはさんでのあの時代に四、五年の闘病生活をつづけ、漸く命だけは取りとめられそうだ、という状態にいたのだった。

宇野氏は私の病状を推しはかるように静かな様子で坐って居られた。ぽつりぽつりと話して、一時間ほど居られたろうか。「これから川崎長太郎君を訪ね、牧野信一の墓に参る予定です」と云って、小田原に向われた。

根　津

（「東京詠物集」より）

釈　迢　空

道なかに、瀬をなし流れ行く水の
さゝ波清き
砂のうへかも

文京区絵物語（抄）

伊藤晴雨

追分から鰻縄手

現在の駒込病院は徳川時代の御鷹屋敷である。お鷹匠というのは将軍放鷹の際の鷹を飼育する人を云う。岡本綺堂の半七捕物帖にも出て来るが、将軍のお鷹というものは非常に権威を持ったもので、お鷹匠の袖に一寸《ちょっと》でも触れればお鷹を驚かしたと云い掛りを附けて莫大な金を強請《ゆす》り取ったりする。誤ってお鷹を逃せば切腹という、現代人からは想像もつかぬ厳罰主義を採っていた。此附近一面に御家人の屋敷が多かった。将軍家から拝領という意味で頂き横町という名が出来たのである。

肴町から東すれば蓬萊町に有名な大観音光源寺《こうげんじ》[*43]が有ったが戦災で焼失してしまった。此大観音は高さ一丈六尺金色の立像で、大和長谷寺《はせでら》の移しで毎年七月九、十両日を四万六千日として草市が立ち、肴町の角から団子坂の下り口迄露店が立ち並び、境内には各種の見世物が並んで、此日は近所の少年少女の楽しみに待ち焦れた年中行事の一つであった。此並びに浄土宗栄松院の境内に天然記念物指定の樹齢千年余の大椎の木があったが、これも亦戦災で焼けて骸骨の如き老幹が枯れた儘残っているのが往来から望まれる。此木が枝を交えて繁っていた頃は此木に無数のオケラが巣くっていた。此横の海蔵寺《かいぞうじ》は浅草観音仁王門前の石像粂の平内の菩提寺で平内の墓がある。団子坂の下り口に森鷗外博士の邸趾があって観潮楼と言う。目下鷗外記念館建設の計画中だという。其一廓に文京区長井形卓三氏の公舎がある。

団子坂は同名を汐見坂という。江戸時代には二階以上の建物を許さなかったが、この坂上から佃島辺の汐が見えたという。正しくは千駄木坂である。昔此の坂上に団子屋が有ったので本名より団子坂の方が有名になってしまった。此の坂上から太田ガ原の下を日本医科大学の方へ下る坂を潮見坂と云い此通りを藪下と土地の人は呼んで居る。日本医大の前から根津神社の裏門を経て根津東宝映画劇場の角迄の坂を千駄木坂という。*44 潮見坂と汐見坂が接し千駄木坂が南北に並んで二つ有るのは可笑しいのだが、大昔の名前は至ってゾロッペエであった。北区の田端の名前は元が田畠である。田と畠があるから田畠村といった。養育院の捨て子の名前が拾われた町名と番地で出来上って居るのと同様、無縁坂や、くらやみ坂は東京中に沢山あり、人や車がゴロゴロ転がるから「たどん坂」というのが本郷真砂町《まさごちょう》にある。何れも御都合主義に附けた名前だろうから縁日の飴屋と同様ムキになって穿鑿《せんさく》するにも当るまい。千駄木小学校[*45]の坂を南へ下る処を藪下といって、嘗《かつ》ては読んで字の如く藪沢の地であった。

　根津権現裏の崖下に浮世絵の大家月岡芳年《つきおかよしとし》が居た。芳年本名を米次郎といって一勇斎国芳の門人であった。此芳年が根津大八幡《おおやはた》楼のお職で、まぼろし太夫という根津遊廓第一の美人と馴染を重ねた。此幻太夫という女は一風変った女で、其頃の錦絵の一枚絵に出た位の女であった。一枚絵というのは其頃の第一人者を云う。一枚絵に出た女とは代表的美人という意味で、今のプロマイドとは桁が違うのである。幻太夫は普通の花魁《おいらん》の様に櫛や簪《かんざし》や笄《こうがい》を頭に乗せず、頭を切り髪にして、襠《うちかけ》の代りに被布を着て居たという風変りな女であったが、丁度《ちょうど》芝居でする吉田御殿の千姫という恰好であった。芳年という人は江戸ッ子の通有性で口が悪く、人前で弟子を態《わざ》と叱って喜んで居るという酒の上の悪い癖が有った。鏑木《かぶらき》清方《きよかた》氏の先生であった年方の如きは、絶えず皮肉を浴びせられては泣いて居た。其頃銀座通りが西側は出来上り東側の京橋から新橋は一面の原で、茲《ここ》に各種の見世物や露店が出て居た頃「覗きからくり」を目論んだ興行主があって、筆者は当時の第一人者である河鍋暁斎、小林永濯、月岡芳年等今で云えば文展の審査員級の高名な画伯に嘱して「佐倉宗五郎の一代記」の揮毫を依頼した。芳年受持ちの分は宗五郎夫婦が磔《はりつけ》に掛る処で、出来る丈け凄惨にという注文である。今日の審査員諸君は地位が向上したから見世物の絵を画く人は無いが、其時分の画家は職人扱いであったからどんな低級なものでも全力を尽した。芳年は下図を何回附けても思う様に磔の気分が出ないので、弟子の中沢年章という男が丁度痩せて居てお誂《あつら》え向きだというので画室の柱へ磔柱の様に横木を打ち附け、褌一つの素ッ裸にした年章を荒縄で本格に縛り揚げて写生に掛ったが、ああでも無いこうでも無いと種々な形で（といっても縛られて居るのだが）写生して居る中に夕方になってしまった。折から夏の事で平常から藪蚊の多い根津の藪下で蚊遣りを燃さぬ薄暗い画室には蚊柱が立って来た。全く抵抗力のない年章は蚊に攻められてボロボロ泣きっ面をしてモデルになって居る（其時分にはモデルという名称はまだなかったが）其時這入って来たのは芝の絵双紙屋の主人で福田熊次郎という男である。髪の毛を振り乱した明治初年の散髪は物凄く、藪蚊に責められて身をもだえて居る苦痛の表情は絶好のモデルでなくて何であろう。芳年の芸術境は三昧に入って人情もない、空腹も無い、天地一如只眼前に見る宗五郎の再現である。併《しか》しそれは芳年の心の現象である。「只の眼になに石山の秋の月」で驚いたのは福田である。これは必定弟子が何か失敗があったに違いない、疳癪持ちの先生に仕置きをされて居るに違いないと早呑込みをしてしまった。

「先生どうか私に免じて我慢して下さい。」とか何とかやった。余計な事を云ったものだ。黙って居ればよかったのに余計な事をいった許りに芳年先生の気持ちを煽り立ててしまった。「ウン此奴は平常から己れを馬鹿《ばか》にしやがって師匠の蔭口許りいつもいやがるから今日は思う存分懲らしめてやるんだ。構わぬからうっちゃっておきねえ。オ、丁度いい処へ来た。一杯やろう、鰻でもそういおう。まあゆっくりして行きねえ」。芳年は得たり賢しと許り到頭年章を縛りっ放しにして酒を呑み初めた。

縛られた年章こそいい災難である。芳年は鰻を前に悠々と福田を相手に飲み始めたのであった。

年章はホントウに泣き出してしまった。此表情を写生した宗五郎の断末魔は凄絶人に逼《せま》るものがあった。此話しを私が芥川竜之介君に話したのが若しかすると「地獄変」に変化されたのではないかと思って居る。

谷田川附近から蛍沢附近一円を極めて細密に描写したものに三遊亭円朝の「蝦夷《えぞ》錦《にしき》恨舞衣《うらみのまいぎぬ》」がある。仏国小説の「トスカ」の飜案で、原名トスカを坂東お須賀として大塩平八郎の余聞にして根津が舞台になって居るが、一木一石能く其当時の写生風景が描き出されてナマナカな地理書より親切である。委《くわ》しくは円朝全集を見られるがよい。

団子坂上

森鷗外博士は陸軍軍医総監にして文学博士を兼ね、刀圭《とうけい》界の偉人としても亦《また》文学上に貢献され、飜訳家としても明治文壇に覇を称えた事は周知の事実で、其門下生に鈴木春浦という人があって、今団子坂の中途に居る伊井友三郎氏の養父伊井蓉峰の図書整理係りをして居り、又雑誌「歌舞伎」の編輯をやって居た。鷗外先生の事を「おやぢ」「おやじ」と云って鷗外先生の原稿の浄書やら校正やらを手伝って居たが、非常な飲んだくれで加之《しかのみならず》丸々が大好きで昼間でも女房に戦いを挑む。子供が大勢あって邪魔になるので五銭玉をやって追っ払う、子供の方も心得たもの、戦いの最中を計って帰って来る。障子の破れから手を出すと又五銭やって追っ払う、又来る、又やるという手の掛る事夥だしい。同人間の川柳に「其時は春浦子供に五銭やり」。これは現在松竹合名社の演芸顧問川尻清潭氏の句だ。

物集《もずめ》博士の息子に梧水[*46]という人があって親の謹厳とは反対な新派俳優と手を組んでトンボ会なんて劇壇を作って親の財産を茶々無茶にして了《しま》った。物集博士も元は笠間稲荷の神官であった相《そう》だからまず一代の努力家であったが、其編輯の「広文庫」は先生が全財産を棒に振って掛った割には実用的で無く「学者時事に疎」の批評は免かれず、半途にして挫折して了ったかと思う。

物集博士の横に小杉放庵氏がまだ未醒といって居た。武蔵野の記で有名な故国木田独歩が明治三十六年に今の朝日グラフや毎日グラフの様な時事問題を取り扱った近事画報を創刊し、次いで日露役に戦事画報と改題して社運隆盛であったが、戦争熱が醒めたのと手を拡げ過ぎた為であろう、卅九年の秋頃は負債山の如く、京橋鎗屋町《やりやちょう》の近事画報社は債務の為に廃刊の運命になった。其頃の放庵氏はまだ一介白面の青年で、これも亦壮年であった画家、長原止水の近くの長屋、恐らく月の家賃も二円五十銭止りだろうと思われる所らしい長屋に独居生活をして居られた頃で、此時分の未醒氏の生活を自ら画いた一文は、河童で有名な小川芋銭の著「草汁漫画」に載せてある。私が未醒氏を訪ねた頃の千駄木林町はまだ徳川時代の俤《おもかげ》が残って居た。其の一例として自働電話の設備が此附近には一ヵ所も無く、必要な場合には徒歩で本郷三丁目の本郷郵便局迄行かねば用を弁じなかったのでも、如何に此附近が森閑とした街であったかが判るであろう。夏は蟬の声が雨の如く、冬は霜解けの泥ねいに足駄を取られて二三丁歩くのに一時間も掛る此の附近の光景は、全く現代人には想像も附かぬ事であろうと思う。

根津神社の境内

根津神社の社殿は国宝となって居たが楼門や廻廊を残して拝殿、幣殿、神殿を戦火で失い目下浄財募集中である。此の境内の風景は江戸時代の俤を林泉の風致に残して、なまじな小細工を施した公園より良い。此の境内の神寂びた楼門の処は泉鏡花作の「通夜物語」で丁山のお粂と玉川清が相合傘で見物を魅了する場面で、原作では団子坂上となって居るが舞台では根津の境内になって居る。此の神社は祭神素盞嗚尊《すさのおのみこと》と山王権現《さんのうごんげん》を祀り、徳川六代将軍の産土神《うぶすながみ》として信仰厚く、宝永年中の造営と伝うと社伝に有る。今は子供の魚捕りの池になって居るが昔は此の池に菖蒲が咲乱れて、初夏の花盛りには杖を曳く者が多く堀切と共に名所となって居た。此の境内には出遇《であい》茶屋という今の待合に近い家が多く、大正期迄一軒残って居た。筆者は今大阪で偉大な俳優になって居る中村富十郎がまだ鶴之助といった頃、水の垂れる様な美少年であったが一夕此処で面白い咄しを仕合った事を忘れない。江戸名所図会に依れば左手の山上に清水堂があったと記してある。此の神社に掲げた絵馬の内に二代目豊国筆の極彩色の根津の祭礼を描いた額面があった。山車《だし》や練物を忠実に描いた見事な出来栄えであったが、社殿と共に其の運命を共にしたのは残念である。此の境内の隣が真泉《しんせん》病院といって居たが、其の前は神泉閣という料理店で、其の又前が根津遊廓の第一の妓楼大八幡楼であった。

根津附近雑俎《ざっそ》

長尾藻城著「根津繁昌記」は寺門静軒の「江戸繁昌記」に擬して作り、漢文で誇張と形容詞が多いが、其の概念丈《だ》けは一読の価値が有る。根津遊廓は八重垣町に在って私娼の巣窟であったのを、慶応四年遊廓を建設し明治三年に新吉原に倣い、総門内一帯の両側に桜を植え雪洞《ぼんぼり》を点じた。明治廿一年七月一日を以て洲崎に移転した。総門は逢初橋《あいぞめばし》の北、今の都電停留場の所にあった。本名藍染橋を逢初橋と改めたのは明治時代の戯作者仮名垣魯文で、藍染川の名は上流に染物屋が多く藍の汁が流れて居たから起った名称である。インジゴならぬ阿波の藍の汁が流れて不忍池へ入って蓮の肥料となった為、不忍の蓮花は色が美しかったという。藍染川の本流を谷田川といって、流は千川上水の分水で下流は不忍池に入る細流である。根津遊廓内の芸妓の数は手許にある明治十二年の細見《さいけん》に依れば五百二十二人で、繁昌記に依れば八百となって居る。繁昌記は明治十三年の出版であるから一年に三百人も増加したのはチト疑わしいが大略妓楼のかず百軒余、引手茶屋四十三軒、大八幡、大松葉、新八幡、甲子、常盤等の各楼を一流とし、揚代金四十銭を最高として二十銭を最下とした。竜岡町《たつおかちょう》の牛肉店豊国で酔って来た書生が遊廓へ飛び込んで来る光景を繁昌記はよく書いて居る。細見の口絵になって居る検査場は、故老の咄によれば根津神社の東南にあったという。この妓楼の建物は下宿屋に化けて大正年間迄残って居た。遊廓の表門は前記宮永町の電停の北にあり、その裏門は今の根津東宝前の交番の辺であった。

根津藍染町に藍染座という小劇場があったが、後に栄座と改めたのは明治三十九年頃で、今の前進座の中村翫右衛門《かんえもん》の兄中村梅之助が出勤して居たり、森操一座や伊井蓉峰なども出た事があった。楽屋の窓から裏一面の菜畑が美しく眺められたのを覚えて居る。芝居茶屋は一軒しか無く座主を中村彌一といって、浅草七軒町《しちけんちょう》の開盛座と同時経営をして居た。定員八百五十余人、舞台間口六間、小ぢんまりした劇場であったが経営難で廃座となった。場所は今の根津神社前の電車道を越し左側である。茲を右折して宮永町に太田屋という団扇屋が有った。明治時代日本橋の「はいばら」や紀友を余所に、木版の団扇を一手に引受けて斯界に雄飛して居たが、オフセット流行の現代に金の掛る団扇に広告をするものが無くなったので今は雑誌屋に転業したが、明治時代は根津の名物であった。此の家で作った水野年方筆の堀切小高園の濃紫の菖蒲は当時代表的のものであった。

宮永町の素封家《そほうか》で、篤学家《とくがくか》で、風俗研究家の宮本摺衣君*47は私の弟の伊藤信行の善き友であった。此の人格と質実な風俗研究は一般に認められたか否かは知らずと雖《いえど》も、その深い蘊蓄《うんちく》と造詣は著書「麝香《じゃこう》の臍《へそ》」に其の全貌を知る事が出来るのである。

明治時代根津の夜店は賑かであった。団子坂から宮永町迄昼を欺く許りの露店が夏の夜の景物であった。団子坂の東角が新幡随院の怪談の発祥地で「煎燈新話」から飜案の「牡丹燈籠」は、名人三遊亭円朝廿四歳の初作で千古不滅の人情噺である。坂の両側は昔菊人形で知られ、植梅、植惣、植重、植半等があった。之に有名な菊人形以上の藪蕎麦が名代で、初代は裏手の竹藪の青竹を切って蕎麦の汁を入れて土産にしたのが呼物になり、広重の一枚絵にも出る様になったが事情があって閉店した。此の団子坂の菊人形は文化九年、染井の菊人形に創り、安政三年団子坂の植梅より起った。植梅は後に菊細工を止めて梅寿楼という蕎麦屋を開業した。当主を梅次郎といったのを前田侯爵の隠居の某が戯れに梅次郎を梅寿楼と命名したのだ。戦火以後他人に譲って今は公衆食堂となり、昔の名園であった珍木奇石も徒《いたず》らに塵に埋もれ、廃頽して見る蔭も無いのは心ある者をして涙を催さしめる。今の所有者は大道を夜なしのワンタン屋で粒々辛苦の末今晩軒という食堂を経営して居るが、団子坂第一の庭も滅茶々々になってしまった。

団子坂の菊は最初（明治八年）一人三厘の木戸銭から五厘となり、五銭となり、大正二年二十銭になって国技館に其のお株を奪われたのと、地価の騰貴の為に自然に廃業者が続出して、四五軒あった植木屋が残らず菊細工を止めてしまったが、其の全盛時分は十銭の入場料で百二十円からの収入があったというのだから其の繁昌推して知る可《べ》しだ。当時はまだ電車の開通しない時分だから上野公園の袴腰と、本郷三丁目のかねやすの角から人力車の相場が団子坂迄金二十銭也。一円に三等米なら七升以上も買えた時代だから滅法高い俥賃だが、それでもワンサと押し掛けた見物で、道巾僅に九尺足らずの団子坂は錐を立つ可き隙もない位の雑沓であった。

其の頃植梅で木戸の呼込みをして居た老人は誰有ろう、二代目歌川国芳の門人で晩年名人豊国の名跡を襲った香頂楼梅堂国政であった。筆者は此の老人が芝居の似顔絵最後の人であり、明治時代最後の草双紙の挿画画家であり、江戸通の老人で、其の倅の竹内柳蛙は奇人画家として有名な第二の狂斎とも云う可きであった事を知っているから、此の老人を酒楼に連れ込んで、いろいろな昔し咄を聞いたのが今では記念となって居る。其の時分の植梅は当時としては非常に新らしい試みをした。即ちまだ東京市内に電燈の普及が豊ならざりし頃とて、仏国から一台五十円で空気ランプを取り寄せて夜間興行をしたり、日光回遊と称し廻転式大パノラマを北蓮蔵、後の二代目、五世田芳柳が画いた洋画の背景を飾ったり、嶄新《ざんしん》な興行法であったが、名古屋から東京中央へ進出した黄花園の菊細工が、相撲協会と手を握って国技館で大菊人形を興行し、団子坂の人形細工人、大柴徳次郎と日本橋区中洲河岸真妙座の大道具の棟梁乃村熊三郎を設計主任として、三十六万円という大正初期としては破天荒な莫大な資本を投じた菊人形を作ったので、永年売り込んだ団子坂も、電燈の前の行燈の如く消えてしまったのは時の流れである。

団子坂を下りると坂下町、今の消防ポンプの置場が元の大日本雄弁会講談社で、高利貸から借りた僅か二百五十円を資本に「講談倶楽部」と「雄弁」を出版した頃は貧弱な二階屋に貧しい門構えの家で、社長野間清治氏は必死の経営法を講じた。最初は細川風谷初め各講談師の速記を土台として「講談倶楽部」と名づけたが、其の中に当時雲右衛門以後漸《ようや》く流行旺盛になって来た浪花節の一節を掲載した事から講談師一同の反感を買い、爾《じ》今《こん》講談社に対しては一切講談の原稿を送る事を断るという手痛い決議文を叩き附けられた。此の中心人物は今の今村信雄氏の父の今村次郎氏であったと思う。明治時代速記者の第一人者で当時浅草瓦町《かわらまち》に居た今村次郎は斯界の大御所で、此の人に白眼《にら》まれたら寄席の芸人は叩き潰されてしまうので今考えると随分横暴な事も無いとは云えない。

講談社は講談師のボイコットを喰って一時途方に暮れたが流石《さすが》は野間氏である。当時日の出の勢の京橋三十間堀の松下軍次社長のやまと新聞には岡本綺堂、柳川春葉、小川烟村其の他知名の文士画家が居たので「新講談」と名づけて文士に講談風の小説を依頼した。何が扨千篇一律な講釈師の物より清新な文士の作った読物の方が面白いので評判が良く、新らしい読者がドンドン増えて、二、三年の内に大雑誌に成長してしまった。併し其の頃の講談社は財政的には非常に苦しく原稿料を取りに行くと大抵三日に挙げずに表門を固く鎖して「只今編輯会議中に附御面会御断申候」という二尺大の木札がブラ下って居る。其の頃の川柳に「講談社会議々々で門を閉め」と云われて居た。講談社の二階の編輯室からは隣りの女湯がよく見えるので格別の用事も無いのに寄稿家がネバッて居た。女湯覗きが余り激しいので隣りのお湯屋でも気が附いて講談社との境界へ高い板塀を造ってしまったので社の連中はガッカリした。以来社外の見物人も来なくなってしまって大笑いになった。此時の「講談倶楽部」の編輯長は今の重役になって居る会社の元老淵田忠良君である。

　団子坂を中心としてその南を千駄木町と云い北を駒込林町という。徳川時代には茲が幕府の薪を切り出した処で、一日に千駄宛《ずっ》粗朶《そだ》を運び出したというので千駄木という名が起ったと伝えられる。或時私の近所へ通行の人が「少々物をお尋ねしますがね、此の辺にセンダボクリンチョウという処はありませんか」と来た。「へェそんな処は有りませんなァ」と答えたのは私の近所の酒屋の亭主だった。これと相似た話は動坂の交番の巡査に向って「カミビクへ行くにはどう行けばいいでしょう」と尋ねて居る男があった。巡査はそんな処は此の辺に無いという。私は可笑しさを堪えて「それはオーグと云わなければ判らない」と道順を教えてやった。日本橋の真ン中で西川の岸町と聞いたら栄太楼は判るまい。尾竹橋とお滝橋と自動車の運転手に聞き違えられて、夜ふけに飛んだ目に遇った事もある。東京の地名にはよろしくルビを振る必要がある。

根津時代

藤島亥治郎

近所のようす

さて小学校五年の時だったかな。というと明治四十三年になるのだが、前にも書いたように、一家は向ヶ丘弥生町から根津の谷に下りて、根津片町《かたまち》二十三番地に引っ越した。どうしてあの静かな住宅町であった弥生町から根津に下りたか、わからないが、おそらく弥生町の家は家賃が高くて払いきれないので、もっと安い家をさがしたためだろう。おかげで山の手の住人のプライドも消えてしまった。

なにしろ根津といえば、その昔は「あけぼのの里」という風流な名もあったが、そのころになると、根津は貧乏人とわるい商売の人たちのいる町として、ばかにされた所である。その上にパパエの父も旅先からめったに帰らず、ときどき父から送られてくる金でようやく暮らすありさまだったし、母は母で、もともとぐちっぽかったのが、いよいよぐちっぽくなって、一日中ぶつぶついっているし、弟の淳三は末っ子だからかわいがるが、パパエのことはあまりかわいがらない。

　淳三はきかない子で、パパエにいじわるするので大げんかになると、「いじわるすんじゃないよ。亥《がい》ちゃん！」といわれるし、パパエはおもしろくなくて、おもしろくなくて、それから中学五年までのこの家での生活はまったく暗く、「この子はおかしな子だ。いっぺんも笑ったことがない」と人にいわれるような子になってしまった。今思い出しても、いやだね。

　この家については前にもかなりくわしく書いているが、藍染川のほとりにあった。この川は当時の本郷区（今の文京区）と下谷区（今の台東区）との境になっていたが、上流の工場からの廃液《はいえき》できたなく濁《にご》っていた。この川をらんかんもない木橋で渡ると、右がわに黒板べいのあるのが、パパエたちの家だった。

　幅二間の小路に向かってすぐ二階建てがあり、玄関を入ると土間があり、左手に畳じきの店の間がある。その部屋には道に向かって格子窓がある。もと、そこから女たちがお客をよんだとみえる。土間からはすぐ階段があり、六段上がるとまた向こうに三段下がって、縁側に行ける。そして、下りないで左の急な階段を九段上がると、二階に行ける。それでパパエはいつも縁側から上がるものだから、トン、トン、トンと三段上がり、こんどはトン、トン、トン、トン、トン、トン、トトトンと調子をとったものだった。

店の間に続いて九畳という、ふしぎな畳数の部屋の先に、床の間つきの八畳があり、縁側の突き当たりは便所だった。九畳は二階に上がる階段の下になっているから、階段を上下する人の足音が聞こえる。その下でパパエは中学時代を通して、父の描きすてた水墨《すいぼく》山水《さんすい》の六曲屏風をまわして、寝たものだった。

おくの八畳には、十四も年上の長姉がその長男の清《きよし》といっしょに暮らしていた。八畳と隣家との間に空地があり、雑草がぼうぼうとはえていた。でもときたま隣の人が草とりをすると、じつにきれいになったものだ。

この空地に向いて今一つ便所があり、ここでしゃがむと、うすぐらい壁に「サノ、サノ」と壁をけずってらくがきしてあった。そのことを、中学生になってからだったが、上野桜木町の大家さん（家主のこと）に話したら、この家にはパパエたちが入る前に東大助教授の佐野利器《さのとしかた》先生が住んでいたそうである。そう聞くと、あとで東大の建築科の学生となり、学徒として南太平洋で戦死された長男の書いたものかもしれない。

佐野先生はパパエが東大に入った時には教授で、鉄骨構造を教えて下さった恩師である。ところが、よせばよいのに先生にこの便所のことを話したので、いやな顔をされた。

九畳の左手に台所があった。この台所も今までの家の台所のように流し場は一段下がって、しゃがみこんで使うようになっていた。明治時代の台所はみなそのようで、不便だった。ここで母はよくお歯黒《はぐろ》を染めていた。お歯黒といってもわからないだろうな。昔の女

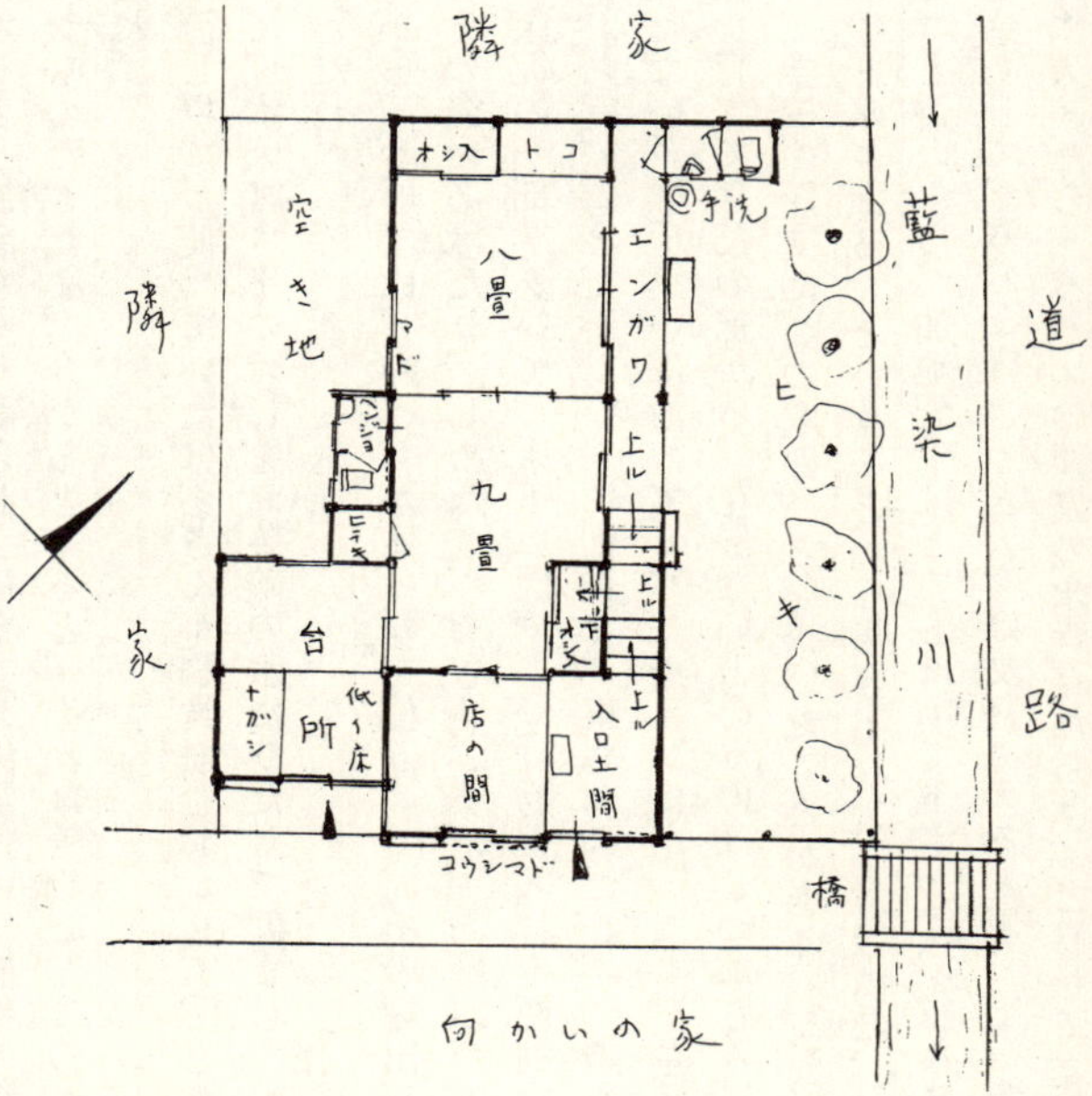

隣家
オシ入
トコ
手洗
空き地
八畳
マド
エンガワ
隣
ヘンジョ
九畳
上ル
ヒ
キ
藍染川
道路
台所
家
ナガシ
低イ床
店の間
入口土間
コウシマド
橋
向かいの家

一階

根津片町の家

は結婚すると、眉毛《まゆげ》をそりおとし、歯を、お歯黒という植物の実からとった染料で真っ黒に染めたものだったよ。今から考えると、それは美しいどころか、化け物のようで、ぞっとするね。

この流し場で、使っていたばあさんが脳貧血《のうひんけつ》をおこして、どたんと倒れたので、母はおどろいて、水天宮さまのお札《ふだ》をお茶碗《ちゃわん》の水にひたして飲ましていたよ。これも明治時代らしいことだね。

それから、台所では、なべ、かまは薪《たきぎ》を使うので、その煙出《けむだ》し穴があり、下からひもで引くとその窓をあけたり、しめたり、できる。また、あげぶたとか、おとしとかいって、台所の床板の一部があいて、床下に炭や、つけ物を入れる便利なものもあった。

それから庭のことだが、いやに細長く、東北向きだし、二階家のかげになっていて、何もそだたない。黒板べいに沿ってヒバやモミジはあっても、草花はまるでだめだ。今まで庭で花を育ててきたのだから、花がないというのはじつにさみしかった。

でも、学校の作文にこの庭のことを書いたことがある。「庭は十五坪半（五一・二四三平方メートル）ある」ということから書き出して、最後には、「空にはとびが輪をえがいている」と書いたら、加地先生はとてもほめて下さって、みなに読んできかせた。それでみなも感心して、パパエはきっと大学は文科に入ると思っていたらしい。あとで理科系の建築科に入ったら、パパエの親友の永森君たちは「どうして文科に入らなかったのだい」

といって、ふしぎがっていた。

今度は二階だ。前にもいったように、はしごをトン、トン、トン、……と上がると、左は八畳、右は六畳だ。八畳の床の間にはビンロウジュの、つるつるした床柱が立ち、わきにはちがいだながあって、なかなかりっぱな部屋だった。床の間には父のかいた藤の絵がいつもかかっていたものだ。道に面してはいっぱいに窓がひらいていて、向かいの二階家と向かい合わせていた。向かいの家は軒も高く、とても立派な家で、うちとはくらべものにならなかった。根津製あん工場といって、日本菓子に使う、さらしあんを作る工場の主人の家で、金持ちだった。奥さんは丸まげにゆって、ふとった身体で女中を使っていた。

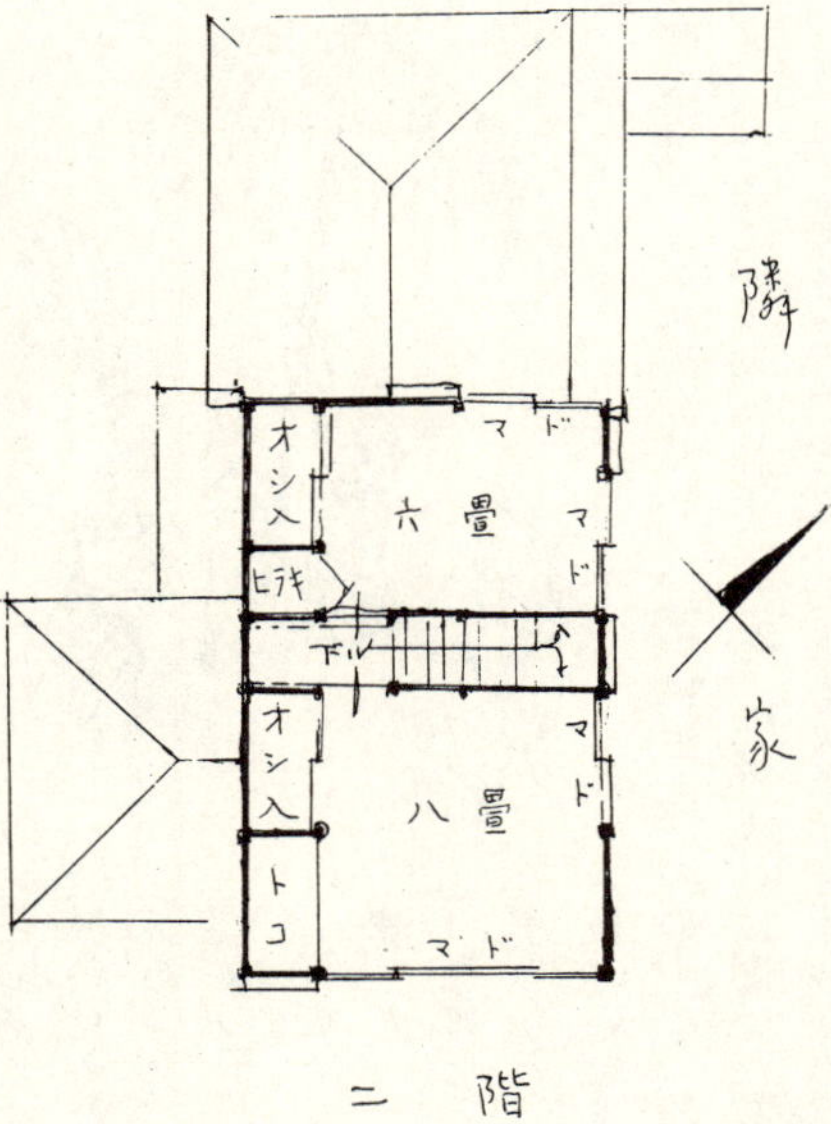

　また、庭に向かっては一間幅の窓があり、川や道をへだてて瑞《ずい》松院《しょういん》という、お寺の門と向かい合っていた。その先には梅の木な

どのある広い庭があり、その先に本堂の瓦《かわら》屋根が見えた。門内左手には低い屋根の小さな家があった。門番の家だが、その家にほっそりした女の子がいた。十二、三歳だったかな。好きな子だと思っていたら、やがて病気で死んでしまった。

なにしろ川の向こうは下谷区谷中の寺町で、ずらりと寺がならんでいた。瑞松院の左手[*48]は黒板べいをまわし、瓦ぶきのりっぱな門のある大きな寺で、松が丈《たけ》高くいっぱいに生え、その中に「蒲生君平《がもうくんぺい》の墓」という、りっぱな墓があった。江戸後期に林子平《しへい》たちと共に大いに働いた有名な人だ。

また、瑞松院の右どなりの寺も大きく、大きな本堂があった。りっぱな門を入ると、すぐ左にあった。日蓮宗だから、秋のお会式《えしき》の時にはたいへんだ。門から本堂から、提灯《ちょうちん》をいっぱいともし、大きな花笠《はながさ》や大きな角あんどんをならべたて、一日一晩ドンドコ、ドンドコとうちわ太鼓《たいこ》をたたき、坊さんと信者といっしょになって「南無妙法蓮華経《なむみょうほうれんげきょう》」とお題目《だいもく》をとなえる。あげくのはては夜になると、花笠や角あんどんをうちふり、うちふり、人々は手に手にうちわ太鼓をたたいて、元気に大声で「ナムミョウホウレンゲキョウ」ととなえて町中をねり歩く。

お会式でなくても、ふだんの日でも朝は早くからドンドカドンドカと太鼓をならしていた。

うちの西どなりのうちは二階家で、やがて木村重友という浪曲師《ろうきょく》が入ることになるが、それは中学時代を話す時まで、とっておこう。

そうそう。日蓮宗の寺の前はななめに道が分かれていて、その角に平家があったが、そこではときどき夜になると、おもてのへやをすっかりあけて、そこで常磐津《ときわづ》のおさらいをしていた。「安珍清姫《あんちんきよひめ》日高川《ひだかがわ》」のくだりでは、「鬼になった、蛇になった」などと、三味線に合わせて語るのをきいたものだね。下町らしい気分だろう。

さて、もとの二階の八畳にもどろう。この部屋にパパエは十歳上の兄と同居した。兄は信太郎といったので「シンタコ」といって悪口をついたものだが、このシンタコは高校生だから、昔風のスタイルだが、とにかくどっしりとしたいすとテーブルを窓ぎわにおき、パパエはその左横に小さな机をおいて、座って勉強した。ところが、この兄貴《あにき》は何しろ十歳も年上だから、こわいのなんのって。なにかといえば、どなりつける。そのころ、本のしまいのページには「不許複製《ふきょふくせい》」と書いてあった。それを「許されずして複製す」と読んだら「バカ」ときた。「複製を許さずと読むんだ。同じものを作ってはいけないということだ」という。そんなことといったって、そんなむずかしいことを小学生がわかるものか。

そうだろう。そうかと思うと、六年生の時のことだったかな。「汝《なんじ》に英語を教える」ときたもんだ。それで恐れかしこみ、「A、B、C」とはじめたが、なにかというと「バカ！」だ。ひどいものだったね。

そのシンタコは、そのころはバイオリンはどこかにしまい込んで、今度は横笛を買ってきてふいていた。のんきなところもあったんだね。

おつかいと食い物

根津の暮らしは、うちの貧乏と母のぐちとで、陰気《いんき》で無口な性格となったパパエとしては、思い出すのもいやなことが多いが、とにかく思い出すままに話すとしようかね。

ふだん学校からの帰りが三時ごろで、染工場のうら通りを通ると、工場の壁を伝わってパイプからシュッシュッと出る、くさい湯のにおいがいやだった。そして家に帰ると、「亥《がい》ちゃん、お使いに行っておくれ」だ。そのお使いがみな遠いのだ。母はふしぎな人で、この店がよいとなったら、どんなに遠くてもその店でなくてはならないのだ。

まず、卵と、かつお節、のり、などは根津の大通りと根津神社への横町の角の店で、卵を買いに行くと、二十三歳の若主人が卵を手の中に入れて望遠鏡のようにして外に向けて片目でのぞきこんで調べる。透明でないと古い卵だというわけだった。卵やかつお節は、時には根津の坂を上って追分《おいわけ》に行って、左側の店に行くこともあった。

肉などはめったに食べないが、一月に一ぺんぐらいは牛肉か豚肉のすき焼を食べたものだ。その時は同じ追分だが今の電車通りで、ちょうど東大農学部の向かいにある西川牛肉店という、昔から有名な店に買いに出された。このころは牛肉のすき焼ほどうまいものはないと思ったものだ。少しあぶらのかかった肉が好きなものだから、完全なあぶら身は最後まで残して、最後に口に入れ、なんともいえない満足感を味わったものだ。また豚肉は牛肉よりさくさくとして、また別の味がするものだな、と思ったものだ。

近ごろはパパエは鼻が悪いので、牛も豚もあの時のような微妙な味がわからなくて、とてもつまらないね。

八百屋が一番遠かった。池之端茅町《いけのはたかやちょう》だから。それだから不忍池のふちに出て上野の山をながめたりすることもよくあったね。いつだったか、八百屋のおやじさんがいうのには、お父さんが絵かきさんだから、日頃信仰している帝釈天《たいしゃくてん》をかいてもらいたいとのことで、ひさびさで家に帰った父に話したら、それはいいことだが、帝釈天はどんなお姿かわからないから調べてくれといわれて、上野公園にあった帝国図書館に行って姿をかきとって帰って父に見せたら、これはよいお姿だ、といって、早速りっぱな絵にした。それを八百屋にとどけたら、主人はとてもありがたがっていた。図書館にまで行ったのだから、それは中学校の時のことだがね。そのように中学生のときも相変らずお使いに出歩いたものだよ。

どうだい。

　お三時のお使いにも行った。宮永町と桜木町の境あたりにある店で、春から秋までは鯛焼《たいやき》、冬は焼き芋《いも》と、きまっていた。鯛焼とは鯛の形をした鉄の入れものの中にとかしたうどん粉をどろどろととかしこみ、その上に「あん」を入れ、その上からもうどん粉を流しこむ。それを炭火にかけて上下にとひっくり返すうちに、ふっくらと焼き上がる。それができるまで他の子供たちと待っていて、でき上がると、新聞紙につつまれたのを大急ぎで家に持ち帰り、まだ熱いうちにふうふういってたべる。うまかったね。

　焼き芋を買う時はたいへんだ。いつも十人ぐらいの子供や大人がわいわい

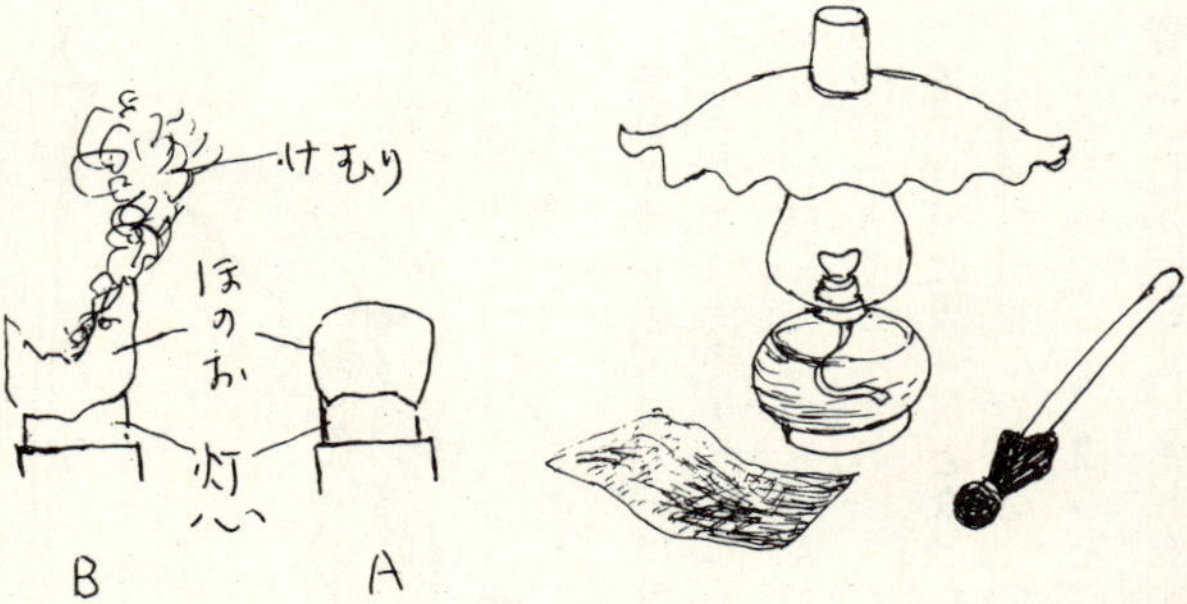

石油ランプと掃除《そうじ》道具《どうぐ》

いって待っている。今のように列を作って待つなんてことはない。われ勝ちにと買おうとするから、たいへんなさわぎだ。店には直径一メートル以上もある大きな釜《かま》が、四角な土のへっつい（わかるかな）の中にはめこまれ、中にいっぱいさつま芋をななめに切ったのを入れ、厚い木のふたをして、焼く。焼き上がったふたをとると、もうもうと湯気があがって、焼芋のにおいが空《す》きっ腹にこたえる。そしていっせいに「おくれ、おくれ」だ。たいへんなさわぎ。

こうしてお使いをして帰るともう夕方だ。ランプ掃除をしなければならない。ランプの数は五つほどあったかね。まず、ほやふきだ。やわらかいきれでほやの下の口から手を入れてふくのだ。それから図のようにきれを棒の先にとり付け、その先をたまのようにして（たんぽという）ほやにさし込んでキュッキュッとふくのだ。何しろ油煙《ゆえん》（すす）が毎日たまってうす黒くなっているからね。ときには「しん」の切り方がわる

ガス灯に点火する

いために、灯の先から黒いけむりが上がった時には、ランプが真っ黒けになる。そんなのをふく時はとても骨を折る。ゴシゴシやっているうちにバリッとガラスが割れてしまうこともある。それがすむと今度は口がねをはずし、しんの先を切る。じょうずに切るとAのようにいい形にほのおが上がるが、どうかするとBのような形になって黒い煙がでるから「しん切り」はなかなかむずかしいものだ。

それがすむと、こんどはランプに石油をつぎこむ。そして「口がね」をとりつけ、それにほやをさして終りだが、手は油でねたねたする。いくら石けんで洗っても、石油のにおいが手に残ったものだったね。ランプ生活はいつまで続いたかね。電気はあったが、一般の家庭に入りこんだのはずっとあとだ。一般の家庭ではいつまでもランプだったね。

そのうちにガス灯となった。ガス灯は早くから街灯にはじまり、不忍の池の端にはずらりとガス灯が並んでいた。夕方になると黒い服の男が細長い棒をかついでかけてきて、ガス灯の下にくると、棒の先でガラスの扉をあけ、そこにある小ハンドルを棒の先で引くと、青白い灯がついた。それをよく見たものだね。

そのうちに家庭にもガスが入ってきたが、その灯をともすためにはタングステンというものがあった。白い布の袋だが、それをガスの出口にとりつけてこれに火をつけると白い灰の袋となる。そしてこれにガスがかかると、青白い光を放ったものだ。おかげで、それからランプ掃除からは解放されて、ありがたかった。

うちで電灯をつけたのはいつだったかな。つきはしたが、ふつうの部屋は五燭《しょく》（五ワットくらい）で、お座敷だけに十燭の電灯をつけた。とても今のように百ワットなどというものではなかったが、それでも明るいものだなと、とてもうれしかった。

人というものは次第にぜいたくになるものだね。

母はどうかするとパパエと弟の淳三をつれて谷中清水町の酒屋さんに行った。ここは酒とかしょうゆとかを買いつけている店だが、そこで電話を借りに行ったのだった。電話はそのような家にしかなかったからね。壁にとりついた電話で、ハンドルをぐるぐるまわすと、チリチリとなる。そうすると電話交換手《こうかんしゅ》が出るが、先の人が電話口に出るのはなかなか時間がかかっていやになったね。

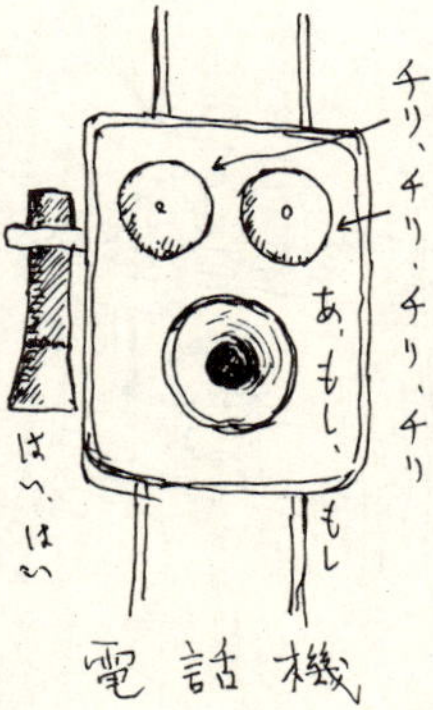

そしてそれがすむと、「三ッ矢サイダー」をその店で飲ませてくれたね。もちろん夏の暑い時のことだけれどね。かならず三ッ矢サイダーだった。ときにはこ

のサイダーにラムネを入れてくれると、なんともいえぬかおりがついてうまかったものだね。

また、時によれば氷屋につれて行ってくれる。街に風鈴《ふうりん》がチリンチリンといって風流だが、その店に入って床几《しょうぎ》（ベンチのようなもの）に腰かけていると、図のように四角な氷をカンナのある台の上にのせて、つめたいから、上から白いぞうきんをかけて、ごしごしと氷を

氷をかく

かく。すると下のコップに氷が集まるというわけで、今から見ると不衛生だね。それでもみぞれ、ゆき、氷いちご、氷れもん、氷あずきなど、とてもうまかったね。

こんなにしてサイダーで涼しくなっておもてに出ると、カッと日に照った街路上を日露戦争での廃兵《はいへい》（傷病兵）が手風琴《てふうきん》（アコーディオン）をビイビイ鳴らしながらゆっくりした歩調で薬を売りに歩いていた。「せいせい……の（何とか）はオイチニ」。なにか悲しくなった。

そのころ、はじめてトマトが日本に入った。「赤なす」といったものだ。ネーブルといったあまい夏みかんもそのころ入ってきたものだ。西洋菓子もそのころからいろいろできはじめた。昔はビスケットくらいだったがね。ワッフルという菓子ができてめずらしがったものだ。母はこれを「ワップル」といってね。よく買ってくれた。

酒屋からの帰り道に今はなくなったが、小さな社《やしろ》があって、そのわきに老いちょうが猛烈《もうれつ》に枝をはっていた。そしてその枝から花が乳がたれたように、太いのや細いのや無数にぶら下がっていた。

まつりぐるい

生まれつきまつり好きのパパエは小さい時からおまつりが来るとうれしくてならなかった。

おまつりの日は学校は休みとなる。

今とちがって軒《のき》ごとに巴《ともえ》の紋《もん》を赤く染めた提灯《ちょうちん》が下げられ、夜にこれがいっせいにともるのがきれいだったし、ある店では道に向いた座敷をきれいにして、入口には紅白の幕をしぼり上げ、後ろには金屛風を立て、その前には神様をまつり、ごへいとお神酒《みき》を神様に供《そな》え、左右には漆塗《うるしぬ》りの唐獅子《からじし》をかざり、裃《かみしも》に袴《はかま》をはいただんな様がきちんと座り、大太鼓を子どもたちがドンドンと鳴らしていた。

男の子ははち巻きをし、鼻すじに一本白粉《おしろい》をぬり、かすりの着物に鈴のついたたすきをかけ、すそをからげ、白たびをはいて、かけまわるとシャンシャンと鈴がなる。

女の子はきれいな文様《もよう》の着物で着飾り、赤や黄色の帯の結び目が後ろのほうにだらりと

根津神社の山車《だし》

下がっていた。ときどきワッショイワッショイとの勇ましいかけ声とともにお神輿《みこし》がかつがれてくる。立派な社殿《しゃでん》形の神輿もあれば、樽《たる》神輿もある。ときどき立ち止まって、神輿を上下にゆすって「塩まいておくれ、塩まいておくれ」という。その時にはその近くの家から塩をぱらぱらとまくのだった。

　本祭の日には神社からお神輿のお渡りがある。浅草の新堀小学校時代には一度、じつに花やかな三社様《さんじゃさま》のお神輿を見たこともあった。根津小学校にきてからは、氏神の根津神社のまつりはことににぎやかだった。本祭は毎年九月二十一日だが、いつも二十日と二十一日と二日にわたっていた。しかも、二年にいっぺん大祭があり、その時は神社からお神輿ばかりでなく、「山車《だし》」がたくさんくり出してきたものだ。ちょうど京都の祇園鉾《ぎおんほこ》のように。

　まず、紺《こん》の「法被《はっぴ》」を着た男の人が二人、左右にならんで、シャンシャンと金棒を地面に突き立ててゆく。その後ろには神社の「幟《のぼり》」や神櫃《ひつ》などがかつがれてゆく。それから神主《かんぬし》たちが衣冠束帯《いかんそくたい》の姿でしずしずと続いてゆく。その後ろをそろいのゆかたの男たちが、かけ声もいさましく、ワッショイワッショイと重い立派な神輿をかついでくる。神輿の四隅に張られた紅白の布にとりついた大きな鈴がジャラジャラと鳴っている。神輿の後ろには氏子総代《うじこそうだい》やその他の人々がぞろぞろとついてゆく。それから、その後ろに山車が続くのだ。

山車の上には大きなやぐらがとりつき、金銀赤青で美しい布をかぶせた上にらんかんがあり、そこにいろいろな人形が飾られている。そして山車の前のはやし方で笛や太鼓で節《ふし》おもしろくはやしたてるのは、じつにおまつり気分をさそうものであった。交通がはげしく、電線など張りめぐらされた今では、山車などとんでもない話で、すっかりなくなったが、昔のまつり気分はこのようなもので、じつによかったものだった。

大祭ばかりでない。毎月二十一日には縁日でにぎわう。その夜、根津神社の広い境内に入ると、神楽《かぐら》の笛太鼓の音が人の足をうき立たせる。参道にはぎっしりと夜店がならんで、アセチレンガスで明るい。

おもちゃ、雑貨《ざっか》、くだもの、菓子、絵草紙《えぞうし》などを売る店。植木屋。金魚屋。アセチレンガスのにおいが鼻をつく中を、着飾った人たちがぞろぞろと歩いてゆく。電気菓子（今のわた菓子）はどうしてできるのか、めずらしくて、長い間見ていたものだ。

人形芝居

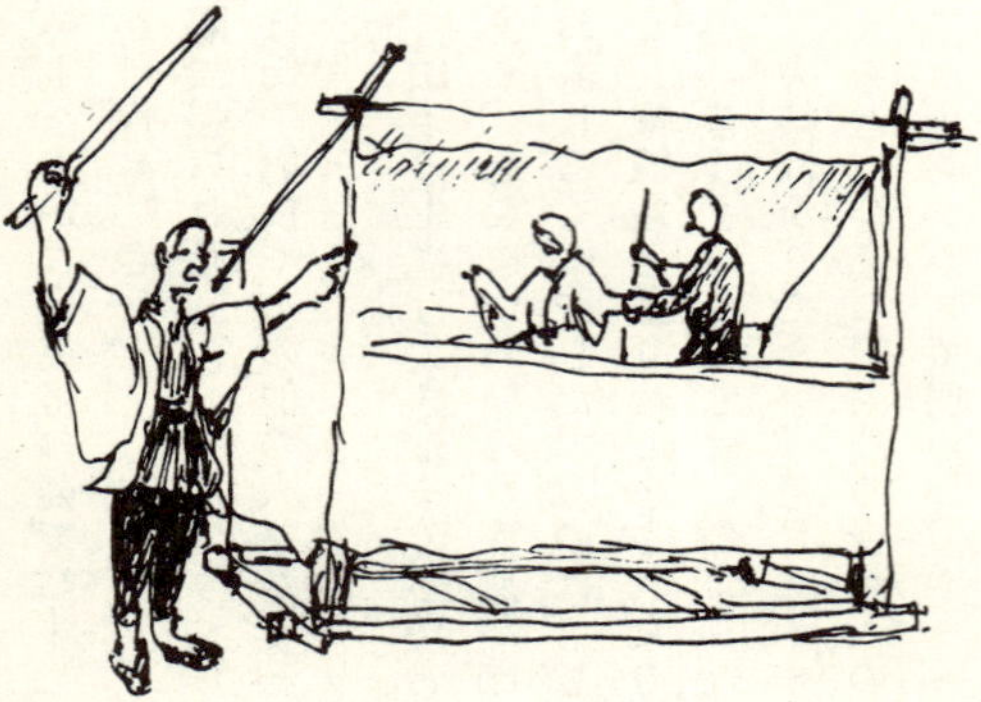

くらがりに人だかりがしている。行ってみると、その当時艶歌師《えんかし》といって、袴《はかま》をはいた書生姿が当時の流行歌をバイオリンの伴奏で歌い、一部三銭とか五銭とかで売っていた。「ここはお国を何百里」の『戦友』とか「熱海の海岸散歩する」の『金色夜叉《こんじきやしゃ》』とかをね。なんとなく哀調《あいちょう》を帯《お》びていたものだ。人形芝居もあった。図のような小さな屋台《やたい》を作って小さな人形を動かして、『壺坂霊験記《つぼさかれいげんき》』つまりお里、沢市《さわいち》の物語などをしていた。

さて社殿《しゃでん》に近づくと、右側の神楽殿の前はいっぱいの人だかりだ。軒《のき》には提灯がつるされ、舞台だけが明るい。そこでタタンカタタカと小太鼓をたたいている。待っていると、やがて後ろの幕のかげから今一人の紋付羽織《もんつきばおり》の人が出てきて笛をふきはじめると、そろそろお神楽のはじまりだ。後ろのたれ幕をあげて真っ黒な、ふさふさとした髪を長くたらしたお面をかぶったスサノオノミコトが剣を持って出てきて、舞台いっ

ぱいに堂々とえらそうに舞う。
それがすむと、おかめ、ひょっとこが現われる。そして、じつにこっけいなおどりをいつまでもする。笛太鼓は荘重《そうちょう》な調子から一変《いっぺん》してこっけいな調子にかわる。オッペケヒャラリコというようにね。これがおもしろくて、すっかり覚えたものだが、ヴィデオでもなければその曲は表現できないね。このおかめ、ひょっとこのおどりとその笛太鼓だけでも、パパエの心をときめかしたものだ。
やがて、老爺老婆《ろうやろうば》が出てくる。テナヅチ、アシナヅチだ。そしてきれいな白い面をかぶってクシイナダヒメが現われてくる。しまいには物すごいヤマタノオロチが出てきて、スサノオと大立《おおたち》まわりとなり、ついに殺され、スサノオとクシイナダとが結ばれて幕。そのへんはおはやしもにぎやかで、何ともいえない興奮《こうふん》に包みこまれてしまう。

神楽は夜十一時ころまで続く。その間パパエは立ちつくして飽《あ》きずに見とれ、終ってしまったら、満足して家路についたが、笛太鼓の音がいつまでも耳について離れなかった。

だからほかの神社でもおまつりがあると神楽を見に行ったものだ。それは日暮里の山の上にある諏訪《すわ》神社で、うちから二キロ近くもあったろうか。それでも笛太鼓の音にさそわれて見に行き、秋も末で、はだ寒い思いをしながら、夜おそく帰ってきたものだった。

やっぱりおまつりの時だったと思うが、今の東大農学部の横手の通り（千駄木町）に屋台がかかって、丸一《まるいち》の大神楽《だいかぐら》という、そのころ評判の曲芸が催されていた。今でもときどきテレビにも出るように、まりを棒の先でうけたり、後ろむきでうけたり、次第にまりが数をまして、二人でそれをやりとりしたり、こまを傘《かさ》の上でまわしたりするもの。

いつも二人のうちの一人はおだんな様で、今一人はこっけいな男で、「さあ、今度はこの人が八角形にまりをまわします。アラヨット。この人ァ八角形だ、この人ァ歯かけだ、この人ァかったいぼうだ」（かったいぼうとは身体のくさるわるい病気）といって、おだんな様をおこらしたり、大笑いのうちに見たものだったね。

とにかく、パパエはおまつりぐるい、今でいう「まつりマニア」だったのだね。いや、今でもおまつりは大好きなことは知っているだろう。おまつりとか、おどりとか、歌とかがあったら、なにがなんでもとんで行くものね。

谷中寺町・私の四季（抄）

岡本文弥

世渡り

世渡りということはむずかしい。若い頃から私は「世渡りと綱渡り」は自分には一生涯出来ないもの、とあきらめていました。万事母が頼りで、母親の死ぬことを思うと目の前が真暗でありました。

敗戦後現在の家を得たのは栗井多喜代女史のお蔭であります。二子玉川《ふたこたまがわ》に間借りしていて湯島《ゆしま》天神の待合みゆきさんへ出張稽古をした。新聞を見て集まったのが今の越路太夫や大阪にいる春海太夫、栗井さんもそのひとり。この出張は夏休みからずるずるとやめてしまい、栗井女史の新内も入門程度で終った次第です。その栗井さんから「谷中坂町に家を建てた、庭の隅が十坪ほどあいているから」と手紙があり、私に全く資力がないので四畳半二つという小さな家ながら栗井さんの方で建ててくれた。それは私の出来る程度の分割で完済はしたけれど栗井女史の賜物です。栗井さんはキガクという信仰が篤くその時もキガクの先生からという書き付けを渡してくれました。一年立ってからでなくては開封してはならぬという物でした。私はそれを忘れていて二年近く過ぎてから封を切ったのですがそれには「この家は運勢よく、やがて増築するようになるであろう」とあり、私は不信心だから悪い気持はしなかったけれどアテにする気はなく、第一増築などは願っても見なかった。

その後母も死に、栗井さんも遠くへ引越し、私の身辺もいろいろに変ったこと、これは浮世の定めで、良かれ悪しかれ致し方ありません。そして私の四半亭が仕事の都合、人の出入り、たまさかの病臥などでどうにも動きが取れぬことを痛感して来たのは数年来のこと、二階増築が門弟衆の話題になったり、その金策が家内の胸を往来したり、然し私は相変らず現実の問題としては考えられず、全然不可能と思ったり、出来る時には出来る気がしたり、余り真剣にはならなかったのですが、この春ふと知り合った建築事務所の厚意で順調に具体化し、金融公庫のこと、門人有志の応援や近しい人の助力などで近所の人達が「早い々々」と驚くほど忽ちに立派な二階が出来、今までの四半亭を軍隊の階級で少尉とすれば少なくとも中佐くらいの文弥宅が出来上りました。これからは疲れた時の昼寝も出来るし階上階下の稽古で門人を待たせずにすむし、資料文献の置き場所が整理されて仕事の能率が上るし、今まで昼も電灯をともしていた生活に日光がふんだんに差込んで夜具ふ

とんの暖かくふくれ上ることも喜びです。終戦後、

朝顔やこんな小さな家の欲し

と羨ましがった間借り生活、それに続く四半亭の生活も、

朝顔の朝くる弟子は女かな

と、つつましいものでありました。共に思い出して愛着なしとは言えません。今、思いがけなく二階家を恵まれたのも、この広さがなくては成り立たぬという自然の成り行きでありましょう。そして殆んど何の苦労もなく増築が出来たということは全く疑いもなく有志の人々の厚意以外のものではありません。然るにその当人の私にはそのような厚意を受ける資格が全然ないのです。私は不行届き我儘な俗人に過ぎません。それゆえに世渡りの自信を若い時から今に到るまで終始一貫全然持ちません。それゆえに年がら年中、ただコツコツと生きるほかには工夫がありません。私にはコツコツと生きる以外に才能はないようであります。コツコツと生きるということ、つまりコツコツと仕事すること、コツコツと歩き行くこと、その姿は誰の目にも派手に花やかには見えないでしょう。それは誠にジミで寧ろヤボくさくも見えましょう。然しそれが私の正体であるようです。私はコツコツと生きる程度の性格ゆえ有頂天になれず、いい気になれず、お調子に乗れません。いいことがあってもそれが続くとは思えません。吉凶は必らず裏返しと思っております。自分が低級不才であるゆえに、どんな人をも見くだし軽蔑することが出来ません。いやあな感じ

を与える言行を犯す人あれば、その人の親を思い、子を思います。それゆえに他人を犯す勇気は出ません。他人を押しのけ他人を利用することを心の底から忌みます。そして私の出来る範囲で私の出来ることだけをコツコツと続けます、今も、未来も。

思いがけない立派な二階が出来ました。多くの人達の厚意のたま物。その厚意を受ける資格のない私。只コツコツと生きている姿を良しとでも見て貰えるのであろうか。世渡りは難かしい。世渡りのために策略一つ持ち得ない私。きょうもあしたも只コツコツと生きて行くだけ。そして、どんな人に対しても自分の言行に於ても、出来るだけ「誠実《まこと》」を外れないようにしたいと心にかける。

根津の遊廓

十一月二十三日は樋口一葉の命日で本郷丸山福山町《まるやまふくやままち》の一葉碑の前では毎年ささやかな追慕の献花式がつつましく行われます。

碑は、明治二十九年一葉が二十五年の短い生涯を終った家の跡に近く現在興陽社印刷所の地内にあり、よって万事は社長笹田誠一氏の善意に依って扱われております。一葉が一年足らず住んでいた竜泉寺町《りゅうせんじまち》の関係から台東区でも例年何か記念の催しがありますが、こちらはいささかお祭りに近く一葉宣伝の匂いがないでもない。しかし一葉公園あり、そこに垢ぬけした感じの一葉記念館が建てられ、これは貴重な存在です。

笹田氏個人の経営による献花式は三十七年度も碑に向った道路に椅子を並べ、余った人々は立ったままで幸田文さんや、和田芳恵氏のお話を聴き、渡辺章風女史の和歌朗詠に耳を傾け、そのあと手に手に花をささげて静かに散会、それから有縁の三四十人が近くの料理茶屋柳川に会して小宴、席上私の一葉にちなむ新内ぶし演奏あることなどみな吉例です。

私が「にごりえ」子別れの巻を語り美弥鈴、宮ふじの女連が古曲「明烏」を語り、酒興たけなわなるに及び、所望に応じて宮ふじが、俗曲二三ひき唄いしました。その中でもどいつの、

〽好きと嫌いはどれほど違う
　いのちタダやるほど違う

〽朝めしは抜きにするから
　お前も寝てナ　起きるにヤ
　ほんとに惜しい雨

などが受けて個人の資格で出席された井形区長も、一私人の資格でそれらの歌詞をノートされているようでありました。帰り道クルマが根津権現表門の暗い坂をおりかかると、「ここ、どこかしら」

と宮ふじ。

「根津権現さま。ゆいしょのあるお宮だァね。昔、と言っても大正ころまでは、地内の築山に茶店があって、粟めしなんか食べさせたけどね、今はスッカリ寂びれた」

と私が思い出に耽るまもなく、クルマは八重垣町の電車通りへ出ようとする。

「このへん一帯根津の廓のあと」

と言うと宮ふじが驚いて、

「へえ」

と声をあげる。中年の運転手までが、

「へえ、根津に遊廓があったんですかい」

と驚く。こっちは少しいい機嫌になって、

「この電車通りの両側にズーッと貸座敷が軒を並べて、それ、不夜城というヤツさ。それから、そこそこ、その停留所のあるとこ、そこが大門のあと、出たとこが逢そめ橋、橋を渡って右へ曲った横町に富本ぶしの師匠が住んでいた、豊志賀と言ってネ、新吉という年下の男と浮名を立てやした、オホン」

と少しは見て来たような嘘もつく。

私の伯父は鶴賀島太夫という新内語り、根津で遊びほおけて親ゆずりの地所を売り尽してしまった。その地所というのは本郷、若竹という格のいい寄席があり、そのあたりの相当広いものであった由。また鶴賀明石太夫という御家人上りの新内語りあり、いつも根津の廓を流していたが、新内流しは呼ばれるとその家の軒先きで二階の客席へ聴かせるのが演奏形式です。明石太夫は近くの屋台で一杯引っかけ片手に酒、片手で天ぷらを食べながら唄ったものだと、亡母の実話。声に大毒という酒と天ぷらを楽しみながら唄ったという逸話が、明石太夫の無類の美声を伝えている訳でしょう。すべてこれ明治初年の語り草です。

さて明治十七年の細見記によると、根津の遊廓は宮永町、八重垣町、須賀町《すがちょう》にわたって八幡楼、松葉楼、亀屋など二十九軒を数え、揚代は新吉原大みせと同等の壱円から最低二十銭、その二十銭の店例えば須賀町十番地堀田しげ経営の金田屋の遊女は小久、小きん、小松の三人、それにらくという遣手がいる。最高壱円の八幡楼は小紫、花紫、今紫以下総勢二十五人の美女を揃え、その小紫は「姓を五十嵐と言い本名をいうと呼べり、貞実を専らにして風姿やさしく遊芸を好み三味線をよくす、少女といえども多芸なること古妓も及ばざるなり時に十六歳」と明治十六年出版本の画像に添えて書いてある。戦前までは何楼かの名残りが病院に姿を変えていたが、現在では跡方もないでしょう。明治二十年根津の遊廓は洲崎へ移る。

〽根津や谷中でお茶引くよりも

国で田の草ひくがよい

谷中にも岡場所があった。岡場所と言いお茶を引くと言い、もう現代には通用しない。私は今、谷中寺町に住み、夜半目ざめては坂下に廓ありし昔を偲び、浮いた浮いたのさんざめき今も聞ゆる思いにてしばしば枕をぬらすのであります。ああ、昔を今になす由もなし、ですか。

おかみさんの小言

三遊亭　円之助

小粋な住まい、というのがあるとすれば、それは私の師匠、三遊亭小円朝《こえんちょう》の家だったろうと思う。

林立するビルが、互いにその高さを競い合っているような山手線の輪の中で、あんなに落ち着いた暮らしが出来るというのが、今の時代に不思議であった。

谷中の寺町という環境のせいで、周囲に樹木が多く、夏場など、少々やぶっ蚊が多いという不満はあったが、そのかわり都心ではもう絶対に聞けなくなった蟬の声が、駈け出しの若い落語家の心をいやしてくれた。

「静かだね」

「俺のアパートなんか、環状七号線に面してるんだ。お互いに怒鳴り合わなきゃ、部屋の中で話も出来ないんだから」

「部屋数も広さも、はなしかにはうってつけだしなあ」

けいこに来る落語家は、そう云ってみな一様に小円朝師匠の家をうらやましがった。

まったく、三畳に、四畳半に、六畳という間取りは、子供のいない師匠夫婦には、持って来いの広さであった。そしてその程度の家をうらやましがるのだから、落語家の夢なんておよそいじましい。

小円朝師匠の家の三方は黒板塀で囲まれていて、入口の格子戸の上には小さな御神灯がさがり、その格子戸の脇には、背たけの倍ほどもあるしだれ柳が、長い枝を地面に引きずらせていた。

庭といっても、ほんの四、五坪ほどの、猫の額のような狭い庭だったが、いつも奇麗に掃き清められていて、格子戸を入ってから玄関までの三間ほどの間に並べられた飛石までていねいに雑巾がけをするのが、私の毎日の仕事だった。庭の南側には、小さな石灯籠があってその脇の幾株かのつつじが、初夏には華やかな色彩で咲き誇っていた。

このつつじは、根岸の師匠と呼ばれていた八代目の桂文治師匠（今の文治師匠は十代目）の庭に咲いていたつつじで、文治師匠の没後、文治師匠のおかみさんが根岸の家を引き払う時、うちの師匠が、文治師匠の形見にともらったつつじである。そしてそれは私が、わざわざ根岸の家の庭から掘り出して、自転車の荷台へくくりつけ、谷中まで運んで師匠の家の庭へ移植した。

さらにうちの師匠の死後、練馬《ねりま》のわが家の庭へ持って来て、毎年あでやかな花を楽しんでいたが、わが家が何度か引越して、その度に掘り返しているうち、惜しいことに五、六年前、とうとう枯れてしまった。

それから、師匠の家の庭には小さな池があった。差し渡し一メートルたらずの、小さな、小さな池だった。

「誰が掘った池なんですか」

師匠に聞いてみた。

「いや、私がここへ越してくる前からあったんだよ」

「何にもいないのはさみしいですね。何か入れましょう」

「うん、お前、今夜夜店へ行って、金魚を買っておいでよ」

その夜、夜店で一匹十円の金魚を五、六匹買って来て入れてみたが、十日と経たないうちに、みんな死んでしまった。

金魚を買った店へ行って、

「このあいだの金魚だめだよ。みんな死んじゃったよ」

「えっ、みんなですか？」

金魚屋の親父さんは、ふに落ちない顔つきで首をかしげた。

「少し丈夫なのをくれないか。長生きしそうなやつ」

「さあ、丈夫なのと云われても困るんですよ。うちじゃあ別に、煩《わず》らってる金魚を売ってるわけじゃあないんですがねえ」

また買って来て入れてみたが、やはり、みんなだめだった。その上、おかしなことに気づいた。買って来た金魚の数と、金魚の死骸の数が、どうも合わない。

「猫だ」

私は思わず声を上げた。

「猫ですよ。近所の飼猫や野良猫が、この辺を遊び回ってますからねえ」

「そうか、猫か」

師匠もやっと納得した顔つきで、うなずいた。

「どうも、この池で金魚を飼うのは無理なようだな」

「そうですねえ。池の上に木枠を作って、それへ金網でも張るほかどうにも手がありませんねえ」

「大仕事だな」

「何、簡単ですよ。すぐ出来ます。そのうち暇を見つけて、私が作ります」

それから二十年、暇はいくらでもあったが、師匠の庭の池に、とうとう金網は出来なかった。師匠も私も、とりわけ金魚が飼いたかったわけではない。

師匠の家で、一番心に残るのは、格子を開けて外へ出ると、眼の前に天王寺の五重塔がそそり立っていることだった。

その五重塔の前の墓地への参道は、春秋の彼岸のほかは、人影もなく静かだった。私は用もなくその参道をぶらついて、初代三遊亭円遊の墓に手を合わせたり、高橋お伝の石碑の裏の連名を、克明に読んだりするのが好きだった。

惜しいことには、その五重塔も、放火とかで、私が前座の頃焼け落ちてしまった。

＊

私が師匠の家へ弟子入りした頃、師匠のおかみさんはもう五十代も半ばを越えていたが、それでも、何て奇麗な人なんだろうと思った。

痩せぎすで、背が高く、どこか新珠三千代（少し美人にたとえ過ぎるが）に似ていて、彼女をもう少し老けさせて、いなせに崩したような感じのする人だった。

「師匠が若い頃、旅へ出て見初めたんだそうだが、無理もないね」

兄弟子の云うのには、何でも以前、高崎の柳川町《やながわちょう》にいて、一番の売れっ子芸者だったという話であった。

何の世界でもそうだろうが、新弟子というのは、まったく勝手が分からない。師匠の家にいても、むやみに神経ばかりが先走り、ただうろうろするだけである。

あれは私が弟子入りして、はじめて三遊亭朝三《ちょうざ》という名前をもらい、二日目か三日目のことだったと思う。

「ちょいと、朝ちゃん。台所からおむらを持って来ておくれ」

四畳半で朝食のためのお膳を出していたおかみさんが、私に云った。

「へい」

私は立ち上って、台所へ来てから首をひねって考えた。

——おむら？ おむら？

いくら考えても分からなかった。夕べのおかずの残りにでも、それらしいものがあるかも知れない。台所の戸棚をあけて、首をつっ込んでさがしてみたが、それらしい物は何もなかった。

こういう時には、どうするんだろう。やっぱり分からないことは聞くより仕方がないとは思うのだが、

——その位のことが分からないのかい。

と云われそうでもあった。

——こりゃあ、はなしか失格かな。

この世界のことを知らないから、つい大げさに考えてしまう。

「あのー、おむらって何でしょう」

おかみさんはニッコリ笑って、

「おしたじのことだよ」

——なあんだ。

拍子抜けの感じだった。

むらさき、と云ってくれれば、私でも知っている。花柳界では、おむらが呼びつけた名前かも知れないが、私たちにおむらでは、ちょっと分からない。

大体、したじとか、しょうゆとかいう、この「し」の字を嫌って、花柳界ではむらさきというのだ、と何かの本で読んだことがある。

落語の方にも、『しの字嫌い』なんてえ話がある。しというのは、死ぬとか、しくじるというように、あまり良いところに使われない。そこで、しの字を禁じるお笑いである。けれど、そういう縁起をかつぐ人を笑う話であって、はなしか自身は、そうしたことをあまり気にしない。

すり鉢を当り鉢、するめを当りめと呼ぶ人がいるが、そういう人は、スリッパのことを当リッパと呼ぶだろうと、落語のまくらで使っている。

美人のおかみさんではあったが、私たちに小言を云うのに、聞きかじった言葉を使うのには困った。

兄弟子の朝之助さんが、酒でしくじって破門になりかけた時である。おかみさんがあいだに入って、師匠にとりなしてくれた。お蔭で朝之助さんの首はつながった。

「いいかい。お師匠さんには、私からよーくあやまっておいたから、もう二度と酔っぱらって楽屋入りするんじゃあないよ。分かったね。お前など、まだ一人前じゃあない、これからの人間じゃあないか。まだ海のもんとも川のもんとも分からないというのに」

隣りの部屋で、座って聞いていた私は、吹き出しそうになるのをこらえるのに一所懸命であった。

師匠の家を出て、連れ立って寄席へ行く道すがら、ぶ然とした顔で、朝之助さんが私に云った。

「聞いたかい、さっきの小言。海のもんとも山のもんともつかない、てえのは聞いたことがあるよ。海のもんとも川のもんとも分からない、てえのははじめてだ。それじゃあ俺は〝鮭〟だよ」

六月・谷中あたり

諏訪　優

もう空豆の旬もすぎて
晩菜を探す女の口に
季語が浮かばない
迷いに迷い　女は
刃物のように光る魚と
茄子　茗荷　胡瓜など買う
寺町をたどり墓地へ戻れば
傾いた石にもたれて男が待っていた
(男は原色の街がきらいだ)
煙草を消すと　男は
包みをひとつ下げて前を歩く
「この人の背中は

古代人のように淋しい」

墓地を抜け　天王寺山門前で
芝居をやる若い女に逢った
「柏湯が芝居小屋になって[*49]
唐十郎の芝居をやるの
主演は緑魔子なの――」

あ　魔子の緑　緑の谷中よ
風呂屋がまたひとつ消えた
木造下宿の二階の窓に
ジョン・レノンに似た外国人
(まさか?)
丸い眼鏡がふたりを見下していた

紫陽花色した午後七時
たそがれの中へ酒をそそぐ女の指に

ようやく女神の微笑がもどってきた
篭の茄子の黒光りの紫に
初夏の風が渡る
（谷中は梅雨の中休みだ今夜は——）

文人、画人、彫刻家の話（昭和の下町　其ノ十一）

吉村　昭

東京の山手線に日暮里という駅がある。上野から二つ目の駅で、その町で、私は生れ、育った。

駅の東側は平坦な地で、私の生れた家はほぼその中央にあり、中学校三年生になってから は、駅に近い善性寺《ぜんしょうじ》の横に建てた家に移った。生れた家の住所は、日暮里町谷中本と言った。そのあたりは、大正初め頃までは一面の畠で、清らかな水が随所に湧いていたので生姜が栽培されていた。きわめて良質の生姜で、谷中生姜と称された。その品種は、今でも「谷中《やなか》」という生姜の名として残されている。

駅の西側は高台になっている。そこを東京市の公共墓地にして谷中墓地と名づけ、それは上野の山までつづいている。附近に寺が多く、日暮里町から谷中、根津、千駄木という町につづいている。空襲で焼けなかったので、それらの町は、明治、大正時代の面影を濃く残し、東京にもこんな静かな味わい深い地があったのかと安らいだ気持になる。

私の通っていた中学校は、日暮里町の道灌山にあったので、私は、駅の跨線橋を渡り、寺の並ぶ道をぬけ、町の氏神様である諏方《すわ》神社のかたわらをすぎて学校へ行った。そうしたことから、谷中、根津、千駄木は親しんだ地であった。

この三つの町を紹介する「谷根千」というタウン誌がある。三人の主婦が編集し発刊している季刊誌だが、一般のタウン誌とは趣きが異なっている。一貫して谷中、根津、千駄木の、主として明治以後の歴史探索に情熱をそそいでいる。その附近は、上野の山も近い閑静な地であったので、文人、画人が多く住み、「谷根千」は、それらの人たちの足跡をたどる。それだけではなく、その地に住む職人や、古くから商店を営む人の回顧談などもおさめている。地図、写真などものっていて、編集する三人の主婦のその地に対する深い愛情が感じられる。

その「谷根千」の協力で、平塚春造さんという故老の「日暮しの岡」という小冊子が発刊された。平塚さんは、諏方神社の鳥居のかたわらに住む九十歳の郷土史家で、日暮里の町をはじめ谷中、根津、千駄木の生き辞引きと言われる貴重な人である。

平塚さんの父は鋳金師平塚駒次郎で、東京美術学校（現芸大）の助手をし、鋳物の研究所も持っていた。彫刻家高村光雲の作品を岡崎雪声とともに鋳物でつくったが、その代表的なものは、皇居前広場の楠正成の像、上野の西郷隆盛の像、九段の品川弥二郎の像である。

平塚さんは、日暮里小学校を卒業し、大正三年に早稲田中学に入学した。

中学校の教師で最も印象に残っているのは、歌人の会津八一であったという。八一には英語の発音を教えてもらったが、八一が住む早稲田タンボの中の一軒家にも何度か行った。独身の八一は老母と二人きりで住んでいた。生徒を可愛がっていたので、平塚さんもクラスの者とその家に行ったのだという。

その後、平塚さんは、早稲田中学を中退して京北実業に転校し、明治大学商科に進んで卒業している。

「日暮しの岡」は、平塚さんが少年時代から見聞したことをまとめたもので、明治、大正の下町の生活がいきいきと浮き彫りにされている。

その出版記念会が、日暮里の養福寺《ようふくじ》でもよおされ、私も出席した。寺での出版記念会とは珍しいと思うかも知れないが、その地では催しごとが寺でおこなわれるのは常のことで、和気あいあいとした心温まる会であった。

その後、平塚さんのお宅にうかがって話をきいた。その一つに、高村光太郎の思い出話がある。

私も中学生の頃、高村光雲の長男光太郎の彫刻を見る機会が多く、また、その詩集も読んだ。「道程」はきわめて世評が高かったが、私にはお行儀が良すぎるような感じがして詩を読む楽しみを感じなかった。その後、読んだことはないが、今読んでみると別の感想をいだくかも知れない。夫人はもとより智恵子である。

光太郎は日暮里小学校の出身で、平塚さんは、父駒次郎が光太郎の父光雲の作品の鋳造をしていた関係で、親近感をいだいていた。

平塚さんの光太郎についての話で、おや、と思ったのは、光太郎が附近の人に、「ミッちゃん」と、呼ばれていたということである。

私は、タカムラコウタロウだと思っていたが、手もとにある人名事典でもコウタロウと記されている。「ミッちゃん」と呼ばれていたことから考えると、コウタロウではなくミツタロウなのであろう。であろう、ではなく、ミツタロウが正しく、世に出てから第三者がコウタロウと呼ぶので、そのままにしたにちがいない。

光雲は、職人のような身なりをしていたが、東京美術学校の教授になると、流行の洋服を着て山高帽をかぶり、学校に通うようになったという。

平塚さんの家の前には、小説家であり戯曲も多く書いた久保田万太郎が住んでいた。

万太郎は、明治二十二年に東京浅草田原町《たわらまち》の袋物製造業の家に生れ、府立第三中学校に入学、四年の進級試験に落第して慶応の普通部に転校し、慶応義塾大学文科を卒業している。以後、小説家、戯曲家として才能を開花させ、すぐれた俳人ともなった。

万太郎は、大正八年、三十歳で妻帯し、浅草三筋町《みすじまち》に住んでいたが、大正十二年の関東大震災で焼け出され、日暮里の渡辺町に移住した。さらに十五年六月に、諏方神社の鳥居のかたわらにある借家に引越してきたのである。

その家は、私の中学校への通学路に面していて、諏方神社の祭礼の際には縁日の露店が並び、私もよくおぼえている。その頃も万太郎は住んでいて、恐らく私も何度か目にしたことはあるのだろう。

戦後もその家は残っていたが、とりこわされてマンションになり、今は落語家の三遊亭好楽さんが住んでいる。

府立三中の二年後輩である芥川龍之介は、隣町の田端に住んでいて、万太郎は龍之介と互いに家をたずね合って親しく交っていたことが、その著述に記されている。

平塚さんは、万太郎と近所づき合いをしていた。

平塚さんの家の前には、富士山がよく見えることから名づけられた富士見坂という坂がある。夜、その坂を畳敷きの下駄をはいて登ってくる足音が、深い静寂の中にきこえ、万太郎だとわかったという。銭湯帰りのこともあれば、酔って帰ってくる時もあった。

万太郎は、なぜか赤身の刺身をきらい、白身の刺身を好んで口にした。時には、平塚さんに声がかかって、

「白身の刺身が入ったから、一杯やろう」

と、誘われる。

酒になると、夜おそくまで相手をさせられるので困るが、偉い文人なのでことわることもできず出掛けてゆく。その折には、適当に時間が経過した頃、家族に「用事があるから

……」と迎えにこさせ、家にもどることを常としたという。

町会で町内会報を出す時、

「久保田先生になにか書いてもらおう」

ということになって、万太郎と親しい平塚さんが使者に立ち、お願いした。

万太郎は快く承諾し、二句の俳句を渡してくれた。その一句は、代表作の一つである、

神田川祭の中をながれけり

であった。

この句は、大正十四年につくられたもので、雑誌「文藝春秋」に発表された。東京の町々でもよおされる祭の中を神田川が流れているという、色彩感覚のすぐれたのびやかな句である。

現代の著名な俳人の句には、素人である私などには、なにがなにやらわからぬものが多く、辟易《へきえき》する。芭蕉の「荒海や佐渡に横たふ天の川」とか、「山里は萬歳おそし梅の花」とか、素人にも良く理解できる秀れた句があるのに、俳人仲間の極端にせまい世界で互いにうなずき合っているような現代俳句に、私は首をかしげざるを得ない。そうしたことからも、この万太郎の「神田川……」の句は、私を快い気分にさせる。

小説家と言うと、田村俊子も日暮里駅のすぐ近くに住んでいた。

俊子は、同じ日暮里駅近くに住んでいた幸田露伴に師事した作家で、一般的には知名度が低かったが、瀬戸内晴美氏が小説「田村俊子」を書いて第一回田村俊子賞を受賞したことで広く知られるようになった。波瀾にみちた生涯を送り、中国に渡って客死している。

日暮里駅の西口を出て坂を登ると、右側に「日暮し」という和菓子屋がある。そこが和菓子屋になる以前、俊子が、露伴の門人で骨董屋をやっていた夫の田村松魚と住んでいたのである。

平塚さんの記憶にある俊子は、「日暮しの岡」に、

「実にスキッとした美人で、……背が高くて眼鏡をかけた色白」

と、記されている。

俊子の家の裏には、金児《かねこ》という経師屋が住んでいた。俊子の家の台所と細い路地をへだてて向き合っていて、家の中がよく見え、俊子と松魚がしばしば派手な喧嘩をしているのが見えたという。

松魚は、店の奥に坐っていて、本を読んだりしていた。

平塚さんの話によると、その後、松魚と俊子は、田端の動坂の方に引越していったという。

和菓子屋「日暮し」の前を進むと、右角に経王寺《きょうおうじ》があり、それを右に曲ると諏方神社に通じる。その道の途中を左に曲った奥に、画家の長谷川利行が住んでいた。

利行は京都生れで、文学を志して上京し、独学で洋画を学び、昭和二年に二科展で樗《ちょ》牛《ぎゅう》賞、五年に同協会賞を受賞した。しかし、画壇に背を向けて放浪生活をつづけ、十三年、三河島駅附近で倒れ、行路病者として市立板橋養育院に送られ、癌のため昭和十五年に死去した。

死後、その絵の評価が急速にたかまって、現在も高い価格で扱われている。

平塚さんは絵が好きであったので、利行については殊に関心を寄せていた。ぼさぼさ頭で、薄汚れた着物を着て町を歩く利行の姿は、町の人たちの眼をひいていた。

利行が間借りしていた部屋は四畳半で、そこには、横にした石炭箱があるだけで、それが卓袱台《ちゃぶだい》にも使う仕事机であった。

近くに森丈太郎という運送屋がいた。運送屋と言っても、大八車を借りてきて、それで仕事をする貧しい男だった。

森は善良な男で、酒好きの利行に酒を持っていっては飲ましていた。森も酒を買う金は乏しく、酒屋の前に行って、現金で酒を買ったお客がいると、すぐその後に店に入ってツケで酒を手にする。現金払いをした客の後なので、酒屋も渋々ツケにすることを承諾するのだという。

利行は、森に感謝し、絵を描いて渡そうとしても画布を買う金がない。

それで森は、大八車で仕事をする途中、建築現場で羽目に使う四分板の切れ端を拾ってきて、利行に渡す。利行は、それを手にして近くの七面坂《しちめんざか》や赤煉瓦の塀がつづく富士見坂に行って、絵を描いた。それらの絵を平塚さんは、森の家で何度も見たことがあるという。

利行は絵が好きで、マッチ箱の板やキャラメルの箱の裏にも描いていた。

田村俊子が住んでいた家の日暮里駅寄りに、有楽館という下宿屋があった。

その女主人の息子が、平塚さんと同級生であったので、下宿屋のことは良く知っていた。そこには、売れない文士たちが多く住んでいて、古本屋で買い集めた古雑誌の読物を書き直して、浅草のオペラの台本をつくったりしていた。

平塚さんは、女主人に下宿代をためている男からもらってきてくれと頼まれ、その部屋に行ってみると、肺病で死にかけていて、

「おばさん、だめだよ」

と、報告したこともあったという。

その下宿の一室に、画家の中村彝《つね》がいた。

彝と言えば、「エロシェンコ像」で知られている。水戸に生れて東京に移住し、陸軍幼年学校に入学したが、肺結核のため退学して洋画家を志した。かれが師事した満谷国四郎が日暮里駅に近い七面坂に住んでいたから、その関係で有楽館に下宿していたのだろうか。

彝は、その後、結核に苦しみつづけ、大正十三年、三十六歳の若さで喀血し、死去した。

経王寺の角を諏方神社と反対方向の道をゆくと、すぐ左手に朝倉彫塑《ちょうそ》館がある。彫刻

家朝倉文夫の邸である。

少年時代、私はしばしばその前を通った。鉄扉の門は常にしまっていて、黒ずんだ建物の中程に男の彫刻があった。

日本屈指の偉い彫刻家の邸であることは耳にしていたので、その前にくると体をかたくし、彫刻を見上げながら恐るおそる通りすぎた。邸の主が、別世界の人に思えた。

しかし、朝倉文夫は、世にもてはやされていても、町の住人たちと気さくに付き合っていた。夫人も、書生や家事手伝いの女性がいるのに、自ら雑巾がけをするような人だったという。

平塚さんの話をきいていると、すでに亡《な》い著名な文人や画人のことなどがさりげなくその口から出てきて、興味は尽きない。

平塚さんのような人は、町にとっての宝と言うべきである。

谷中——わたしの散歩道

吉本隆明

ひと筆書きの地図

谷中の界隈には、ずいぶん永く住みついた。ときどき田端・御徒町《おかちまち》・千駄木・本駒込《ほんこまごめ》など外郭地域に浮気して住んだこともあるが、あわせて数十年、実質的には五、六年は確実に谷中界隈をうろついていたことになる。

谷中の町筋については、掌にさすように精通しているといいたいところだが、それほどのことはない。谷中生まれ、谷中育ちのわが奥方にくらべると、おなじ下町育ちでも他所者だから認知の深さのようなものが違う気がする。たとえば谷中の坂上地域の住人は、かつては坂下の住人にそこはかとない優越感をもっていたし、坂下の住人は、坂上の住人になんとなく反感をいだいていた。いまも心の奥のほうにそれがあるかもしれない、というような微妙なことになると、わたしの実感は、昔からの住人のところまで届かない。もうひとついえば、じぶんの好みの路筋はだんだん決まってしまうので、すみずみに万遍なく気をくばって歩きまわることがない。そのため思いがけない盲点があるにちがいない。

さいわい近ごろは、地域のタウン雑誌のたぐいもできたりして、古い由緒のお寺や、江戸千代紙や、人形師や、丁字屋や、彫金師や、駄菓子の店など、案内書にはこと欠かなくなってきた。新しい現象として、休日には谷中探訪のそれらしい人たちの姿も見かけるようになった。それをよけるようにして、じぶんの好きな路筋をたどってみたくなった。

谷中というのは不忍《しのばず》通りを西の下底とし、旧国電の日暮里駅と鶯谷《うぐいすだに》駅を結ぶ鉄路を北東の上底とする台形になった界隈のことをさしている。台形の左辺は西から東へ通った谷中銀座通り、右辺は地下鉄根津駅から旧国電鶯谷駅のほうへ、南西から北東に通った言問《こととい》通り（善光寺《ぜんこうじ》坂《ざか》）ということになる。左辺の谷中銀座通りと、右辺の言問通り（善光寺坂）の中間に、三崎坂《さんさきざか》が並行して通っていて、この坂を上ってゆくと谷中天王寺の墓地につきあたる。

この台形をした界隈に、お寺が門をならべ、たくさんの路地や袋小路や小道が網状に走っている。わたしはわたし自身を案内して、たぶんこの網状の路をすべてたどることができるにちがいない。だが、同じ路を二度と重ならないように通って、谷中界隈の網状の路をすべてたどることは不可能だ。どうしても袋小路にぶつかってしまい、またひき返すほかなくなるからだ。

そこで、わたしは頭のなかの地図で考えてみた。ひと筆書きのように、二度と重ならないように路を通りながら、谷中の界隈の風情と特徴を、充分につかみとれるような散歩路はないものだろうか。もちろんその路はわたし自身が愛着している路であるべきで、そうでないなら観光地図を片手に持って谷中界隈のお寺めぐりをしたほうがずっといいのだ。わたしは何日間か、この思いつきを頭のなかに転がして空想を愉しんだ。わたしがじぶんに案内したいほどの執着のある散歩路は、どうしても坂上の地域と坂下の地域のふたつにわかれてしまう。また台形の左辺、右辺でいえば、谷中銀座通りと言問通り（善光寺坂）よりのふたつにわかれてしまう。これを繋げる方法はないだろうか。

ふと以前に、わが奥方が子どものころ抜け路として遊んだというある寺の境内の墓地のすきまから、つぎの寺の墓地にくぐりこみ、そこを抜けて袋小路から三崎坂の中途にあるべつの寺の正門わきに出てくる路を、奥方にくっついてたどったのを思いだした。大丈夫、ひと筆書きで執着のあるふたつの地域の路筋を繋げて歩くことができる。諸君は心あらば、おおいに信頼してわたしのあとをついて来られるとよい。ひとつ案内してごらんにいれよう。

声を聴くために

まず、不忍通りと言問通りの交点である地下鉄根津駅のところに立って、言問通りを鶯谷の方向に歩いてゆく。すぐにこの善光寺坂が上りになるが、上って平らになったこの路の左に本光寺《ほんこうじ》という小さな寺がある。寺とその上手の隣の小さな理髪店のあいだに、ほんの二メートルくらいの細い路が、三崎坂の方向に抜けるように通っている。路の左側はお寺がつづき、右側はこの界隈で屈指の風情ある平屋の民家がならんでいる。玄関にはどの家もみかん箱などに草花をたんねんに植え込んだものが、いっぱいにならべて置いてある。この路はどんな人にも静かな安息を感じさせるにちがいない。

やがてこの路は、左側に妙行寺《みょうぎょうじ》という寺があるところでふたつにわかれる。ほんとうは右手（上手）に折れて瑞輪寺の境内の墓地に入り、漢詩人大沼沈山（一八一八～九一）の墓でも見て、隣接する寺の裏木戸づたいに抜けて、三崎坂に出るのがスリルのあるめざす路だった。だが、すでに寺衆はせち辛くなっていて、隣のお寺に抜ける木戸をふさいでしまっていた。信頼してついてきた諸君には申しわけないが、挫折してさきの妙行寺のところまで引き返すことになる。そこで今度は左手（下手）の路を行き、宗善寺《そうぜんじ》という寺のところでT字形に路を折れて三崎坂に出ることにした。途中に大名時計の博物館があるから見てください。いずれにせよ、ここまでが谷中の坂上界隈のそれらしい風情の路筋だ。

そこから三崎坂をすこし上り、いちばん上手の路で左折して、二〇〇メートルほど行くと、左手の長安寺《ちょうあんじ》のところで脇の細い路を左にはいる。寺のきれいな築地塀を右にしながら、この細い路をつきあたり、右折して一〇メートルくらいの小さな路を入ると、ここは蛍坂と呼ばれている。いまはコンクリート塀でふさいでしまったが、ここは左側が崖下のうっそうとした樹木の名残をとどめ、たしかに蛍のいそうな風情がほんの少しだけ残っている。崖下に出たら右折して、谷中銀座通りへ出る。ここまでの路は、いまは亡んでしまった江戸末から明治初期のころを想像できるところだ。寺と崖下のあいだの開化以前の細いぬかるみの路が、足下に眠っている。いまはアスファルト化されてしまった蛍坂の路をたどりながらそう思う。わたしには蛍のとんでいる崖下の沢地まで想像できるが、それは住んでいる人たちにもわからないかもしれない。

谷中銀座通りを左手（下手）に下ってゆき、お茶屋さん（金吉園）とスーパー・マーケット（野中ストアー）の間の小路まできて、その路をふたたび三崎坂のほうに向って、どこまでもたどってゆく。もちろんこのせまい路地は途中で網状の小路で二、三回切断されたり、袋小路に出会ったりするのだが、それでも方向が三崎坂のほうを向いていれば、そんな路地をどれでもいいからたどりつづける。この路地の両側にならんだ長屋つづきは、谷中界隈の坂下にある裏店の住居と住人を象徴するに足りる風情で、かつてわたしがいちばん好きな路筋であった。いまは、ここにも現在化と機能化の波はうち寄せて、住む人たちが貯えをはたいて機能を改善し、家のなかを明るくし、戸口をモダンにしようと少しずつつとめているのが、とてもよくわかる。それが中途半端でしかも貧しい小さな裏店だから、現在いちばん見場がわるいのかもしれない。でもわたしは、現在の開化にもまれてやぶれかぶれになった醜のほうが、昔はよかったとか、自然を守れなどといっている趣味人よりも好きだから、いまでもこのがさつな坂下の現在開化の薄手な裏店が嫌いではない。

ひと筆でたどることができ、しかも界隈の風情の特徴を集約したような路筋を逃がさないわたしの散策は終わった。「なんだ、見世物じゃねえぞ」と怒鳴っている声も聞こえたし、「谷中は江戸趣味の下町、ようこそおいでを」と宣伝している町内コミュニティーの声も聞こえた。

いずれの声も、谷中界隈がいままで無意識の底深くかくしていた姿を、現在の開化に対応するために、やむをえず表面に繰り出している悲しさを、まぎらわせようとして発する声なのだ。結局はそれを聴くために散歩してきたのかもしれない。

上野　むかしを偲ぶ坂めぐり

小沢信男

広小路から上野公園へ入る桜並木の坂は東京北限の台地への登り口なので、谷中・日暮里・田端・飛鳥山から果ては秩父連山へと尾根道は遥かにつづく、はずだ。おのずから気分は雄大に、花見時などドンチャンここで浮かれるのもむりはないのだ。

尾根道の両側に、坂なんか腐るほどにあります。ただし明治十六年(一八八三)の上野駅開業このかた、東側は鉄道線路にあらかた削られてしまい、いきおいご案内は西に偏する。

清水《きよみず》観音堂の真下にきた。西へ見おろす石段が清水《きよみず》坂。そのまままっすぐ不忍池の弁天堂参道へつづき、江戸名所絵にも描かれたアングルだ。いまも都心にこれだけの水景はざらにはない。三十一段の踏み石は幅に長短があり、傾斜が緩くて老人向きだが、子供には歩きにくい。少年時に私はこの坂が苦手だった。

韻松亭の前にきた。その先に、時の鐘、精養軒。左手前へ斜めにくだる忍《しのぶ》坂。その右側に、花園稲荷と五条天神社が、雛壇状に入り組んでいて、おもしろい。無愛想な社で、わりと閑散なのも結構だ。

坂下の道を右へ、どんどん歩いて動物園裏門を過ぎた先の交番の角を、右へカーブして登るのが清水《しみず》坂。右手の塀の中が動物園で、その先に都立上野高校。左の中腹に故円地文子邸。上りきれば大黒天の護国院。かつては夕暮れ動物の咆哮が聞こえたり、年代物の屋敷がならんで雰囲気があったが、いまはやたらと車が走り、排気ガスを吸って上るのはアホらしい。

むしろ一つ先の三段坂が、広くて静かでお奨めだ。途中に多慶《たけ》屋の社員寮。昭和通りの廉売店の大賑わいとは打って変わって上品なマンションで、この寮に入りたくて多慶屋に就職する人もいるかもしれない。

上って左へゆけば言問通りの善光寺坂。すぐ左の田辺文魁堂の小さなウィンドウにピカソ様ミロ様お買上げの太い筆がぶらさがる。斜め向かいの本光寺脇の横町へ入って、故岡本文弥師匠の総二階の家の前を左へ寄り道すれば、くねくね下がって玉林寺《ぎょくりんじ》の境内へ出る。名もない隠れ坂だが、途中に井戸もあり、近年とみに知られてきた。

寄り道は止めて、直進、三崎《さんさき》坂へ来た。お寺が多い坂で、中腹の全生《ぜんしょう》庵は山岡鉄舟の菩提寺。三遊亭円朝の墓もある。見晴らしのいい共同墓所に、詩人の菅原克己も眠る。例年四月の「げんげ忌」に高田渡が来て「ブラザー軒」を歌ったのも懐かしい。向かいの中腹に谷中小学校。白壁と瓦の、やはりお寺っぽいデザインで環境につき合っている。千代紙のいせ辰、あなご鮨の乃池、菊見せんべい総本店などがあって、土産物にこと欠かない。

坂下の大澤鼈甲の角を、右へカーブするのが、よみせ通り。むかしは夜店がならんでいたのだな、と偲ばれる。どんどん進んで、右へ賑やかな谷中銀座。ゆるやかな坂道の商店街は、趣きがあっていいものだ。テレビが再々紹介してくれて、若い人たちも、老年カップルも、楽しげに散策している。でもねぇ、テレビに映るのだけが名店でもなし、いかがなものやら。

つきあたりの西日のあたる階段が「夕やけだんだん」。この秀逸な名は十数年前に公募して決めた。投じたのが作家の森まゆみさん。彼女の傑作の一つというべし。

道は上って下って日暮里駅北口へ至る。その頂上の四つ辻が、すなわち尾根道で、右へ曲がれば朝倉彫塑館。左へ折れてどんどん行けば、ここらの氏神の諏方神社へ。

その間に左へ下る細道は、みんな袋小路ですからね。お諏方さんの手前を、西へ一気に下るほそながい坂が、富士見坂。先年までは冬の晴れた日にはくっきり見えたが、本郷台にビルが建って、いまは右半分だけが、まれに見える日には見える。東京中に富士見坂は数多く、もう見えなくても、改名を気に病む要など微塵もない。江戸は西に富士山がどこからも見える都会だった、ということを子々孫々に伝えるために。

以上、西向きの坂ばかり。たちもどり、一つぐらいは東の坂を下りてみよう。

谷中墓地の桜並木道に来た。駐在所の四つ辻を東へ、そして左へ道なりに下ると、長い跨線橋へ来る。これが芋坂《いもざか》のなごり。右の崖一面にキリスト教徒の墓地。こんな隅に押しやられたのは、切支丹邪宗のなごりかも。一種風情のある眺めです。

橋上から二十本ものレールと、走る電車の屋根を見おろすのも一種の風情だ。先年まではここから隅田川の花火も見えた。

芋坂の由来は、端の手前の台東区の標示には「ここらで山芋が採れたから」。橋を下りた荒川区の標示には「不詳」とある。

下りきった角に、羽二重団子。店内に彰義隊の戦の遺品も飾ってある。名物の団子を食って一服しよう。おつかれさま。

谷中おぼろ町(抄)

森まゆみ

団子坂の石降り

東京音頭で行進　昨夜のお會式《えしき》

トトントンの團扇《うちは》太鼓は本門寺へ！　本門寺へ！　(中略)一帯の空は物凄《ものすご》いばかりの夜景を展開、團扇太鼓の亂打にうつかり調子が出過ぎて「をどりをどるなら」の東京音頭行進に早變り

——「東京朝日新聞」昭和八年十月十三日付朝刊——

まあ、長いだけは長いこと生きてきたけど、とくべつ面白い話なんかねぇな。毎日、鋸《のこぎり》の目を立ててるだけの渡世だ。

何でお祭りにそんなに夢中になれるかって。あんたら戦後生まれはよくそんなことを聞

くよ。お祭りんときくらいパーッと騒がなきゃ、やってらんねえでしょ。

福島から汽車で出て来たのは昭和四年か。東北は飢饉《ききん》つづき、農家の二、三男坊なんてもんは口べらしと決まってて、風呂敷《ふろしき》包み一つかかえて上野駅についた。田舎の知り合いの世話で、歩いて団子坂下の大きな金物屋に着いたんだ。この谷中から根津にかけては職人の町だからな、鉋《かんな》、鋸、鑿《のみ》、鋏《はさみ》がよく売れて、金物横町ってくらい店が多かった。

とんでもない所へ来ちゃった、そう思ったよ。くすんだ下見張りの壁にどこまでもつづく瓦《かわら》屋根、市電の敷石に舞い上がるホコリ、どこもかしこも灰色でさ。これっぽっちも緑が見えない。路地の隙間《すきま》から見える空は小っちゃくて、こんな所で暮らすのかと思うと泣けてきた。

あのころ、どこの店にも小僧が五人十人といた。人件費がタダみたいだったしな。朝早くからこきつかわれて、夜は店の屋根裏で枕《まくら》を並べて寝た。藪《やぶ》入《い》りったって、あんたら知るまいな。正月と盆と、年二回しか休みらしい休みはなかったんだ。

楽しみといえば、少しの小遣銭や風呂銭をためて近所の甘い物屋にいくの。きなこ餅《もち》とか蜜団子《みつだんご》、うまかったなあ。重労働だから、砂糖っ気が腹にこたえるんだよ。ああいう店は小僧連の天国というか情報交換場だったたな。

炭屋の源どんともよく話をしたっけね。「あんちゃん、どこの人だい」「福島だよ、おめえは」から始まってさ、うちは夕食のお菜《かず》がいいとか、あそこは大番頭が意地悪だとか、たわいのない話よ。源吉といっておれよりも一つ二つ下だが、十かそこらで埼玉から出て来たころは、ひよわなやつでね。朋輩《ほうばい》から聞いた話だが、夜しくしく泣いたり、おねしょもしたそうだ。

それが二、三年いるうちに、炭の俵ひっかついだり、夏は氷を切ったり、一丁前に動けるようになった。表でそんな仕事に精出すうち、源吉はす前の路地にいる、大寅《だいとら》の娘のお美津《みつ》が好きになったらしい。小僧だって人間だ。働きづめの生活でも十三や十四になれば色気づくのが普通でしょ。大寅ってのは、大工の寅蔵っていって、ちったあ鳴らした大工だよ。そのころはのっそり十兵衛じゃあないが、たいていの職人にそんな仇名《あだな》がついてたね。

お美津ってのは、ちっとも美人じゃなかったな。浅黒くって、二重の目ばかり大きくて。どこがいいんだ、と聞いたら、「山田五十鈴《いすず》に似てる」っての。笑ったな。仕事の合間に浅草まで駆けてって見たんだろ。十銭玉握ってよ。おれも見たよ。「弥太郎笠《やたろうがさ》」に「国士無双」。クラッと来ちまったんだろうが、お美津と似てるとはどうも思えねえな。とにかく、源吉も女に口なんぞきけるタマじゃない。お美津がそばを通るとそわそわしたり、ポッと赤くなるだけだった。

そのお美津がどういうわけか、根津の権現《ごんげん》さまの池に飛び込んだことがある。わけはだれも知らないんだ。覚悟の自殺ってほど深刻だったようには思われない。出来心ってのか、なんかちょっと思いつめちゃって境内のあの赤い鳥居の並んでいる乙女稲荷《いなり》んとこから飛び込んだんだ。何でも秋口だったね。小僧連中があの境内じゃよく店を抜け出して油売ってたから、すわ、娘が飛び込んだってんで、若い衆も丁稚《でっち》も次から次へどぼんとやった。美人だぞ、なんて叫ぶ奴《やつ》もいた。

意気がってはみたものの、あの池はせいぜい腰くらいまでしかない。いまはもっと浅いだろ。とんまな話で、みんな拍子抜けしちゃって泥池の中に突っ立ってた。そこにどっかの丁稚が通りがかり、配達帰りの自転車に娘を乗っけて、さあっといなくなっちまった。娘の方がお美津で、小僧の方が源吉だってことは、ずっとあとに聞いた話だがね。

明けて昭和八年てのは、まだ戦争がピンとは来てなかったが、きなくさい匂《にお》いは少しずつ漂ってた。日本が国際連盟を脱退したのやら、小林多喜二って共産党の小説家が特高に殺されたのもこの年なんだってね。そもそも正月に大島の三原山に飛び込んだ女がいて、それを真似《まね》して一年間に九百何十人か、飛び込んだっていうんだから、みんな何か妙な熱に浮かされてたような気がする。お美津もその真似したのかな。

熱に浮かされたっていえば、夏にビクターが「東京音頭」を発表したんだ。作詞は西《さい》条八十《じょうやそ》って、この人は不忍池《しのばずのいけ》の畔《ほとり》の上野倶楽部《クラブ》って、目をむくようなハイカラなアパートがあったっけが、そこにいたとき「かなりや」って童謡をつくった人です。これと当代人気の作曲家、中山晋平。「カチューシャの唄」や「ゴンドラの唄」「船頭小唄」の。これがコンビで売り出したんだからたまんない。

発売になると、どういうわけか、あっちこっちで人が踊り出した。最初は芸者がお座敷で踊ったらしいが、じつはビクターが仕掛けたらしいや。上野公園なんかにビクターの宣伝カーが来て、スピーカーで曲を流すと、どこからともなく人が集まってくる。浴衣《ゆかた》姿で踊り出す。

〽ハアー、踊り踊るならチョイト東京音頭

ヨイヨイ

ってね。もうたいへんな騒ぎなの。

〽花の都の　花の都の真中で

サテ　ヤートナソレ　ヨイヨイヨイ

東京中で踊ってた。おれたち小僧も踊りたくって踊りたくって仕方なかったね。夜に踊るのだけが楽しみで昼間働いてたようなもんだった。なんでも神田神保町《じんぼうちょう》あたりじゃあ、昼間っから本屋の小僧や本を買いにきた学生が道の真ん中で踊り出して、市電が止まっちゃったっていうんでしょ。

団子坂下は、ほら、料理屋があって煎餅屋《せんべいや》があって、その先に案外広い空地があって、炭屋、下駄《げた》屋と続いていた。その空地に集まって夜な夜な輪をつくって踊ってたのよ。旦《だん》那衆《な》からおかみさん連中、娘っ子、下宿している学生も、横丁のガキどもも、町内総出でね。

その踊りがだんだん盛り上がって、いよいよあと一、二回で終わろうというころになるとなぜかバラバラと石が降る。そうだな、九時ごろか。九時にはお開きってのはその筋のお達しだったらしいよ。丸の内だの日比谷公園だのでも毎晩踊り騒ぐもんで、大内山《おおうちやま》の陛下の御寝《ぎょしん》を妨げる、というんでね。いまでも、町の盆踊りが九時でお開きなのは、その名残じゃないの。

石が降っても、踊り狂ってる連中は何が何だか分からない。石は三日か四日、続けて降った。これは、宇宙からの隕石《いんせき》に違いない、なんて知ったかぶりをいうのやら、そういえば石はいつも西の方角から降る、という奴もいた。例の大黒屋って甘味屋での小僧たちの評定《ひょうじょう》さ。次の晩は、西の空を注意して見てようということになった。何人かで虎視眈々《こしたんたん》と見張ってると、炭屋の屋上の物干しに出る窓のところに人影があって、さてこそまたバラバラ石が降ってきた。

それってんで、びっくりしてる炭屋の主人を尻目《しりめ》に階段を駆け上がり、屋上に近い廊下の隅で捕まえてみたら例の源吉じゃないか。ごめんなさい、ごめんなさい、というのを往来に引きずりだした。バカヤロー、コノヤローとあとはもう袋叩《だた》きですよ。「東京音頭」のほか何の楽しみもない頃だからね。

それから源吉の姿はふっつり消えた。ご近所に顔が立たない、と炭屋の主人がすぐ田舎に返したらしいな。この主人てのが、堅物一すじ。小僧から番頭になり、家付き娘と一緒になって店の主人に納まったって叩き上げで、店の者にはめっぽうキッかったそうだ。「東京音頭」なんてとんでもない、と小僧を外に出さなかったんで、恨みを晴らしてくれたって、源どんに喝采《かっさい》する朋輩もいた。いや源吉は好きなお美津が近所の美校生なんかと楽しそうに踊ってたんで嫉《や》いたんだよ、て説もあった。どっちにしろ幼い話じゃないか。ったって、源吉はいまの中学三年生くらいだからなあ。

実はこの話には後日譚《たん》がある。源吉は田舎より東京の方が水が合ったのか、お美津を忘れかねたのか、そこは知らないけど、また東京に舞い戻った。勝手知ったる根津の町で、左官の親方に泣きついて弟子にしてもらったんだそうだ。

そこで源どん、いや小僧から職人見習になったんだから源坊とよばれて、一から仕事を覚えた。そうね、源吉がとなり町に帰ってきたって話は響いてた。おれも何回か会ったもの。口をきかない仲じゃなかったのに、奴《やっこ》さん、道ですれちがってもウンでもスンでもねえ。そのうち、お美津と源吉がどうも両思いらしいってうわさが入ってきた。

どこでどう話をつけたんだか、たしかに男ぶり上げてたよ。まあ、半纏《はんてん》に地下足袋の職人になってさ、日に焼けて筋骨隆々。ひょうたんから駒《こま》って、ああいうんじゃないの。

小僧連は腰も低いしお喋《しゃべ》りだが、職人は一日、黙って仕事してる。女にとっちゃその方が見映えがするわな。お美津はあれで案外しっかり者だ。源吉は自分のせいで町を追われたんじゃないかって気もある。手に職はあるし、様子はいいし、この人と一緒になっていよいよ男ぶりを上げさせたい、と思ったんじゃないか。それがあの頃の町娘の甲斐性《かいしょう》ってもんでしょう。

そのことは親父《おやじ》の大寅もうすうす気がついてた。あんな石投げ小僧なんかに大事な娘をやれるかって、意地張ってたみたいなんだが、そうなれば二人はかえってとめどがなくなっちまう。ある冬の真夜中、お美津は親にこさえてもらった着物をそれこそ、長襦袢《じゅばん》から何から着込んで、風呂敷には櫛《くし》やらかんざしやら帯やら、質草になりそうなものをたんまりくるんで、二階の物干しからつたって降りたんだ。

もちろん下では源吉が待ってた。ところが足を屋根から樋《とい》にかけたとたん、手から荷物がころげて、油のビンがガッシャーン。ほら昔、黒襦子《くろじゅす》の襟の汚れをとる揮発油があったでしょう、あれさ。

ハゲ頭の大寅が起き出して、こらあと怒鳴ったがあとのまつりだ。団子坂下から根津のはじまで、二人でとっとこ駆けに駆けた。これがホントの駆け落ちだあね。

根津で所帯をもって一年くらいたったかな。親父の方も根負けしたのか、源吉が詫《わ》びを入れたのか、職人として一本立ちしてからは、大寅の下職でずい分、町場の仕事やりましたよ。

ただ、あの頃の男は悲しいもんだね、二十歳で徴兵検査、どんなに腕のいい職人でも兵隊にとられちゃう。そのうち戦争が始まって、源吉もおれも、こんどは中支だ、南方だってめまぐるしく持ってかれた。

好きなお美津との間におちおち赤ん坊つくる暇もなかったんだが、戦争が終わって復員したのは早かったよ。それから子どももできて、十年はよく働いた。この辺は焼けなかったが、下町一帯焼け野が原、材料があったってなくったって、家が建ったからな。

そのうち源吉がよくねえって聞いた。どうも南方から持って帰ったマラリアが再発したって話だったが、かわいそうに、昭和三十年ごろあっけなく死んじまったね。死ぬ前、ふっと目をあけてお美津に、「山田五十鈴に似てる」っていったそうだよ。

詳しいね、といったって、おれの女房がお美津と娘時分からの三味線仲間で、いまだに仲がいいからさ。源吉は死んだが、お美津さんなら、この裏の路地に元気だよ。

まあ、いまでも町会の盆踊りで「東京音頭」やるでしょ。ツン、チャッチャカて前奏だけで切なくなるね。昭和八年に戻っちまう。体ごとあの時代にひっさらわれるような気がするんだ。

動物園の黒豹《くろひょう》

帝都の戰慄《せんりつ》
上野動物園の黒豹　けさ檻《をり》を破つて脱出

二十五日早朝五時頃上野動物園から野生そのまゝの獰猛《だうまう》なシャム生れの黒豹が一頭頑丈な鐵《てつ》の檻を破つて脱走した　このため公園一帯は大騒ぎとなり市街の一角にジャングルに觀《み》る猛獸狩りの物凄《ものすご》いスリルの場面を展開した、……

――「東京朝日新聞」昭和十一年七月二十六日付朝刊――

裏の斎藤さんがお美津に聞けって？　じゃあお話ししないわけにいかないわね。あの人にはホントに世話になった。源吉とあたしが最初に所帯を持ったのは、根津なんですが、戦後すぐ子どもが生まれて手狭になって、ここに来るのにも斎藤さんに厄介かけました。五十年も前ですけれども。

路地にはみんな、だれかの伝手《つて》で入ってくるのよ。三代つづく生粋の江戸っ子なんていやしません。みんな田舎から出てきて、小僧だの工員だのになって、あたしみたいに地付の娘と一緒になることもあるけど、とにかくここで所帯をもって、木の葉みたいに吹き寄せられてきた同士、どうにか助けあって生きていくのよ。

あらやだ、斎藤さん、そんな話までしたんですか。たしかに、権現《ごんげん》さまの池に飛び込んだのは失恋なんかじゃない。あの日はじめて、大寅《だいとら》の家が実の父親母親じゃない、ってことが分かって呆然《ぼうぜん》としたんですよ。貰《もら》いっ子だってね。

谷中に塙《はなわ》って鳶《とび》の頭《かしら》がいましてね、先々代が〝茶畑の頭〟って呼ばれたくらい。ご一新で侍屋敷が茶畑・桑畑になったころからいるうちです。その三代目が若いのに死んじゃって、あとがまだ育ち切らないんで、お政《まさ》っておかみさんが中つぎをするはめになった。それで足手まといの赤ん坊を昵懇《じっこん》な大寅に貰ってもらった、それがあたし。

そんな洗いざらいを、出入りの髪結いがおためごかしに教えてくれたもんで、ふっとはかなくなってね。気がついたら池の中だった。あの人が引っぱり上げてくれて。びっしょり濡《ぬ》れた着物で、源さんの細い体にしがみついた、あの感じが何だか忘れられなくて。気持ちのいい人でしたよ。源吉の墓はこの裏のお寺にあるのよ。あたしも死んでも店子《たなこ》ってわけね。

わかったらどうしようもない、と育ての親の許しが出て、実の親と行き来はしたけど、やっぱりお政さんをおっ母《か》さんとは思えなかった。里子に出されたことをどっか許せないんでしょ。今となれば、向うも生きるためにはしようがなかったと思うけど。親戚《しんせき》のおばさんて感じが抜けなかった。

そのお政さんに面白い話があるの。あの人は丈《たけ》が五尺六寸の大女でさ、二十貫近い太った体をゆすって、男まさりの町内鳶、若い衆取り仕切って働いてた。そんなお政に惚《ほ》れた男がいるのよ。

ヤジ平っていってね、本名は矢島平五郎。いい家の生まれなんですが、根っからの遊び人。若いころは芸人じみたことで根津にあった菊岡亭あたりを賑《にぎ》わしてたらしい。あたしの知ってるころは、お祭りの仕切りを手伝ったり、お寺の坊さんに頼まれて庭木の手入れをしたり。本業らしい本業はない、ただ町をふらふらして、暇で、何かっていうと手を貸す奴《やつ》、いたでしょ、そういうのが、昔。

背は小さいし、貧相だし、からきし風采《ふうさい》は上がんないけど、のんきで人に好かれた。これがどういうわけか、子持ちで大女のお政に熱を上げて、毎日、

ねえさん、いるかい

と来るのよ。いるかいって、たいていいるに決まってるじゃない。ただ来たってお茶飲んで、若い衆と将棋指すだけじゃ、仕事師にしてみりゃ迷惑もいいとこ。お政さんは足場組むのを指図にいく。お祭りのときは軒《のき》に提灯《ちょうちん》ぶらさげるのやら、年末に門松立てるのだって町内鳶の仕事ですからね。女だてらにいいかげんよしなよ、とよその頭に嫌味をいわれても、こちとら百年はやってんだ、とまなじり決して意地張ってんのに、毎日、

ねえさん、いるかい

にはほとほと弱ってた。ヤジ平もそれ以上はいわないのよ。それが四十面下《づら》げてあの男のウブなところですよ。あれで初恋なんじゃなかったの？　お政の末の息子をかわいがってねえ。それだけはお政さんもありがたがってた。ヤジ平ときたらお祭り時分に、子ども相手にくじ引きの夜店を出して小遣いをまき上げてた人だもの。子どもだましはお手のものよ。

案外、ヤジ平って人はほかの男みたいにいばらなかったね。ノーテンキでフラチャカして頼りにもならないかわり、いて邪魔になる感じじゃなかった。持ち重りしない男ってのかしら。

おとなしい、かわいい女より、むしろお政さんの大きくて強そうなところが好きだったんじゃない。あんなお尻《しり》の大きなのを長火鉢のそばにでんと据えたらば、糸の切れた凧《たこ》みたいなオレの重しになるとでも考えたんじゃないですか。

ねえさん、いるかい、が四、五年つづいて、もう若い衆はニヤニヤするし、お政も気持ちは知ってたけど、それ以上いわないんだもの、ハイもイイエもいいようがない。

昭和十一年、そう、よく覚えているわ。二月の雪の日が二・二六事件だった。日比谷の方に仕事で出ていった若い衆が、大変だ、宮城前に銃持った兵隊がいっぱいいる、ってすっとんで帰ってきた。一段落したと思ったら五月に尾久《おぐ》の料亭で阿部定《あべさだ》事件。あのお定さんは保釈になってから、谷中の料亭で仲居をしてたって話ですよ。そしてなんといっても、この辺一帯がふるえあがったのが、七月二十五日の黒豹事件です。

そのころ、どうかすると風の向きで、上野の動物園の猛獣の吠《ほ》える声が聞こえたもんですが、七月二十四日の夜中に、シャムから、っていまのタイですけど、贈られたばかりの黒豹が脱走したんですねえ。野生の獰猛なのが。暑い国から寒いよその国に連れてこられて、豹も迷惑だわよねえ。隅でふてくされてるんで、飼育係が外の檻に出しといたらしいの。天井の柵《さく》が少しだけ広くなってて、黒豹の頭がやっと出るくらい。あとはあんなしなやかな獣ですものねえ。

朝五時ごろ巡回したら黒豹がいない。有名な古賀園長以下、動物園の人たちは腰を抜かして驚いた。人心を不安に陥《おとしい》れてはならじと、とりあえず上野公園全体で百人くらいの職員で夜明けの大捜索やったらしいですよ。あいつは癖が悪かった、十日いて鶏一羽しか食わん、飢えてるから気が立ってるゾなんて、それこそ町の人が聞いたらこわがっちまうような話だったらしい。

黒豹が逃げたって、いつ町にうわさがとんだか。午前中にラジオで放送したときには、たいてい知ってましたよ。「発見次第すぐ警察にご報告下さい」もないもんだって、みんな雨戸を閉めてふるえてたんだから。

このとき、なんだなんだ、オレが捕まえてやろうって妙に張り切ったのが、あの小男のヤジ平です。

さいしょ、尻っぱしょりに地下足袋、棍棒《こんぼう》もってとび出したが、上野は戒厳令下みたいに通行止めなんで、カーキ色の服に着替え、町の警防団に紛れ込んだんです。

警察は七、八十人くり出した。お昼になると、警視庁の本部からは新撰組《しんせんぐみ》って、名前は笑っちゃうけど、拳銃《けんじゅう》の名手を集めたのが二個中隊到着しました。赤羽からは軍用犬のセパードが二匹。猟友会も銃を片手に集まる。上野は黒豹の大捕物で、彰義隊の戦争以来の大さわぎでわんわんしてきた。

それでも依然、黒豹の行方は知れません。手分けして探すうち、美術学校、今の芸大の裏手に足跡がある、と最初に見つけたのがヤジ平らしいんです。ご一新の前からいる一族の末ですから、上野の山は掌《たなごころ》を指すように知りつくしてるんですよ。動物園や公園のお役人は土地のことを知らないんで、あっという間に、ヤジ平が頼りになる案内役になっちゃった。

動物園のすぐ裏が美校ですよね、その境に千川上水の跡があるのご存知ない？　その昔、小石川の御薬園から松平伊豆守《いずのかみ》の邸《やしき》、そして上野の寛永寺《かんえいじ》に給水するために引かれた上水っていうんですが、八代将軍吉宗《よしむね》公のときに廃止になって、その水道《みずみち》だけ残ってた。そこに黒豹の足跡が点々と見えた。

そんなら豹はこっちの方角に逃げたはずだ、と見当つけたのもヤジ平なんです。なんせ上野の山には上水の跡ばかりか、彰義隊が逃げ道に掘った穴とか、明治になって掘った下水道とか、いろいろございますからね。

このあたりのマンホールがあやしい、というんで一つ一つあけていった。最後は公園の職員で伊藤って人ですが、十三、四個めの蓋《ふた》をあけたら、くらがりに二つ、キラリと光る眼があったんです。

それってんでひとが集まり、マンホールの口には檻をとりつける。一方、足跡の見つかったあたりからはマンホールの中に入って板でこしらえた厚い楯《たて》を持って豹のいそうな方向へ土管の中を進む。その楯のまん中に穴をあけ、重油に火をつけた松明《たいまつ》をさし込んで、煙でいぶし出すつもりだったとは、誰が考えたのか。苦肉の策とはいえ、想像するだけでもおかしいじゃありませんか。

土管は直径二尺くらいしかないらしく、その狭いところに人間が入って、そろそろと楯でまるでトコロテンよろしく押し出すという計画。いぶされた豹はまんまと追い込まれ、ついに地上にとび出したら、みごと檻のなかに収まった。一件落着、それが午後五時だった。たった半日の捕物でしたが、あたしたち町の者にとってはなんだか、黒豹が一週間ばかりも逃げてたくらいに長かったわね。

その日、職員が出払ってたから、ほかの動物たちは放っとかれたわけよね。朝昼の餌《えさ》も貰えなかったんで、その吠えること。上野全山にこだまし、それがまた怖かったって、近くの人はいってました。
動物園や公園の職員、警察の署員がはたらくのは当たり前ですけど、ヤジ平は民間人だってんで、口づたえで殊勲者ということになりました。さあ、表彰なんてされたんだかどうか。とにかく町の変わり者、お天気野郎ってのから、ちょいと格上げになって、なんかこう気分が晴れ晴れとしたんじゃないかしらね。その勢いで、
ねえさん、オレと所帯を持たねえかい
とある日お政にいったらしいんです。いつかこの日が来ると、覚悟していたとはいえ、やっぱり、あたしがいまそんなわけにいかないことくらい百も承知だろ、としか答えようがなかった。上の息子が二十、真ん中が十九、末のが十八で、いま一歩で仕上るってとこでしたがね、若い衆へのしめしもあるし、代替わりを目前に大事な時なことは確かでした。
失恋したってわけだ。
でもヤジ平は、そんなことで恥をかかされた、と思うようなケチな人間じゃあありません。どっか純情ではありますが、浮世の辛味はしっかり味わってました。とはいえ、惚れてるけど一緒になれない女を近くで見てるのはつらい、とそれきりどっかへ行っちまいました。
ただヤジ平らしいのはね、町を出ていく前に、日暮里の本行寺《ほんぎょうじ》だったか、お寺の前で馬に乗って写真を撮ったんですよ。それが桃太郎じゃあるまいし、陣羽織着て、日の丸の

鉢巻しめて、手に扇子をかざして「日本一ノのんき男」って大書した幟《のぼり》を持ってんの。じぶんでいっちゃあおしまいだけど、あいつらしいな、と頭連中がかわいそがってました。町にいなきゃいないで、こっちがさみしくなるような男なんですよ。

あれから、あの人の話は聞きません。でもいちばんこたえたのは、お政さんらしいわ。ねえさん、いるかい、がなくなって調子狂っちゃったんだって。声だけは渋くていい男でしたから。

戻ってこないかなあと思った日もあったんでしょうよ。捨てられた娘のあたしとしては複雑よね。悪いけど、ざまあみろ、という気が半分、も少し待ってくれれば一緒になれたのに、という気も半分。のがした魚はうまそうなもので。でも、あれから六十年、母親どころか、兄たちもとっくにこの世の人じゃあなくなりました。

注

＊1　感応寺　現在の天王寺のこと。日蓮宗の寺だったが、不受不施派に属して弾圧され、一六九八年に天台宗に改宗して存続。寺名が長耀山感応寺から護国山天王寺に変わったのは一八三三年。

＊2　五重塔　仏舎利を納めるストゥーパに由来する。谷中感応寺の五重塔、初代は一六四四年建立、一七七二年に火事に遭い、一七九一年に再建。一九〇八年東京市に移管された。一九五七年七月六日に放火心中で焼失。その後、何度か復元の動きがあった。

＊3　藪下　団子坂上の交差点から根津方向にゆるく下りていく坂。

＊4　根津神社は日本武尊が東征の際、武運を祈願したとの伝説がある。祭神は須佐之男命《すさのおのみこと》など。元は団子坂の上に在った（元根津の宮）。現在地は三代将軍家光の次男、綱重の邸だったが、その子、綱豊が五代将軍綱吉の世継ぎとなったことで場所があき、故地から移転して天下普請で大造営が行われた。一七〇六年完成。綱豊は六代将軍家宣となったが、その治世は三年ほどだった。東京十社のうち。本殿、拝殿、唐門、透塀、楼門などは重要文化財。

＊5　藍染町　根津の不忍通りの両側が八重垣町で、その東側、藍染川に沿ったあたり。

＊6　向ヶ岡の寄宿舎　現在の東京大学農学部にあった第一高等学校の五寮。全寮制だった。

＊7　千駄木の泥濘　千駄木町や千駄木坂下町の低地は藍染川の湿地で、明治三十年ごろ本郷じゅうのゴミを持って埋め立て、不忍通りを通した経緯がある。

＊8　藪下通りの東側はここで荷風が言うように崖であった。二代目広重の「名所江戸百景」に

は団子坂花屋敷の庭が描かれているが、これが安政の大地震で崩落したとも言われる。現在も、文京区立第八中学校と汐見小学校のあたりは絶壁である。その上に森鷗外の観潮楼があった。

＊9　D坂とは団子坂。本郷台から根津の谷に降りる急坂で、低地は貧しい人が多かったことは鷗外の「団子坂」でも知られる。坂下には荷車のあとを押して鳥目《ちょうもく》をもらう軽子と呼ばれる人足がいた。あまりに坂が急で馬が足を折ったりするので、菊人形が終わった明治末から坂をなだらかにし、幅を広げる工事が行われた。江戸川乱歩は大正八年くらいから団子坂上で古書店をやっていたことがある。

＊10　根津遊廓屈指の大籬《おおまがき》であった大八幡楼は現在の日本医大大学院の場所にあった。明治二十一年に遊廓が洲崎に引っ越したあと、旅館紫明館、さらに真泉病院となり、その後、煙草の専売工場になった。

＊11　栄座については本書に何ヵ所か出てくるが、藍染町にあった芝居小屋で、もとは藍染座といったが、根津の大火で焼失。

＊12　三崎町　神田では「みさきちょう」と読むが、谷中は「さんさきちょう」。新幡随院は三遊亭円朝「怪談牡丹灯籠」に登場。ここから旗本の娘お露が女中のお米を連れて、根津清水町の浪人萩原信三郎のもとへしのんでいく。カランコロンと下駄の音がするこの幽霊は足があった。ここにあった新幡随院法住寺は今はなく、あとは朝日湯などになっている。

＊13　大円寺　日蓮宗の寺で、神式と仏式が習合した本堂を持ち、瘡（皮膚病、梅毒など）に効くと言われ、吉原の遊女の願掛けで賑わった。境内に永井荷風による笠森お仙の碑、笹川臨風による錦絵開祖、鈴木春信の碑がある。しかし、笠森お仙が茶店にいたのは、谷中の高台

の功徳林寺前の笠森稲荷。大円寺では毎年秋に「菊まつり」が行われる。

＊14　六阿弥陀横丁　元禄頃から春秋の気候のいい頃に六阿弥陀を巡礼することが流行した。一番は巣鴨西福寺からはじまるが、三番西ヶ原の無量寺から四番田端与楽寺、五番下谷（池之端）常楽院へ回る途中がこの六阿弥陀道。巡礼者は年配のものが多かったため「四五番で腰のふらつく六あみだ」とか「六あみだ嫁の噂のいい仕舞」などの川柳が残っている。下谷常楽院は現在調布市に移転、故地に小さな祠がある。

＊15　宗林寺　蛍沢にある寺で通称萩寺。現在も門のところに萩が植わっている。寺が大家の萩荘なる学生アパートがあったが、現在は複合文化施設ＨＡＧＩＳＯになり、ギャラリーやカフェを併設して賑わっている。「宋」はまちがい。

＊16　花見寺は修性院、雪見寺は浄光寺、月見寺は本行寺が正しい。

＊17　諏訪神社は諏方神社が正しいが、諏訪神社と書かれることもある。

＊18　富士見坂　当時は富士見坂の上から富士山が千駄木田んぼのうえにくっきりと見えたが、一九八〇年代のバブル開発で本郷通りにペンシルマンションが建ち、富士見坂から全き富士山は望めなくなった。当時、眺望権を主張し「日暮里富士見坂を守る会」が結成され、現在も活動を続けている。

＊19　日暮里の十か寺は主に、江戸時代に村おこしで勧請されたものであるが、明治以後、廃仏毀釈で寺々は衰微し、土地を切り売りした。修性院の大部分は博文館社長大橋家の邸宅となった。

＊20　新花見寺の住職をメメズ坊主というのは、「土を売って生きる」の意味で、この土砂は不忍池の周りに競馬場を作るのに使われたという。また境内を女子体操音楽学校に貸したり、

福宝堂の日暮里花見寺撮影所に貸し、ここは活動写真発祥の地でもある。

*21　安八百屋　今の谷中幼稚園の辺りに九尺二間の長屋から身を起こし、夫婦で大八車に野菜を載せて運び、安く売った八百屋があった。これを目当てに周りにも商店が増え、この通りを安八百屋通りと呼んだが、初音四丁目はかなりの部分が戦災で焼け、商店は現在の谷中銀座に移った。

*22　日暮里渡辺町　渡辺財閥の渡辺六郎が、エベネザー・ハワード『明日の田園都市』に影響を受け、旧佐竹屋敷のあとに開いた理想の郊外住宅地、野上彌生子夫妻、建畠大夢、石井柏亭などの文化人が住んだ。この渡辺財閥は昭和二年の恐慌の引き金となって、渡辺銀行、あかぢ貯蓄銀行に預金していたこの地域の人は大きな損害を被った。ここにも汗水垂らして働いた安八百屋が一〇万円の損を被ったことが噂として語られている。

*23　根津遊廓　根津神社を大造営する時にたくさんの人足が入ったことで、飲食店が出来、それがいつか非合法の岡場所になった。何度か幕府に取り潰されたが、明治になると公に認められ、一時は一千人の遊女がおり、明治十年頃に本郷にまとまった東京大学の学生がここで遊んで学業をおろそかにした。坪内逍遥はそれを「当世書生気質」に書いたが自らの夫人はここの花魁《おいらん》花紫である。森鷗外の「キタ・セクスアリス」にも出てくる。惣門は今の根津交差点のところにあり、宮永町に引き手茶屋があった。今の不忍通りが仲通で、その両側に遊女屋が並んでいた。結局明治二十一年六月三十日を以て、洲崎に移転させられた。

*24　古い金魚屋「ばんずい」といって、今の藍染保育園の辺りにあった。幸田露伴の書簡にはここで魚釣りをして遊んだことが書かれている。

*25　娯楽園　根津神社境内、今のツツジ苑の近くにあった境内の茶店で、椎茸飯で有名だった。

岡本文弥さんからはそこで「おとぎの世界」の演芸会をしたと聞いた。ベルリンの国際アナキスト大会に出席しようとして渡仏、サンドニで演説して捕まり強制送還された大杉栄も、ここで帰朝報告会を行っている。彼が帰国したのは一九二三年七月、つまり関東大震災後に虐殺される少し前だった。

＊26　七曲り　これは千駄木と谷中の間の道、今はヘビ道と呼ばれている。土地の古老から「千駄木の七曲がり」「十三曲がり」「ヘビ道」と呼ばれていたのを聞いて地域雑誌「谷根千」に書いたところ、ヘビ道の呼称が定着してしまった。

＊27　日本医専　現在の日本医科大学で、明治九年に長谷川泰が本郷に設立した西洋医学の済生学舎が前身。明治三十七年に日本医学校がこれを引き継いだ、日本で最初の私立医科大学である。

＊28　太田ヶ原　掛川藩太田家の下屋敷跡で、当時、池もある荒れた庭園であった。『吾輩は猫である』の主人公の猫はこの池の畔に捨てられ、自力で坂を上り、目の前の苦沙弥先生の家に飛び込む。団子坂不同舎の絵描きたちも好んでよくこの廃園を描いた。

＊29　丸善工場　千駄木林町の大給坂のそばにあった。インキ工場。

＊30　駒込倫敦《ロンドン》　これはやや谷根千からはずれたところである。団子坂を上って本郷通りの角がいまは三井住友銀行だが、昔は駒込館という映画館だった。室生犀星が住んだ千駄木は高台で、本郷通りも近かった。ここにも市電は通っており、また白山通りにも通っていたので、これをつなぐ白山上の商店街は乗り換えの人で繁盛した。これを「一丁倫敦」などと言ったが、室生は「駒込倫敦」と名付けている。

＊31　矢田橋　谷田橋の間違い。藍染川は上流では谷田川といい、巣鴨のお薬園から出てその川

筋は今もずっと商店街になっている。動坂から田端へ向かう最初の信号が谷田橋のあったところ。ここには川や橋がなくなったあともずっと谷田橋薬局が残っている。

＊32　勧工場　上野では何度も勧業博覧会が行われ、そこでの売れ残りの商品を並べて売ったのが勧工場で、市中にいくつもあった。しかし売れ残りで品が悪いため、二流品のことを「かんこばもの」などと言った。

＊33　見晴らし　千駄木の崖上からの眺望は良かった。寛永寺と天王寺の二つの五重塔が見えるというのがこの町の人の自慢だった。観潮楼玄関の前の急な階段は白蛇坂という。今はここから浅草ビューホテルなどの間にスカイツリーが見える。観潮楼の二階では両国の花火の際に客をしたようだが、現在も不忍通り東側のマンションの上の階からは両国の遠花火が見える。

＊34　不律　森鷗外とシゲの間の長男。百日咳をこじらせて赤ん坊で死去。このとき茉莉も同じく危篤になったが、安楽死をさせようという祖母峰に対して、シゲの実家の荒木家の祖父が反対し、茉莉は一命を取り留めた。ここには父鷗外がいろいろ植えさせた樹木や花に囲まれた、千駄木の二百坪ほどの住宅の明け暮れが描かれている。

＊35　菊人形　江戸の後期に、千駄木辺には菊を植える植木屋が多く、千本咲きとか、景物にして競ったが、そのうち歌舞伎役者の顔に似せた人形を作り、衣装を菊で作る菊人形が発祥した。毎年秋には団子坂沿いの植梅、植惣などの植木屋ではそれを見せて木戸賃をとった。二葉亭の「浮雲」、漱石の「三四郎」にも登場する。その土産物でもあった「菊見せんべい」は明治八年創業で現在もご盛業だ。

＊36　駒込病院　明治十二年、コレラ流行時の避病院として、郊外だった動坂上の鷹匠屋敷跡に

作られた。その後、コレラ、疫痢、猩紅熱《しょうこうねつ》などの際に大活躍した。現在もエイズや新型コロナなど感染症やがんの基幹都立病院となっている。

＊37　動坂　坂上に江戸五不動の一つ、目赤不動があったが、不の字が取れて動坂となった。不動は駒込の南谷寺に移され、そのあとは坂上に日限《ひぎ》り地蔵があって、その九の日の縁日には、昭和三十年代までは夜店が出た。佐多稲子は動坂下から左折した神明町にあったカフェ紅緑の女給だった。不忍通りには動坂松竹と進明館という二つの映画館があった。

＊38　モデル紹介所　岡倉天心に裸体モデルを紹介してもらえないかと頼まれた宮崎菊が始め、モデル婆さんとして有名で、その息子幾太郎が継いだ。場所は谷中領玄寺門前で、日曜のモデル市になるとモデル志願者で三浦坂に列が出来たという。一番有名なのは、藤島武二、竹久夢二、伊藤晴雨の三人のモデルとなったお葉。貧しい音楽学校生徒だった淡谷のり子もここでモデルを務めたことがあった。モデルと美校生が恋仲になることもあれば、裸体故に画家に性暴力を振るわれた例も少なくないようだ。

＊39　三崎町から団子坂上にかけてはいまも骨董屋が多い。

＊40　講談社　野間清治の創立した大日本雄弁会講談社は駒込坂下町にあり、「少年倶楽部」の発売日には、その前の新道が原に幟を立てた大八車に雑誌を載せ、少年社員たちが各地に運んだ。昭和になって曾禰中條建築事務所が設計した新式社屋が音羽に完成、ここに移った。

＊41　泰平軒　向丘にあった町中華の店。おいしく安価で、店内は昭和そのものの雰囲気だった。

＊42　砂子屋書房　上野桜木町で山崎剛平が経営していた書肆。太宰治が「晩年」を出し、芥川賞を狙ったが果たせず、しかし尾崎一雄は「暢気眼鏡」で受賞した。砂子屋書房は二十七番地、尾崎が越したのが二十番地、宇野浩二がいたのが十七番地あたりという。現在、同名の

書肆は内神田にあり、短歌や詩の本を出している。

＊43　大観音光源寺　向丘（旧蓬萊町）にある浄土宗の寺。戦前、浅草のほおずき市と同じ日に、ここの観音様も四万六千日の縁日があったが、戦災で観音堂が焼け長らく途絶えていた。観音堂の再建と共に、「ほおずき千成り市」として復活し、賑わっている。

＊44　千駄木坂　根津裏門坂のこと。坂の通称は時代によって変わる。汐見坂は藪下道をいうが、団子坂を潮見坂と呼ぶこともある。裏門坂下の角に芙蓉館があり、のち根津東宝映画になった。

＊45　千駄木小学校　汐見小学校の間違い。

＊46　物集梧水　本名高量《たかかず》。「広文庫《こうぶんこ》」で知られる物集高見《たかみ》の息子。東京帝大を卒業するも、生来の自由人で、百歳を超えて「徹子の部屋」などに出演。妹の物集和子が「青鞜」創刊に関係したため、「青鞜」の初期は林町九番地の物集邸が編集所であった。のち駒込電話局になり、ＮＴＴに民営化後、マンション用地に売ってしまった。

＊47　宮本摺衣　宮本勢助、風俗史家。根津宮永町で焼酎を製造する家に生まれ、服飾を研究し、息子の馨太郎と共に山袴の研究に打ち込んだ。

＊48　瑞松院の左手　藍染川沿いの寺は、向かって左から臨江寺（臨済宗）、瑞松院（臨済宗）、本寿寺（日蓮宗）。

＊49　柏湯の芝居　文化元年創業の銭湯だった。劇団第七病棟、唐十郎原作、緑魔子主演、石橋蓮司演出、「オルゴールの墓」。この時を最後として壊す予定だったので、梁を切って舞台と客席をこしらえたが、その後、保存され、現代アートのギャラリー「スカイ・ザ・バスハウス」となっている。一時、煙突を用いた赤瀬川原平のアート作品を見ることも出来た。

編者解説

森　まゆみ

ある日、中公文庫の編集者藤平さんが、ちょっとご相談がありますという。何か準備することはと聞くと、ありませんと言うので、とりあえず喫茶店でお会いした。二〇二四年は「谷根千」という雑誌が出てから四十年になりますね。それを記念して、この地域が出てくる文学のアンソロジーを作りませんか、というのが提案だった。

一九八四年に私たちは女性三人で地域の歴史を聞き書きなどで活字化するため、地域雑誌「谷中・根津・千駄木」を創刊、それを縮めて、この地域は「谷根千」と呼ばれるようになった。研究対象としてはもう少し広く、台東区の上野、上野桜木、池之端、根岸、文京区の弥生、向丘、本駒込、荒川区の西日暮里、北区の田端なども含んでいた。

二十六年間、地域の文学者たちをあれこれ調べた経験から、収録する作品の一覧を作ってみた。谷根千という地域は、現在の台東区と文京区にまたがり、旧下谷区と本郷区のうちである。上野には東京音楽学校と美術学校があり、根津の谷を越えた本郷台には東京大学と第一高等学校があり、このあたりはアーティストと教師、そして学生の巣窟だった。

幸田露伴は明治二十年代に谷中に居を構えて「**五重塔**」（一八九二）を書いた。これは原稿をポストに入れに行く途中に見える五重塔の雄姿から、叩き大工とさげすまれたのっそり十兵衛が大棟梁、川越の源太の応援を受け、五重塔を完成させ、大嵐にもびくともしない塔を見守るまでの物語である。

谷中感応寺の五重塔は江戸四塔の一つ、一七九一年創建の二度目の塔で、欅の白木造りであったが、一九五七年七月六日、放火心中によって焼失。その後、朝倉文夫、正力松太郎などが再建運動を起こしたが、今に到るも再建されず、児童公園の中に礎石だけが残されている。文語体で読みにくいが、谷中を象徴する文学である。

幸田露伴と森鷗外、斎藤緑雨は日本で最初の文芸評論「三人冗語」を鼎談で行った。三人が激賞したのが、当時二十三歳の樋口一葉の書いた「たけくらべ」であった。これは下谷竜泉、吉原遊郭の近くが舞台である。

一葉は生涯十数度、家を転々としているが、本郷が長かった。上野の山はあるいて行ける。上野図書館で彼女は書を読み、歩いて帰る道すがらを「**日記**」に書き留めた。上野桜木町の年上の友人田中みの子宅の歌会、谷中墓地の墓参り、図書館通いのついでの根岸散歩、林町に借金に行った帰り、根津神社の梅見など収めた。半井桃水への断ち切れぬ思慕と、小説では食べられず実業（小間物屋）に転ずる決心をつづる。一葉は明治二十九年の十一月二十三日、二十四歳のいのちを閉じた。

谷中の反対側の本郷台、団子坂上の千駄木町十九番地に森鷗外が居を構えたのは明治二十五年、六十歳で亡くなるまでほぼ三十年住んだ。明治四十四年の「青年」はまるで谷根千の散歩小説というくらいに微に入り細に入り出てくる。山口から出てきた素封家の子息が根津辺りに間借りして谷中の少女を訪ねたり、菊人形を見に行ったり、根岸に住む教授の未亡人に誘惑されたりの成長小説だが、小説としては精彩を欠く。「雁」は本郷から不忍池、上野を巡る物語であるが、これも長くて収められなかった。「**サフラン**」は雑誌「番紅花《さふらん》」を創刊した尾竹一枝（のち富本憲吉夫人）にプレゼントした随筆である。

夏目漱石は明治三十六年にイギリス留学から帰ると、東京帝国大学と第一高等学校で英語と英文学を教えるため、千駄木町五十七番地に住んだ。その家は友人斎藤阿具の持ち家で、奇しくも十年前には森鷗外が住んでいた。漱石はここに四年間住んで「吾輩は猫である」を友人子規の弟子、高浜虚子の「ホトトギス」に連載、一躍国民的作家になる。筋らしい筋もないので、一節だけ採録も考えたがそれでも長い。手に入りやすい小説なので断念した。漱石では晩年の自伝的作品「道草」にも、主人公が住む千駄木町の家が出てくる。

明治といえば、三遊亭円朝も谷中や根津に住んだことがあり、作品にはよくこの辺が登場する。「名人長二」や「怪談牡丹灯籠」なども入れたかったがあまりに長すぎた。

漱石の熊本第五高等学校からの弟子、物理学者の寺田寅彦は随筆家としても著名だが、彼も千駄木の漱石の家を訪ね、一緒に上野の音楽会や美術展を見に行ったりしていた。寺田は駒込曙町に住んだ。「**イタリア人**」（一九〇八）は根津の陋巷《ろうこう》に住むイタリア人家族の姿がある。

永井荷風の「**日和下駄**」は東京案内としても秀逸。山あり谷ありの東京のなかでももっとも興趣があるという「藪下道」について、その坂の上に住む尊敬する森鷗外を訪ねたときのことが懐かしく描かれている。米仏で暮らして帰朝した荷風の才能と人柄を、鷗外は愛し、慶應義塾の教授に推薦した。

明治の末に女性の文芸雑誌として「隠れた女性の天才を発掘する」という目的で出された「青鞜」は明治四十四年九月、千駄木林町九番地で創刊された。文芸誌から徐々に女性解放誌としての性格を強め、二代目編集長である伊藤野枝が辻潤から大杉栄に走ったことによって、五年足らずで終刊。「青鞜」にも付近のことが編集後記などに出てくるし、オノトの万年筆、牧田牧場など地域の広告も載っている。

坂上の邸宅に漱石や鷗外は住んだが、坂下の狭い借間には若く貧しい林芙美子や村山槐多が住んだ。著名になる前の室生犀星も根津の三畳間で、坂上の文学者に嫉妬と反感を抑えかねた。だから根津の商店街の街灯に「文豪の街」と書かれているのには違和感がある。「文豪になる前の町」といった方がよい。生まれてこの方、行商の父母について九州から山陽をさまよった林芙美子は自立心が強く、東京という都市の底で女一人、図太く生きた。『**放浪記**』から、ちょうど震災（一九二三）時、根津の下宿で被災し、根津神社で野営し、翌日、新宿にいる両親の安否を気遣って行き違いになる場面。彼女はこのあと、お得意様の被災者に限るという灘の酒造メーカーの船に無理やり乗り込んで尾道にいく。江戸川乱歩「**D坂の殺人事件**」は、震災の二年後の小説である。乱歩は三重県の名張で生まれ、大正八年から弟二人と団子坂で「三人書房」を営んでいた。この辺の地理がよく生かされている。同じ時期に活躍した藤澤清造の「根津権現裏」（一九二二）も収録できなかったが読んでみてほしい。彼はS字坂辺に住み、貧乏から脱出できずに昭和七年一月、芝公園で凍死しているのを発見された。

藤井浩祐は彫刻家で、長く日暮里南泉寺前に住んだ。「**上野近辺**」は関東大震災後の復興を祝って出版された『大東京繁盛記』山手篇（一九二八）から。挿絵入りで面白い。一流の執筆者に原稿を依頼し、山手篇と下町篇があり、今まで幾度も版を重ねている。

下田将美《まさみ》は日暮里生まれ、慶應義塾を卒業、大阪毎日新聞編集主幹、代表取締役をつとめた。「**根津のはなし**」はなかなか読む機会がない『東京と大阪』から採録した。

大正三年、高村光太郎が智恵子と結婚して千駄木のハイカラな三階建てのアトリエに住む。光太郎は木彫の職人高村光雲の息子だが、父が国粋主義の中で岡倉天心に抜擢され美術学校教授に出世したので、その息子としてアメリカ、フランスに留学、帰国後、林町にハイカラな木造のアトリエ兼住宅を持つ。ここを訪れた室生犀星はビクビクして家の戸を叩いた。しかし妻智恵子は精神を病んだ末、昭和十三年に亡くなる。ここではアトリエの近くにあった大給坂の「**丸善工場の女工達**」を歌った詩と、光太郎が職人の子として谷中を駆け回っていた少年時代の回想を収めた。

先に述べた室生犀星は、大正三年に萩原朔太郎と友人になり同五年、「感情」を創刊、「愛の詩集」「叙情小曲集」を出して詩壇で活躍し、低地の下宿から田端の高台に栄光への脱出を果たす。小説も「幼年時代」「性に目覚める頃」などたくさん書いた。妻子に囲まれて芥川龍之介などとも交流した時代は終わり、関東大震災後の犀星は一度は故郷金沢へ帰郷、その引っ越したあとに菊池寛がはいった。犀星もいったん田端に戻ったが、昭和二年七月、「ぼんやりとした不安」を理由に芥川龍之介は田端の家で自殺、犀星は再びこの町に戻ることはなかった。

千駄木の高台には女性の物書きも住んだ。一人は森鷗外の長女茉莉、すべてを父に肯定された茉莉は一度結婚したが離婚、戦後、「父の帽子」を皮切りに父への尊敬と愛を語り続けた。「**幼い日々**」はお屋敷に住む少女の至福の時間が美しく描かれている。

建築家中條誠一郎の令嬢だった中條百合子は、誠之小学校、女高師附属女学校から日本女子大に学び、アメリカに留学。そこで知り合った言語学者の荒木茂との結婚を桎梏《しっこく》と感じ離婚。この間のことは「二つの庭」などに詳しい。一九二七年、革命十年後のソビエトにロシア文学者湯浅芳子と滞在し、社会主義に惹かれる。年下の革命家宮本顕治と再婚し、林町の家で、獄中の夫を支え続けた。「十二年の手紙」には林町の家も登場。戦後は「歌声よ、おこれ」と民主主義文学の旗手として人気が高かった。「**菊人形**」は子供時代の回想である。戦前戦後の過労がたたって、一九五一年に亡くなった。

上記二人は千駄木のお嬢様だが、動坂の下には佐多稲子がいた。彼女はローティーンでキャラメル工場に勤め、それからカフェの女給、上野の清凌亭の女中を転々。たまたま芥川龍之介、室生犀星、堀辰雄、中野重治などに知られて雑誌「驢馬」のマドンナとなり、作家としてデビューした。戦時中は従軍作家となり、戦後は「婦人民主クラブ」設立など、激動の時代を生き続けた。

そのほか大正から昭和にかけては、上野桜木町にサトウハチローが住んでいた。父、佐藤紅緑が同郷の陸羯南《くがかつなん》の書生として根岸に住み、正岡子規の知遇を得て以来、この土地に縁が深く、ユーモアあふれるタッチで「**僕の東京地図**」を書いた。のちに弥生町に長く住んで、町名改悪に反対して弥生町の地名を守るのに尽力した。

川端康成は、学生時代は駒込林町に下宿していたが、作家として著名になると、最初、谷中坂町に住み、さらに上野桜木町に妻秀子と暮らした。「浅草紅団」を書くのに地の利がよかったからである。桜木町の家は谷中斎場の便所に面しており、それを描いたのが掌編小説「**化粧**」。

ついでに言うと、この谷中斎場では、大正十二年には関東大震災後に虐殺された大杉栄と伊藤野枝らの葬儀が行われた。この時、右翼大化会が事前に遺骨を奪って逃走、遺骨なしの葬儀となった。昭和二年に田端文士村に鎮座した芥川龍之介が自殺した時も、ここで葬儀が行われている。田端文士村と言われる地域、あるいはその隣の日暮里渡辺町にも多くのアーティストや文筆家が住んでいたが、今回は残念ながら外さざるを得なかった。

大正震災の後には、諏方《すわ》神社の前の住宅に久保田万太郎が越し、その辺のことを書いているし、芥川とも交流した。北原白秋は震災後の大正十五年、三番目の夫人菊子と谷中墓地の近くに住み「天王寺墓畔吟」を作っている。その家は現存。その隣の彫刻家朝倉文夫は、九州大分の人であるが、上京して東京美術学校専科に入り、のちに美術学校教授となり、谷中の親分と言われた。この邸宅を近くにいた田村俊子や松井須磨子ほかたくさんのアーティストが訪ねている。現在、朝倉邸は台東区が公開しているが、建物は国の登録有形文化財、庭は国指定の名勝となっている。

昭和に入ると、エログロナンセンスが流行し、先ほどの川端康成が「浅草紅団」を書いたり、浅草文化が象徴となる。上野と浅草という二つの盛り場に近い上野桜木町には、寄席の芸人とか浪花節語り、箏曲家などが絵描きたちに混ざって住んでいた。「**上野桜木町**」は尾崎一雄の目から宇野浩二を描いたもの。尾崎は町内にあった砂子屋書房から「暢気眼鏡」を出してもらい、これで芥川賞を受けた。

関東大震災でもこの地域はほぼ無傷といってよく、藍染川沿いの低地でいくつかの家が倒れたが、火事にもあわずほぼ残った。そして昭和の空襲でもおおかた焼け残った。その代わり、戦後は湯島の岩崎邸をはじめ洋風住宅がＧＨＱに接収されて、将校などが住むようになる。

釈迢空の一首は藍染川を詠んだもの。川の水が澄んでいたのは明治のころか。

伊藤晴雨は動坂上に住んでいた画家で、責め絵で一部にファンがいる。この人が『**文京区絵物語**』を書いているのは不思議だが、地誌を学ぶ者には貴重な本だ。私は小学校の郷土史クラブでこの本を見て、八百屋お七が縛られて火刑になる挿絵をまざまざと覚えている。同じころ、宮本百合子、平塚らいてうが自分の学校の先輩であることに気づき、また林芙美子の「放浪記」や樋口一葉日記にも自分の街が出てくるので、面白がって読んでいた。家に本は少なく、団子坂にあった鷗外記念本郷図書館（現文京区立本郷図書館）が頼りだった。

一九八四年、地域雑誌「谷中・根津・千駄木」を創刊した頃、谷中には画家でもある詩人の岸田衿子さん、画家の有元利夫さん、田端にビートジェネレーションの詩人諏訪優さんがいて、つながっていた。池袋から作家の小沢信男さんも谷中に越してこられた。

新内語りの岡本文弥師匠は谷中三崎町に生まれ、戦後、谷中に舞い戻った。黒い紋付を着た颯爽とした男、あれは誰、谷中の岡本文弥よ、と聞いたのを忘れない。大正時代は編集者でもあって、文章にも秀でていた。『**谷中寺町・私の四季**』から採録。一九九六年百二歳で死去。歌も作れば句もひねった。

春風やいっそままよのボンカレー

顧みて栄華の日々を持たざりし　わが人生を自画自賛する

藤島亥治郎さんは私が生まれたときにはすでに建築史の東大教授だった。絵師の父を持ち、根津で育った藤島先生は根津が大好きで、不忍池の保存運動にも尽力された。「足かけ三世紀を生きる」という望み通り、一八九九年に生まれ二〇〇二年に百三歳で亡くなった。**『明治少年記』**はキラキラかがやく宝箱のような本である。

不忍池の環境保全に協力してくださったもう一人、エドワード・サイデンステッカー先生は不忍池を見下ろす湯島のマンションに住んでこの地域を愛していた。コロンビア大学教授、川端康成らの翻訳家、「源氏物語」の翻訳家としても知られた。遺著に『谷中、花と墓地』がある。

いっぽう千駄木の高台には、劇作家の木下順二さんが住んでおられた。三鷹に越された吉村昭さんも実家のある日暮里をよく訪ね、私たちの地域雑誌にも協力して根津のバーにご案内したりした。本書の最後のほうは、そうした懐かしい方々の随筆を収めてみた。

吉本隆明さんはお会いできなかった。何度か町でお見かけしたのだが、買物かごをぶら下げて厳しい表情なので、とても声をかけられるような感じではなかった。電話でお願いして「谷根千」の自筆広告を書いてもらったことが一度だけある。私は初期詩編や「都市はなぜ都市であるか」という論考にも影響を受けた。本書には随筆を**『背景の記憶』**から採録した。

このほか谷根千が舞台になった小説として石和鷹「野分酒場」（泉鏡花賞受賞）がある。著者は早く亡くなったが、モデルとなった酒場の客たちは今も元気で町で飲んでいる。木内昇「漂砂のうたう」（直木賞受賞）には根津のばんずいの金魚池と藍染川が効果的に使われている。中島京子「夢見る帝国図書館」（紫式部文学賞受賞）は上野から桜木、谷中辺りを舞台に不思議な女性が主人公で、小説ならではの虚構の醍醐味が味わえる。佐々木譲「警官の血」は谷中五重塔の放火心中がテーマ。書店や図書館でどうぞ。

わたし自身今までたった一回しか小説を書いたことはなく、『傑作選』に入れるのは実に身の程知らずなことであるが、短いのと、地域が舞台なので最後に収録させていただいた。以上、ごく私的な選択で偏りがあるが、お許しいただきたい。

最後になって、三遊亭円之助さんのご遺族と連絡が取れ、このいかにも谷中のわび住いといった趣の随筆を入れられたのは嬉しかった。『はなしか稼業』にはもう一つ「円朝忌」という全生庵での落語家たちの催しについて書かれた、かけがえのないエッセイもあり迷ったが、やはり市井の暮らしがよくわかる「**おかみさんの小言**」を選択した。こうした慎ましい暮らしが谷根千の「普通」だった。

それが政府の政策で、インバウンドの外国人客が闊歩して平日の朝っぱらから「角打ち」と称して飲んでいる。彼らはホリデイに違いないが、こっちは働いて働いて生きている。「夕やけだんだん」の上にかつて大島屋という酒屋があり、そこでも角打ちはやっていた。しかしそれは一日働いた人が銭湯に行って、「おつとめご苦労さん」と缶ビールを開ける、そんななごやかな日常のよろこびが漂っていた。

谷根千の人気が高まるにつれ、住みたい人も増え、JRと地下鉄千代田線の両方が使えることからバブル期にはマンションが林立、今もまた再開発で騒がしい。例えば四十年前には西日暮里公園の所には加賀前田家の土まんじゅうの墓があった。いまはない。弥生町のサトウハチロー記念館もなくなり、日展事務所だった林町の児玉希望邸も、根津の内田百閒のいた明治の家も、貴族院議員の千駄木の洋館も消えた。豆腐屋も銭湯も酒屋も多くが消えた。

町は変わって当たり前だ。それでもまだ良い町並みが、良い居酒屋や喫茶店が、良い人間関係が、少しはあると思いたい。私自身そうした風景と長い友情に支えられて今日まで来た。夕やけだんだんの上から、変わり果てた町並みを眺めつつ、それでもこの町で暮らせて良かった、と私は深呼吸をする。

収録を快く許可いただいた関係者に心から感謝する。

底本一覧

幸田露伴（こうだ　ろはん／一八六七～一九四七）作家。
『五重塔』岩波文庫　一九二七年

樋口一葉（ひぐち　いちよう／一八七二～一八九六）作家。
『樋口一葉全集　第三巻（上）』筑摩書房　一九七六年

森　鷗外（もり　おうがい／一八六二～一九二二）作家・陸軍軍医。
『鷗外全集　第二十六巻』岩波書店　一九七三年

寺田寅彦（てらだ　とらひこ／一八七八～一九三五）物理学者・随筆家。
『寺田寅彦全集　第一巻』岩波書店　一九九六年

永井荷風（ながい　かふう／一八七九～一九五九）作家。
野口冨士男編『荷風随筆集（上）』岩波文庫　一九八六年

林芙美子（はやし　ふみこ／一九〇三～一九五一）作家。
『新版　放浪記』新潮文庫　一九七九年

江戸川乱歩（えどがわ　らんぽ／一八九四〜一九六五）推理作家。
『江戸川乱歩全集　第一巻　屋根裏の散歩者』光文社文庫　二〇〇四年

藤井浩祐（ふじい　こうゆう／一八八二〜一九五八）彫刻家。
島崎藤村・高浜虚子・有島生馬・谷崎精二・徳田秋声・藤井浩祐・藤森成吉・加能作次郎・宮嶋資夫・小山内薫・上司小剣『大東京繁盛記　山手篇』平凡社ライブラリー　一九九九年

下田将美（しもだ　まさみ／一八九〇〜一九五九）新聞記者・随筆家。
『東京と大阪』中央公論社　一九三〇年

高村光太郎（たかむら　こうたろう／一八八三〜一九五六）詩人・彫刻家。
丸善工場の女工達……『高村光太郎全集　第一巻』増補版　筑摩書房　一九九四年
根津のはなし……『高村光太郎全集　第九巻』増補版　筑摩書房　一九九五年

室生犀星（むろう　さいせい／一八八九〜一九六二）詩人・作家。
『室生犀星全集　第五巻』新潮社　一九六五年

森　茉莉（もり　まり／一九〇三〜一九八七）作家。
『父の帽子　現代日本のエッセイ』講談社文芸文庫　一九九一年

宮本百合子（みやもと　ゆりこ／一八九九～一九五一）作家。
『宮本百合子全集　第十八巻』新日本出版社　二〇〇二年

佐多稲子（さた　いねこ／一九〇四～一九九八）作家。
『佐多稲子全集　第四巻』講談社　一九七八年

サトウハチロー（さとう　はちろう／一九〇三～一九七三）詩人・作詞家。
『僕の東京地図』有恒社　一九三六年

川端康成（かわばた　やすなり／一八九九～一九七二）作家。
『川端康成全集　第一巻』新潮社　一九八一年

尾崎一雄（おざき　かずお／一八九九～一九八三）作家。
『筑摩現代文学大系47　尾崎一雄集』筑摩書房　一九七七年

釈　迢空（しゃく　ちょうくう／一八八七～一九五三）詩人・歌人。折口信夫として、民俗学者・国語学者。
『折口信夫全集　第二十五巻』中央公論社　一九九七年

伊藤晴雨（いとう　せいう／一八八二〜一九六一）画家。
『文京区絵物語』文京タイムス社　一九五二年

藤島亥治郎（ふじしま　がいじろう／一八九九〜二〇〇二）建築史家。
『明治少年記』住まい学大系001　住まいの図書館出版局　一九八七年

岡本文弥（おかもと　ぶんや／一八九五〜一九九六）新内節太夫。
『谷中寺町・私の四季』三月書房　一九六三年

三遊亭円之助（さんゆうてい　えんのすけ／一九二九〜一九八五）落語家。
『はなしか稼業』平凡社　一九九三年

諏訪　優（すわ　ゆう／一九二九〜一九九二）詩人。
『田端日記』思潮社　一九九三年

吉村　昭（よしむら　あきら／一九二七〜二〇〇六）作家。
『昭和歳時記』文春文庫　一九九六年

吉本隆明（よしもと　たかあき／一九二四〜二〇一二）詩人・思想家。
『背景の記憶』宝島社　一九九四年

小沢信男（おざわ　のぶお／一九二七〜二〇二一）作家。
『暗き世に爆ぜ　俳句的日常』みすず書房　二〇二一年

森まゆみ（もり　まゆみ／一九五四〜　）作家。

篠田節子・小池真理子・唯川恵・松尾由美・湯本香樹実・森まゆみ『恋する男たち』新潮文庫　二〇〇五年

本書は中公文庫オリジナルです。

底本の正字は新字に、旧かなは新かなに改めました。ただし、高村光太郎・釈迢空の詩歌、および引用の短歌については、かな遣いは底本通りとしました。

ルビについては、底本にしたがいましたが、適宜、追加削除した箇所があります。

明らかに誤植と思われる箇所は訂正しました。

本文中に、今日の人権意識に照らして不適切な語句や表現が見られますが、執筆当時の社会的・時代的背景と作品の文化的価値、著作者が故人であることなどを考慮して、そのままとしました。

中公文庫

谷《や》根《ね》千《せん》文《ぶん》学《がく》傑《けっ》作《さく》選《せん》

2024年10月25日　初版発行

編　者　森《もり》まゆみ

発行者　安部順一

発行所　中央公論新社
〒100-8152　東京都千代田区大手町1-7-1
電話　販売 03-5299-1730　編集 03-5299-1890
URL https://www.chuko.co.jp/

ＤＴＰ　ハンズ・ミケ
印　刷　三晃印刷
製　本　小泉製本

Published by CHUOKORON-SHINSHA, INC.
Printed in Japan　ISBN978-4-12-207574-0 C1190

中公文庫既刊より

各書目の下段の数字はＩＳＢＮコードです。978 - 4 - 12が省略してあります。

も-4-1
渋江抽斎
森　鷗外
推理小説を読む面白さ、鷗外文学の白眉。弘前津軽家の医官の伝記を調べ、その追求過程を作中に織り込んで伝記文学に新手法を開く。〈解説〉佐伯彰一
201563-0

て-8-1
地震雑感／津浪と人間　寺田寅彦随筆選集
寺田寅彦
千葉俊二
細川光洋　編
寺田寅彦の地震と津浪に関連する文章を集めた。地震国難の地にあって真の国防を訴える警告の書。小宮豊隆宛震災絵はがき十葉の図版入。〈解説・註解〉千葉俊二・細川光洋
205511-7

て-8-3
漱石先生
寺田寅彦
自他共に認める別格の弟子が文豪の素顔を親愛の情を籠めて綴る。高等学校での出会いから周辺に集う人々まで。文庫オリジナル。〈巻末エッセイ〉中谷宇吉郎
206908-4

な-73-1
麻布襍記《あざぶざっき》　附・自選荷風百句
永井荷風
東京・麻布の偏奇館で執筆した小説「雨瀟瀟」「雪解」、随筆「花火」「偏奇館漫録」等を収める抒情的散文集。初の文庫化。〈巻末エッセイ〉須賀敦子
206615-1

な-73-2
葛飾土産
永井荷風
石川淳が「戦後はただこの一篇」と評した表題作ほか、短篇・戯曲・随筆を収めた戦後最初の作品集。久保田万太郎の同名戯曲、石川淳「敗荷落日」を併録。
206715-8

な-73-3
鷗外先生　荷風随筆集
永井荷風
師・森鷗外、足繁く通った向島・浅草をめぐる文章と、自伝的作品を併せた文庫オリジナル編集。巻末に谷崎潤一郎、正宗白鳥の批評を付す。〈解説〉森まゆみ
206800-1

な-73-4
小説集　吉原の面影
永井荷風／樋口一葉
広津柳浪／泉鏡花
荷風に誘われて遊里をゆく。永井荷風「里の今昔」、樋口一葉「たけくらべ」、広津柳浪「今戸心中」、泉鏡花「註文帳」を収録。文庫オリジナル。〈解説〉川本三郎
206936-7

各書目の下段の数字はISBNコードです。978－4－12が省略してあります。

お-33-3
新編 閑な老人
尾崎一雄
荻原魚雷 編
生死の境を彷徨い「生存五ケ年計画」を経てたどり着いた境地。「暢気眼鏡」の作家が、脱力しつつ前向きな日常を味わい深く綴る。文庫オリジナル。
207177-3

お-41-2
死者の書・身毒丸《しんとくまる》
折口信夫
古墳の闇から復活した大津皇子の魂と藤原郎女との交感を描く名作と「山越しの阿弥陀像の画因」。高安長者伝説から起草した「身毒丸」。〈解説〉川村二郎
203442-6

お-41-5
古事記の研究
折口信夫
昭和九年と十年に行った講義「古事記の研究」（一・二）と「万葉人の生活」を収録。「古事記研究の初歩」と自身が呼ぶ講義の初文庫化。〈解説〉三浦佑之
206778-3

よ-13-2
お医者さん・患者さん
吉村昭
患者にとっての良い医者、医者からみた良い患者とは？ 20歳からの大病の体験を冷厳にまたおかしく描き、医者と患者の良い関係を考える好エッセイ。
201224-0

よ-13-7
月夜の魚
吉村昭
人は死に向って行列すると怯える小学二年生。蛍のように短い生を終えた少年。一家心中する工場主。さまざまな死の光景を描く名作集。〈解説〉奥野健男
201739-9

よ-13-8
蟹の縦ばい
吉村昭
小説家にとっての憩いとは何だろう。時には横ばいしない蟹のように仕事の日常を逸脱してみたい。真摯な作家の静謐でユーモラスなエッセイ集。
202014-6

よ-13-9
黒船
吉村昭
ペリー艦隊来航時に主席通詞としての重責を果し、のち日本初の本格的英和辞書を編纂した堀達之助の劇的な生涯をたどった歴史長篇。〈解説〉川西政明
202102-0

よ-13-10
碇星
吉村昭
葬儀に欠かせぬ男に、かつての上司から特別な頼みごとが……。表題作ほか全八篇。暮れゆく人生を静かに見つめ、生と死を慈しみをこめて描く作品集。
204120-2

よ-13-13
少女架刑 吉村昭自選初期短篇集Ⅰ
吉村　昭
歴史小説で知られる著者の文学的原点を示す初期作品集（全二巻）。「鉄橋」「星と葬礼」等一九五二年から六〇年までの七編とエッセイ「遠い道程」を収録。
206654-0

よ-13-14
透明標本 吉村昭自選初期短篇集Ⅱ
吉村　昭
死の影が色濃い初期作品から芥川賞候補となった表題作、太宰治賞受賞作「星への旅」ほか一九六一年から六六年の七編を収める。〈解説〉荒川洋治
206655-7

よ-13-15
冬の道 吉村昭自選中期短篇集
吉村　昭
池上冬樹編
透徹した視線、研ぎ澄まされた文体。『戦艦武蔵』以降、昭和後期までの「中期」に書かれた作品群から、吉村文学の結晶たる十篇を収録。〈編者解説〉池上冬樹
207052-3

よ-13-16
花　火 吉村昭後期短篇集
吉村　昭
池上冬樹編
生と死を見つめ続けた静謐な目は、その晩年に何をとらえたか。昭和後期から平成十八年までに著された、遺作「死顔」を含む十六篇。〈編者解説〉池上冬樹
207072-1

よ-13-17
日本医家伝
吉村　昭
前野良沢、楠本いね、高木兼寛、荻野ぎん……日本近代医学の先駆者十二人の苦闘の生涯を描く。著者の医家を主題にした長編群の原点であり要となる短編集。
207410-1

よ-15-9
吉本隆明 江藤淳 全対話
吉本隆明
江藤　淳
二大批評家による四半世紀にわたる全対話を収める。『文学と非文学の倫理』に吉本のインタビューを増補し改題した決定版。〈解説対談〉内田樹・高橋源一郎
206367-9

よ-15-10
親鸞の言葉
吉本隆明
名著『最後の親鸞』の著者による現代語訳で知る親鸞思想の核心。鮎川信夫、佐藤正英、中沢新一との対談を収録。文庫オリジナル。〈巻末エッセイ〉梅原猛
206683-0

あ-84-1
女体についての八篇　晩　菊
安野モヨコ選・画
太宰治／岡本かの子／森茉莉他
はたかれる頬、蚤が戯れる乳房、老人を踏む足、不老の童女……文豪たちが「女体」を讃える珠玉の短篇に、安野モヨコが挿画で命を吹きこんだ贅沢な一冊。
206243-6

各書目の下段の数字はＩＳＢＮコードです。978－4－12が省略してあります。

あ-84-2
女心について 耳《みみ》瓔《よう》珞《らく》の十篇
安野モヨコ選・画
芥川龍之介／有吉佐和子／円地文子他
わからないなら、触れてみる？ 女の胸をかき乱す、淋しさ、愛欲、諦め、悦び――。安野モヨコが愛した、女心のひだを味わう短篇集シリーズ第二弾。
206308-2

あ-84-3
背徳について 黒い炎の七篇
安野モヨコ選・画
幸田文／久生十蘭／永井荷風他
全員淫らで、人でなし。不倫、乱倫、子殺し……濃密に咲き乱れる、人間たちの〝裏の顔〟。安野モヨコの挿絵とともに、永井荷風や幸田文たちの名短篇が蘇る。
206534-5

あ-96-1
昭和の名短篇
荒川洋治編
現代詩作家・荒川洋治が昭和・戦後期の名篇を厳選。志賀直哉、高見順から色川武大まで全十四篇を収録した戦後文学アンソロジーの決定版。文庫オリジナル。
207133-9

あ-96-2
文庫の読書
荒川洋治
文庫愛好歴六〇年の現代詩作家が、読んで書いた文庫をめぐるエッセイを自ら厳選。文庫オリジナル編集で贈る、文庫愛読者のための文庫案内全一〇〇冊。
207348-7

い-141-1
関東大震災 文豪たちの証言
石井正己編
関東大震災から百年。荷風、志賀、谷崎、芥川、与謝野晶子、野上彌生子……文豪たちは何を見たのか？ 彼らが書き残した巨大災害の諸相。文庫オリジナル。
207399-9

お-88-2
上京小説傑作選
岡崎武志編
それぞれの東京、それぞれの生活、そこにはドラマがある。青春・貧乏・出会いと別れ。地方出身の作家によって紡がれた、「上京」をめぐる多彩な十一篇。
207351-7

く-20-1
猫
クラフト・エヴィング商會
井伏鱒二／谷崎潤一郎他
猫と暮らし、猫を愛した作家たちが思い思いに綴った珠玉の短篇集が、半世紀ぶりに生まれかわる。ゆったり流れる時間のなかで、人と動物のふれあいが浮かび上がる、贅沢な一冊。
205228-4

く-20-2
犬
クラフト・エヴィング商會
川端康成／幸田文他
ときに人に寄り添い、あるときは深い印象を残して通り過ぎていった名犬、番犬、野良犬たち。彼らと出会い、心動かされた作家たちの幻の随筆集。
205244-4

各書目の下段の数字はISBNコードです。978－4－12が省略してあります。

ち-8-16
対談 日本の文学 素顔の文豪たち 中央公論新社 編
森鷗外、夏目漱石、芥川龍之介、谷崎潤一郎、太宰治……文豪の家族や弟子が間近に見たその生身の姿を語る。全集『日本の文学』の月報対談を再編集。全三巻。
207359-3

ち-8-17
対談 日本の文学 わが文学の道程 中央公論新社 編
川端康成、小林秀雄、宇野千代、井伏鱒二、武田泰淳、三島由紀夫、有吉佐和子、開高健……作家が自らの作品、当時の文壇事情や交友を闊達自在に語り合う。
207365-4

ち-8-18
対談 日本の文学 作家の肖像 中央公論新社 編
泉鏡花、国木田独歩、島崎藤村、林芙美子、柳田国男、菊池寛、稲垣足穂、横光利一……全集編集委員や同時代評論家による作家論。〈解説〉大岡昇平／関川夏央
207379-1

ち-8-19
午後三時にビールを 酒場作品集 中央公論新社 編
酒友との語らい、行きつけの店、思い出の味……。銀座、浅草の老舗から新宿ゴールデン街、各地の名店まで酒場を舞台にしたエッセイ&短篇アンソロジー。
207380-7

な-78-1
中央線小説傑作選 南陀楼綾繁 編
井伏、太宰をはじめ多くの文士が居を構えた「中央線」沿線。私小説からミステリまで、鉄道が織りなす時間と風景を味わう傑作アンソロジー。文庫オリジナル。
207193-3

な-78-2
中央線随筆傑作選 南陀楼綾繁 編
御茶ノ水、四谷、新宿、高円寺、阿佐ケ谷、荻窪、三鷹、国立……。中央線を舞台にした四二編のエッセイ。車窓から人生の断面が浮かび上がる。文庫オリジナル。
207561-0

は-79-1
喫茶店文学傑作選 林 哲夫 編
多くの作家・芸術家を魅了し、作品の舞台、創作の淵源、彼らの交友の拠点となった「喫茶店」。短篇小説、エッセイから、喫茶店文化の真髄に触れる。文庫オリジナル。
207420-0

は-79-2
喫茶店文学傑作選 苦く、甘く、熱く 林 哲夫 編
永井荷風、岡本太郎、中上健次、筒井康隆、田辺聖子……。国内外の「喫茶店／カフェ」を舞台に、名手が紡ぐ味わい深い随筆・短篇二三作。文庫オリジナル。
207550-4